La crique du Français

Du même auteur

REBECCA
L'AUBERGE DE LA JAMAÏQUE
LE GÉNÉRAL DU ROI
LES DU MAURIER
JEUNESSE PERDUE
LA CHAÎNE D'AMOUR
LES PARASITES
MA COUSINE RACHEL
LE POMMIER
(Les Oiseaux)
MARY-ANN
LE BOUC ÉMISSAIRE
GÉRALD
LA FORTUNE DE SIR JULIUS
LE POINT DE RUPTURE
LE MONDE INFERNAL
DE BRANWELL BRONTË
CHÂTEAU D'OR
(en collaboration avec A. Quiller-Couch)
LES SOUFFLEURS DE VERRE
LE VOL DU FAUCON
LE MONT-BRÛLÉ
LA MAISON SUR LE RIVAGE
PAS APRÈS MINUIT
MAD
L'ESCALIER EN COLIMAÇON

Daphné du Maurier

La crique du Français

ROMAN

Traduit de l'anglais par Berthe Vulliemin

LE GRAND LIVRE DU MOIS

Titre original :

FRENCHMAN'S CREEK

Traduction française :

22, rue Huyghens, 75014 Paris

ISBN : 2-7028-2130-8

CHAPITRE PREMIER

Quand le vent d'est souffle sur l'Helford, ses eaux étincelantes se troublent, s'agitent et viennent, en petites vagues, battre rageusement ses rives sablonneuses. De courtes lames se brisent sur la barre au jusant, et les échassiers, effleurant la surface, s'appelant l'un l'autre dans leur vol, se dirigent à tire-d'aile vers les bancs de boue à l'intérieur des terres. Seules les mouettes, leur plumage gris pailleté d'embruns, tournoyent et crient encore au-dessus de l'écume, où, de temps à autre, elles plongent à la recherche de leur pâture.

Alors, venant du large, au-delà de la pointe du Lizard, arrivent les longues lames de la Manche, suivant de près les courtes vagues du ressac à l'embouchure, puis, se mêlant au flux et au reflux de la lourde eau salée, monte la marée brunâtre, gonflée par les dernières pluies, trouble de vase, charriant à sa surface des brindilles mortes, de la paille, des choses étranges et oubliées, des feuilles tombées trop tôt, des cadavres de petits oiseaux, des boutons de fleurs.

La rade ouverte est déserte, car le vent d'est rend le mouillage incertain et, à part les quelques demeures éparses, çà et là, au-dessus de l'entrée de l'Helford et le groupe de maisonnettes, autour de Port-Navas, la rivière serait comme en un siècle maintenant oublié, comme en un temps qui n'a laissé que peu de souvenirs.

A cette époque, seule régnait la splendeur des collines et des vallées, nulle bâtisse ne profanait les terres arides et les falaises, nulle cheminée n'apparaissait entre les hautes futaies. Il y avait bien les quelques chaumières du hameau d'Helford, mais elles ne jouaient aucun rôle dans la vie du fleuve, qui restait le domaine des courlis, des pieds-rouges, des guillemots, des macareux. Nul yacht ne se balançait alors sur la marée, comme aujourd'hui, et la calme étendue où la rivière se divise, vers Constantine et Gweek, demeurait tranquille et solitaire.

La rivière était peu connue, sauf de quelques marins qui y cherchaient refuge lorsque la tempête du sud-ouest, les faisant dévier de leur route au nord du détroit, les chassait vers la côte. Ils trouvaient l'endroit austère, désolé, et son silence peu rassurant; aussi, dès que le vent était calmé, s'empressaient-ils de lever l'ancre et de mettre à la voile. Le hameau d'Helford n'offrait guère de ressources aux marins à terre. Ses rares habitants, lourds et taciturnes, se montraient peu accueillants. Or le gars, privé depuis longtemps de chaleur et de femmes, se soucie peu d'aller errer dans les bois, ou de patauger avec les échassiers dans les boues de la marée basse. Aussi, la rivière, les forêts et les collines demeuraient-elles peu fréquentées, et toute l'enivrante beauté du plein été qui prête aux rives de l'Helford un étrange enchantement, restait-elle ignorée.

Aujourd'hui, beaucoup de voix viennent troubler son silence; les bateaux de plaisir y circulent, laissant derrière eux de bouillonnants sillages, les navigateurs de plaisance s'y retrouvent; on y rencontre même le promeneur d'un jour, qui, les yeux alanguis, saturés de beauté, pousse son filet à crevettes parmi les écueils. Parfois, aussi, on le voit, dans une voiturette essoufflée, cahoter sur la piste boueuse qui s'éloigne brusquement vers la droite à la sortie du hameau d'Helford, pour aller goûter, en compagnie d'autres touristes, dans la cuisine de pierre du vieux bâtiment de ferme, construit sur l'emplacement où jadis se dressait le manoir de Navron. Un certain air de grandeur y demeure attaché. De l'enceinte primitive subsistent encore les murs entourant la cour de la ferme actuelle, et sur les deux piliers de l'ancienne entrée, maintenant recouverts de lierre et incrustés de mousse, s'appuie le toit de tôle ondulée d'une grange moderne.

La cuisine, où goûte le promeneur, faisait autrefois partie de la salle à manger de Navron, et la demi-marche qu'on y voit, coupée par un mur de briques était le premier degré de l'escalier menant à la galerie. Le reste de la demeure a dû s'écrouler ou avoir été démoli, car la bâtisse carrée de la ferme, quoique assez belle, ressemble peu aux anciennes gravures représentant le manoir, construit sur la forme d'un E. Du jardin et du parc, il ne subsiste nulle trace.

Le promeneur mange son pain, prend son thé, sourit au paysage, ignorant tout de la femme qui, jadis, se tenait ici-même, par un autre été, et qui, comme lui, regardait le reflet de la rivière entre les arbres ou levait la tête vers le ciel baigné de soleil.

Il entend les bruits familiers de la ferme, le cliquetis des seaux, le mugissement du bétail, les voix rudes du fermier et de son fils s'interpellant à travers la cour; mais, ses oreilles demeurent sourdes aux échos de cet autre temps, quand un homme, les mains en entonnoir devant la bouche, sifflait doucement, à l'orée de la sombre ceinture d'arbres, et que la mince silhouette, tapie contre le mur de la demeure silencieuse lui répondait, tandis qu'au-dessus, des volets s'ouvraient, et que Dona, ses cheveux bouclés retombant sur son visage, se penchait, attentive, et tapotait sur l'appui de la croisée une mélodie sans nom.

La rivière continue sa course, les arbres murmurent dans la brise estivale, sur les bancs de boue, les échassiers guettent encore dans les flaques leur pâture, les courlis crient toujours; mais hommes et femmes du temps passé sont oubliés. Sur leurs dalles funèbres, incrustées de lichens et de mousse, leurs noms sont devenus indéchiffrables.

Les troupeaux piétinent et foulent le sol du porche disparu du manoir de Navron, où jadis, souriant dans la clarté confuse des bougies, un homme dégainait son épée, tandis qu'à l'horloge sonnait minuit.

Au printemps, les enfants du fermier cueillent perce-neige et primevères sur les talus dominant la crique; leurs semelles boueuses font craquer les branches mortes et écrasent les feuilles tombées d'un été qui n'est plus, tandis que gonflée par les pluies d'un long hiver, la crique elle-même apparaît grise et désolée.

Les arbres se pressent encore, épais et sombres, jusqu'au bord de l'eau; une mousse verte, luxuriante, tapisse le rivage où Dona construisit son feu, et où à travers les flammes elle sourit à son amant. Mais aujourd'hui nul bateau à la mâture effilée n'est ancré dans la crique, nul grincement de chaînes ne retentit à travers l'écubier; aucun riche parfum de tabac ne flotte dans l'air, nul écho d'harmonieuses voix étrangères ne parvient plus de l'autre côté de l'eau.

Le navigateur solitaire qui, ayant laissé son bateau dans la rade de l'Helford, se propose par une nuit d'été, lorsque s'appellent les engoulevents, d'explorer en canot la rivière, arrivé à l'embouchure de la crique, hésite car, encore maintenant, il s'en dégage comme un mystérieux sortilège. Déconcerté, il se retourne, lance un regard à son bateau en sécurité au mouillage, puis contemple les larges flots de la rivière et, les mains sur les rames, il s'arrête, subitement conscient du profond silence de la crique, de la tortueuse étroitesse de son chenal. Sans pouvoir se l'expliquer, il se sent un intrus, comme si, en quelque sorte, il était en train de violer le temps. Cependant, longeant la berge gauche, il reprend sa course. Ses avirons résonnent lourdement, éveillant un étrange écho parmi les arbres de la rive et, à mesure qu'il avance, la crique se resserre, les fourrés s'épaississent, descendant jusqu'à l'eau, et une bizarre excitation s'empare de lui.

Il est seul. Pourtant, — ne sont-ce pas des voix qui chuchotent sur la rive, près des brisants? N'est-ce pas une silhouette d'homme, qu'éclaire là-bas la lune, mettant une étincelle aux boucles de ses souliers, à la lame du coutelas qu'il tient à la main? Et, à côté de lui, une mante jetée sur les épaules, ses cheveux sombres relevés derrière les oreilles, n'est-ce pas une femme? Il se trompe sans doute. Ce n'est que l'ombre des arbres, le chuchotement des feuilles, le battement d'ailes d'un oiseau endormi. Cependant, il demeure perplexe; une vague angoisse le retient, comme si l'extrémité de la crique, au-delà de la rive la plus éloignée, lui était interdite. Faisant demi-tour, il reprend la direction du mouillage. Mais, tandis qu'il s'éloigne, sons et murmures se précisent, des pas résonnent, un appel retentit dans la nuit, puis un cri, un coup de sifflet, assourdi, lointain, et de plus près, une étrange et joyeuse petite chanson. Les yeux écarquillés dans les ténèbres, il lui semble que la masse sombre devant lui prend forme. Est-ce un bateau fantôme? Ne reconnaît-il pas la gracieuse silhouette d'une caravelle des temps passés?

Le cœur battant, il rame avec énergie sur l'eau sombre; le petit canot s'éloigne rapidement, car ce qu'il vient d'entendre et de voir tient du sortilège, dépasse la compréhension.

Ayant rejoint la sécurité de son propre bateau, une dernière fois, il se retourne vers l'entrée de la crique. Blanche, étincelante de toute sa gloire estivale, la pleine lune est en train de se lever au-dessus des arbres et baigne la petite anse de lumière et de beauté.

Un engoulevent crie là-haut sur la colline parmi les fougères, avec un clapotement léger un poisson rompt le miroir de l'eau. Cependant le bateau vire à la marée et, lentement, la crique disparaît à ses yeux.

Le navigateur regagne alors sa confortable cabine et fouille parmi ses livres. Enfin, il trouve ce qu'il cherchait. Une carte de Cornouailles, imprécise, mal dessinée, achetée dans un moment de désœuvrement à la librairie de Truro. Parchemin jauni, traits indistincts, orthographe surannée. Cependant, le cours de l'Helford semble marqué correctement et les hameaux de Constantine et de Gweek y figurent à leur place. Mais l'attention du voyageur est attirée par un étroit bras de mer, partant de l'embouchure de la rivière et qui s'enfonce dans l'intérieur des terres, vers l'ouest, formant une courte et tortueuse vallée. Quelqu'un en a biffé le nom, inscrit en traits fins et pâlis : Crique du Français.

Un moment, le navigateur reste perplexe, puis il hausse les épaules, roule la carte, la remet à sa place. Il ne tarde pas à s'endormir. Le mouillage est tranquille, nul vent ne souffle sur l'eau; les engoulevents se sont tus. Le voyageur rêve. Alors, tandis que la marée clapote faiblement autour de son bateau, que la lune brille sur la tranquille rivière, de doux murmures parviennent jusqu'à lui, et le passé se substitue au présent.

Il pénètre dans un siècle oublié, surgi de la poussière et des toiles d'araignée. Il entend le bruit des sabots, galopant dans l'allée du manoir de Navron; il voit la grande porte tourner sur ses gonds, le visage blême du serviteur, en train d'épier l'approche du cavalier drapé d'une cape. Il aperçoit Dona, dans sa vieille robe, un châle sur la tête, s'avancer vers la balustrade, cependant qu'en bas, dans la crique silencieuse, un homme arpente le pont de son bateau, les mains dans le dos, un étrange et mystérieux sourire aux lèvres.

La cuisine de la ferme de Navron est redevenue la salle à manger du manoir d'autrefois. Accroupi, quelqu'un se tient sur une des marches de l'escalier, un poignard à la main. Soudain, en haut, résonnent les cris effrayés d'un enfant, tandis qu'un bouclier, détaché du mur de la galerie, s'abat avec fracas sur l'être accroupi. Deux petits épagneuls King Charles, frisés et parfumés, accourent, jappant et aboyant, vers le corps inanimé, étendu sur le parquet.

Puis c'est la veille de la mi-été. Sur une rive solitaire, près d'un feu de bois, un homme et une femme se regardent, sourient, s'avouent leur secret. A l'aube, avec la marée, un navire met à la voile.

Et les murmures, les échos du passé, se multiplient, assiègent le dormeur. Il les vit, s'identifie à eux. Tour à tour, mer, bateau, murs du manoir de Navron, il devient cette berline de voyage, grinçant et cahotant sur les routes raboteuses de Cornouailles, il se promène dans ce Londres oublié, artificiel, aux maisons peintes, où déambulent des porteurs de torches, et où des libertins avinés rient au coin des rues pavées et boueuses. Il voit Harry, en pourpoint de satin, ses épagneuls aux talons, faisant irruption dans la chambre de Dona, au moment où elle fixe les rubis à ses oreilles. Il voit William, avec sa bouche plissée et son visage impénétrable. Enfin, il aperçoit *La Mouette* à l'ancre, dans une étroite crique bordée d'arbres descendant jusqu'à l'eau. Il entend crier le héron, le courlis, et, dans son sommeil, il revit la délicieuse folie de cette lointaine mi-été qui, pour la première fois, fit de la crique un refuge et un symbole d'évasion.

CHAPITRE II

L'horloge de l'église sonnait la demie, au moment où la berline entrait avec fracas dans Launceston et s'arrêtait sur la place devant l'auberge. Le cocher poussa un grognement et son compagnon, se laissant glisser à terre, courut tenir la tête des chevaux. Deux doigts dans la bouche, le cocher siffla. Un palefrenier parut bientôt, l'air étonné, endormi, se frottant les yeux.

— De l'eau et de quoi manger pour les chevaux, sans perdre de temps, dit le cocher en se levant et s'étirant. Puis il lança un regard amer autour de lui, tandis que son compagnon tapait des pieds pour se dégourdir et lui adressait un sourire de sympathie.

— Ils ne se sont pas encore cassé le cou, c'est déjà de la chance, dit-il doucement. « Après tout, peut-être valent-ils le tas de guinées que sir Harry a payées pour eux. » Le cocher eut un haussement d'épaules. Il se sentait trop fatigué, trop ankylosé, pour discuter. Ces routes étaient infernales. Si les roues se brisaient, si les chevaux se couronnaient, ce serait lui et non son compagnon qui en recevrait le blâme. Si au moins ils avaient pu marcher à une allure raisonnable, prendre une semaine pour le voyage! Mais non, à cause de la sacrée humeur de Milady, il fallait aller d'un train d'enfer, sans ménager ni hommes ni bêtes. Dieu merci, elle s'était endormie et, pour l'instant, tout semblait tranquille à l'intérieur de la berline. Il se trompait. En effet, au moment où le palefrenier reparut, portant un seau d'eau à chaque main et que les chevaux se mirent à boire avec avidité, la portière s'ouvrit violemment, et, se penchant au-dehors, le regard clair, parfaitement éveillée, sa maîtresse l'interpella, de cette voix froide et hautaine, qu'il avait appris à redouter ces derniers jours, plus impérieuse que jamais.

— Que diable signifie cette attente? dit-elle. Ne vous êtes-vous pas déjà arrêté il y a trois heures pour faire boire les chevaux?

Marmottant une prière demandant la patience, le cocher descendit du siège et s'approcha de la portière.

— Ils ne sont pas accoutumés à aller d'un pareil train, Milady, dit-il. Vous oubliez qu'en deux jours, nous venons de couvrir près de cent lieues; de plus, ces routes ne conviennent pas à des chevaux de sang.

— Sornettes que tout ça! répliqua-t-elle. Plus le sang est pur, plus grande est l'endurance. Dorénavant, vous n'arrêterez que lorsque je vous en donnerai l'ordre. Payez cet individu et partons!

— Oui, Milady.

La bouche crispée par la fatigue et l'obstination, le cocher fit signe à son compagnon et, grommelant d'inintelligibles paroles, regrimpa sur son siège.

Ayant retiré les seaux, l'obtus palefrenier resta planté là, ébaubi, tandis que piaffant, soufflant des naseaux, tout fumants, les chevaux quittaient la place pavée de la petite ville endormie, pour reprendre la route cahotante et raboteuse.

Dona regarda maussadement par la portière, le menton sur ses mains. Heureusement, les enfants continuaient à dormir. Même Prue, leur bonne, la bouche ouverte, le visage congestionné, n'avait pas bougé depuis plus de deux heures. La pauvre Henrietta, image en réduction de Harry, après avoir eu mal au cœur pour la quatrième fois, appuyait sa tête blonde, au visage pâle et défait, sur l'épaule de la bonne. James ne bronchait pas, il dormait du profond sommeil de l'enfance; probablement ne se réveillerait-il qu'arrivé à destination. Mais alors, quel dépitant accueil! Sans doute, lits humides, volets clos, atmosphère renfermée et moisie de pièces inhabitées, irritation et mauvaise humeur des serviteurs non prévenus. Et tout ça, pour obéir à ce soudain bouillonnement de colère contre la futilité de sa vie, de ces incessants soupers, dîners, parties de cartes, de ces frasques idiotes, dignes tout au plus d'une écolière en vacances, de ce flirt stupide avec Rockingham, tandis que Harry, paresseux et bon vivant, avec sa complaisance, son bâillement d'avant minuit, sa placide et somnolente admiration, remplissait trop bien son rôle de mari parfait. Depuis des mois, cette impression de futilité grandissait en elle, intermittente, se réveillant brusquement, comme un mal de dents. Mais il avait fallu ce vendredi soir pour lui révéler à quel point elle se détestait, s'exaspérait elle-même. Et, à cause de ce vendredi soir, elle était en train de faire un ridicule voyage, secouée dans cette sacrée voiture, pour se rendre dans une demeure qu'elle connaissait à peine, ne l'ayant vue qu'une fois et où, furieuse, irritée, elle emmenait une bonne en révolte et deux enfants ahuris.

Cette fois encore, comme elle l'avait toujours fait, elle obéissait à une impulsion, vague murmure, suggestion, qui, soudain, la forçaient à agir et qu'ensuite, elle regrettait. C'est ainsi qu'elle avait épousé Harry, dont le rire, spirituel et nonchalant, l'avait charmée; et aussi, parce qu'elle avait cru voir dans ses yeux bleus une expression profonde qu'ils n'avaient pas réellement. Maintenant, elle se rendait compte qu'après tout... Mais, ces choses, on ne les avoue pas, pas même à soi. Du reste, à quoi bon? Ce qui est fait, est fait. N'avait-elle pas deux grands enfants? Quoi qu'il en fût, elle aurait trente ans, le mois prochain.

Non, ce n'était pas le pauvre Harry qu'il fallait blâmer, ni la vie absurde qu'ils menaient, ni les folles escapades, ni leurs amis, ni l'atmosphère suffocante d'un précoce été, venant transformer en poussière les boues de Londres, ni les vains bavardages du théâtre, ni les futiles, frivoles et lestes propos que Rockingham chuchotait à son oreille. Non, elle ne devait s'en prendre qu'à elle-même.

Trop longtemps, elle avait joué un rôle indigne d'elle. N'avait-elle pas, cédant aux exigences de son entourage, consenti à être cette créature superficielle, ravissante, qui, rieuse, acceptait avec un haussement d'épaules, adulations et louanges, comme un tribut naturel à sa beauté, insouciante, insolente, volontaire, indifférente, tandis qu'une autre Dona, étrange, semblable à un fantôme, l'épiait du fond d'un sombre miroir, et avait honte?

Cette autre elle-même savait que la vie n'est pas nécessairement amère, indigne, bornée, mais qu'elle peut être illimitée, infinie, — et que cela implique de la souffrance, de l'amour, du danger, de la tendresse, et plus encore, beaucoup plus. Oui, son dégoût d'elle-même lui était apparu dans toute son ampleur, ce fameux vendredi soir; de sorte qu'en ce moment, assise dans la berline, le visage caressé par la douce atmosphère des champs, elle sentait encore l'odeur de Londres, fétide, chaude, qui montait du ruisseau et se mêlait d'inexplicable façon au ciel pesant, au bâillement de Harry, en train d'épousseter les basques de son habit, au sourire aigu de Rockingham — comme si tout cela incarnait un monde mourant et las, dont elle devait se libérer, s'échapper, avant que le ciel ne s'écroulât sur elle, qu'elle n'en fût l'esclave à jamais. Elle revoyait le colporteur aveugle au coin de la rue, l'oreille tendue, guettant le bruit d'une pièce jetée dans son escarcelle, le jeune apprenti de Haymarket qui, un plateau sur la tête, déambulait en criant sa marchandise d'une voix aiguë et désolée. A un certain moment, trébuchant sur des ordures dans le ruisseau, il avait renversé sa pacotille sur les pavés poussiéreux. Mais, surtout, elle se rappelait le théâtre bondé, la puanteur du parfum sur les corps échauffés, les rires niais, le bruit, la loge royale, le Roi, son entourage, la populace impatiente aux places bon marché, frottant la semelle, jetant des pelures d'oranges sur la scène, criant, pour faire commencer le spectacle; enfin Harry, riant sans raison, à son habitude, jusqu'au moment où, assommé par la pièce — à moins qu'il n'eût trop bu avant de sortir, — il se mit à ronfler dans son fauteuil, tandis que Rockingham, saisissant l'occasion, se rapprochait et lui chuchotait des mots tendres à l'oreille. Au diable son impudence, son air de possession, sa familiarité! Et cela, simplement parce qu'une fois, par désœuvrement, et que la nuit était belle, elle lui avait permis de l'embrasser. Après le théâtre, ils étaient allés souper au Swan, qu'elle détestait, l'amusement de la nouveauté étant épuisé, et la notion d'être la seule femme légitime parmi toutes ces femmes légères ne la stimulant plus.

Autrefois, souper avec Harry dans ces lieux où aucun autre mari n'emmenait sa femme, coudoyer ces dames de la ville, voir les amis de Harry scandalisés, puis charmés, et finalement excités comme des écoliers curieux dans un endroit défendu, l'avait amusée, avait aiguisé son sens du plaisir. Mais, dès le début, cependant, elle en avait éprouvé une sorte de honte, un étrange sentiment de dégradation, comme si elle s'était affublée pour quelque mascarade, de vêtements qui ne lui allaient pas.

Et la façon dont Harry, avec son rire charmant et un peu niais, son air consterné et vaguement choqué, lui avait dit : « Vous êtes la fable de la ville, savez-vous? La canaille elle-même jase sur vous dans les tavernes! » Plus que d'en éprouver des regrets, elle en avait été irritée. Elle eût préféré qu'il se mît en colère, criât, l'insultât même. Mais il s'était borné à rire, à hausser les épaules et l'avait caressée de sa manière lourde et maladroite. Alors, elle avait compris que sa folle équipée ne l'avait point ému, que même, en son for intérieur, il était enchanté et flatté qu'on parlât d'elle. La berline cahota brusquement, dans une profonde ornière, et James se retourna dans son sommeil, son petit visage froncé, comme s'il allait pleurer. Dona lui tendit le jouet qu'il avait laissé tomber. Il le serra contre sa joue et se rendormit. Comme il ressemblait à Harry en ce moment, lorsque Harry la suppliait de le rassurer sur l'affection qu'elle lui portait! Elle se demanda pourquoi ce qui la séduisait et la touchait en James, chez Harry, lui semblait ridicule et secrètement l'irritait.

Comme elle finissait de s'habiller, ce fameux vendredi soir, et qu'elle était en train de fixer à ses oreilles les rubis de sa parure, elle avait souri, se rappelant l'expression de James, quand il avait attrapé son pendentif et l'avait fourré dans sa bouche. Harry, debout près d'elle, occupé à secouer la dentelle de ses poignets, avait surpris son sourire et l'avait interprété comme une avance. « Pourquoi me regardez-vous ainsi? » s'était-il écrié. « Dona, lâchons le spectacle! Que Rockingham et les autres aillent se faire pendre! Passons la soirée ici, ensemble, que diable! » Pauvre Harry! Comme ça lui ressemblait! Prendre pour lui un sourire qui ne lui était pas adressé, et s'en pâmer d'adoration! « Vous êtes ridicule », avait-elle répondu, s'écartant de lui, de crainte qu'il ne touchât son épaule nue de ses mains maladroites. Harry, alors, avait pris cette expression obstinée et boudeuse qu'elle connaissait si bien, et, comme cela leur était arrivé maintes fois, ils étaient partis pour le spectacle de mauvaise humeur, irrités, gâchant d'avance leur soirée, avant même de l'avoir commencée.

Il avait alors appelé ses épagneuls, qui arrivèrent en jappant, réclamant des friandises, remplissant la pièce de leurs aboiements aigus, de leurs gambades, de leurs sauts.

— Attrape, Duc! Attrape, Duchesse! disait-il. Cherche! Apporte! Et il leur lançait des morceaux de biscuit à travers la pièce, jusque sur son lit. Sans cesser d'aboyer, ils grattaient les rideaux de leurs pattes, essayaient de grimper sur la couche, si bien que Dona, les doigts sur les oreilles, afin de ne plus les entendre, s'était esquivée de la pièce, blanche, froide, irritée, pour se plonger dans la chaude et nauséabonde atmosphère de la rue, sous un ciel vide, suffocant, où l'attendait sa chaise à porteurs.

De nouveau, la berline fit une brusque embardée sur la route défoncée. Cette fois, ce fut la bonne qui s'agita. Pauvre malheureuse Prue, avec son visage honnête, bête, alourdi et brouillé par la fatigue! Comme elle devait en vouloir à sa maîtresse de ce subit, de cet inexplicable voyage! Dona se demanda si Prue avait laissé, derrière elle à Londres, quelque jeune amoureux désespéré qui, sans doute, se consolerait et en épouserait une autre, et si la vie de Prue serait gâchée à cause d'elle, Dona, avec ses fantaisies, ses caprices, ses violences, ses sautes d'humeur. Que pourrait faire la pauvre Prue, au manoir de Navron, sinon arpenter l'allée avec les enfants ou les promener dans le jardin, regrettant les lointaines rues de Londres et soupirant! Mais, au fait, y avait-il un jardin à Navron? Elle ne s'en souvenait pas. Comme il paraissait loin, déja, ce bref séjour qu'elle y avait fait peu après son mariage! Elle se rappelait les arbres, une rivière brillante, une pièce allongée, avec de grandes croisées. Mais, le reste, elle l'avait oublié. Alors, elle attendait Henrietta et souffrait de perpétuels malaises si bien que sa vie là-bas s'était passée entre des sofas, des canapés et des flacons de sels.

Subitement — la berline venait de brimbaler le

long d'un verger où fleurissaient des pommiers, — Dona sentit qu'elle avait faim, qu'elle devait manger — et, mettant la tête à la portière, elle appela le cocher.

— Nous allons nous arrêter ici pour manger, dit-elle. Venez m'aider à étendre les couvertures près de la haie.

L'homme baissa vers elle un regard ahuri.

— Mais, Milady, le sol risque d'être humide; vous prendrez froid.

— Des bêtises, Thomas. J'ai faim. Nous avons tous faim. Il nous faut manger!

Le visage rouge, embarrassé, Thomas descendit de son siège, tandis que son compagnon se détournait et toussotait derrière sa main.

— Il y a une auberge à Blodmin, Milady, hasarda-t-il. Vous y seriez mieux pour manger, Milady, et peut-être pourrez-vous vous y reposer. Sûrement, ce serait plus convenable. Si quelqu'un passe par ici et vous voit installée sur le bord de la route, je crains que sir Harry...

— Mille tonnerres, Thomas, ne pouvez-vous obéir sans discuter! dit Dona.

Ouvrant elle-même la portière, elle descendit sur la route boueuse et releva sa robe au-dessus de ses chevilles, de la façon la plus effrontée. « Pauvre sir Harry », pensa le cocher, « voilà donc ce que, tous les jours, il doit endurer! » En moins de cinq minutes, Dona les avait tous rassemblés sur le talus, la bonne clignotante, ensommeillée, les enfants ahuris, les yeux ronds.

— Buvons de la bière, dit-elle. Il y en a dans le panier sous la banquette. J'en ai une envie folle! Oui, James, tu en auras aussi.

Elle s'assit sur le talus, ses jupes retroussées, son capuchon rejeté en arrière, lampant sa bière comme une simple bohémienne, en mouillant le bout de son doigt pour la faire goûter à son petit garçon, souriant de temps à autre au cocher, pour lui montrer qu'elle ne lui en voulait pas de sa façon brutale de conduire, ni de son entêtement.

— Il vous faut boire tous les deux, dit-elle. Il y en a assez pour tous!

Évitant le regard de la bonne, ils se virent obligés de trinquer. Quant à celle-ci, aussi choquée qu'eux, elle rêvait d'une chambre tranquille dans une auberge, où elle aurait trouvé de l'eau chaude et pu laver le visage et les mains des enfants.

— Où allons-nous? demanda pour la douzième fois Henrietta, promenant autour d'elle un regard de dégoût, et tenant sa robe serrée contre elle, afin que la boue ne la salît point. N'allons-nous pas bientôt rentrer à la maison?

— Nous allons dans une autre maison, répondit Dona, bien plus jolie, où tu pourras courir dans les bois et salir tes robes autant que tu voudras, sans que Prue te gronde, parce que ça n'aura pas d'importance.

— Je ne veux pas me salir, je veux rentrer chez nous, dit Henrietta, les lèvres tremblantes.

Elle posa sur Dona un regard de reproche, et, sans doute fatiguée par cet étrange voyage, déconcertée par ce repas au bord de la route, regrettant son train-train quotidien, elle se mit à pleurer. James jusqu'alors heureux et serein, ouvrit une grande bouche, et se mit à hurler à l'unisson.

— Là, là, mes mignons! Là, là, mes trésors! dit Prue, les serrant tous les deux dans ses bras, la voix chargée de reproches à l'égard de sa maîtresse, responsable de tout ce vacarme. Si bien que Dona, excédée, se leva et, repoussant du pied les restes du repas, s'écria :

— Allons, repartons! Mais, pour l'amour du ciel, pas de larmes!

Et, pendant que la bonne, les provisions et les enfants réintégraient tant bien que mal la berline, elle resta debout sur la chaussée, à humer l'air avec délice. Oui, il y flottait un parfum de pommiers en fleur et d'ajoncs, auquel se mêlait l'âcre senteur de la mousse et de la tourbe des landes lointaines, et, venant de plus près, d'au-delà des dernières collines, l'humide odeur de la mer.

Du coup, les larmes des enfants, l'air chagrin de Prue, la bouche renfrognée du cocher, le regard bouleversé de Harry, lorsqu'elle lui avait annoncé sa décision, et qu'il s'était écrié : « Mais, sacré tonnerre, Dona, qu'ai-je-fait? Qu'ai-je dit? Ne savez-vous donc pas que je vous adore? » tout cela fut oublié. En effet, pouvoir se tenir ainsi, le visage exposé au soleil et au vent, n'était-ce pas la liberté? Pouvoir sourire et être seule, c'était vivre, enfin!

Elle avait tâché d'expliquer ça à Harry, ce fameux vendredi soir, après la sotte escapade à Hampton Court, de lui faire comprendre que le mauvais tour joué à la comtesse n'était qu'un stupide amusement, une pitoyable façon de tromper ses aspirations; que ce qu'en réalité elle cherchait, c'était l'évasion. Oui, s'évader hors d'elle-même, de cette vie qu'ensemble ils menaient. Elle était arrivée à un moment, à un point de son existence, où il lui fallait changer. C'était une crise; elle avait besoin de solitude pour la traverser.

— Allez à Navron, puisque vous le désirez! avait-il déclaré avec humeur. Je vais faire dire qu'on prépare tout pour votre arrivée, qu'on ouvre la maison, et que les serviteurs soient là. Mais je ne vous comprends pas! Pourquoi cette hâte? Pourquoi n'en avez-vous encore jamais parlé? Pourquoi ne voulez-vous pas que je vienne avec vous?

— Parce que je désire être seule, dit-elle. Parce que je suis dans des dispositions telles que, si je ne l'étais pas, je vous rendrais fou, et moi aussi.

— Non, je ne comprends pas, répétait-il, la bouche durcie, le regard sombre.

Alors, elle avait essayé de lui expliquer son état d'esprit par une image.

— Vous souvenez-vous de la volière de mon père, dans le Hampshire? dit-elle. Les oiseaux y étaient bien nourris, ils y disposaient de toute la place nécessaire pour voler. Un jour, j'en sortis une linotte, mais, quand j'ouvris ma paume, elle partit d'un trait vers le ciel.

— Je ne vois pas le rapport, dit-il, croisant les mains derrière son dos.

— Je me sens comme elle, comme cette linotte avant de s'envoler, dit-elle.

Puis, elle se détourna, et, malgré son tourment, sourit de l'air perplexe et ahuri de Harry qui, en chemise de nuit blanche, la regardait fixement. Il haussa les épaules, le pauvre cher Harry. Qu'aurait-il pu faire d'autre? Il haussa donc les épaules, entra dans le lit, se coucha loin d'elle et, le visage tourné vers le mur, marmotta :

— Enfer et damnation, Dona! Pourquoi diantre faut-il que vous soyez si compliquée?

CHAPITRE III

Un instant l'espagnolette résista. Sans doute, était-elle grippée faute d'usage. Enfin, elle céda, et Dona ouvrit toute grande la fenêtre pour laisser entrer le soleil et l'air frais.

— Pouah, dit-elle. Cette pièce sent le caveau!

A ce moment, dans la vitre éclairée par un rayon de lumière, elle aperçut le reflet du domestique, petit homme frêle, à la bouche plissée, au visage étrangement pâle. Elle aurait pu jurer qu'il souriait, mais lorsqu'elle se retourna, il était impassible, solennel, comme il n'avait cessé de l'être depuis leur arrivée.

— Je ne me souviens pas de vous, dit-elle. Vous n'étiez pas ici, la dernière fois que nous sommes venus?

— Non, Milady, répondit-il.

— Il y avait alors un vieillard, — j'oublie son nom. Il était perclus de rhumatismes et pouvait à peine marcher; qu'est-il devenu?

— Il est dans sa tombe, Milady!

— Ah! dit-elle, et, mordant sa lèvre, se retourna vers la croisée. Le drôle se moquait-il d'elle? « C'est donc vous qui l'avez remplacé? » poursuivit-elle parlant par-dessus son épaule, le regard tourné vers les arbres.

— Oui, Milady!

— Quel est votre nom?

— William, Milady!

Elle avait oublié l'accent des gens de Cornouailles. Curieuse prononciation vraiment, presque étrangère. Quand, de nouveau, elle se retourna, elle vit qu'il avait ce même sourire lent qu'elle avait aperçu sur son visage dans la vitre.

— Notre arrivée à l'improviste a dû beaucoup déranger, je le crains, reprit-elle. Rouvrir ainsi la maison; elle est restée fermée trop longtemps, c'est certain. Il y a de la poussière partout; je me demande si vous vous en êtes aperçu?

— Je le sais, Milady, répondit-il. Mais, comme Votre Seigneurie ne venait jamais à Navron, il ne m'a guère semblé utile d'entretenir toutes les chambres. Il est difficile de mettre sa fierté dans un travail lorsque personne ne l'apprécie!

— De sorte que, dit-elle, amusée, l'oisiveté du maître provoque celle du serviteur?

— Exactement, Milady, répondit-il d'un air grave.

Dona fit le tour de la pièce, palpant l'étoffe terne et fanée des meubles, passa la main sur les montants sculptés de la cheminée, regarda les portraits suspendus aux murs : le père de Harry, par Van Dyck. Quel ennuyeux visage! Et cette miniature, dans un écrin, peinte l'année de leur mariage, c'était certainement Harry. Elle s'en souvenait maintenant. Quel air jeune et pompeux il avait alors! Elle la reposa, sentant peser sur elle les yeux du valet. Étrange personnage, vraiment! Puis elle se ressaisit. Jamais encore un domestique n'avait eu raison d'elle.

— Faites en sorte, je vous prie, que toutes les pièces de la maison soient balayées et époussetées, dit-elle, que l'argenterie soit nettoyée, qu'il y ait des fleurs dans chaque chambre, bref, que tout soit comme si la maîtresse de maison n'avait pas été oisive et habitait depuis longtemps ici.

— Ce sera pour moi un plaisir, Milady! dit-il.

S'étant incliné, il quitta la chambre; et Dona,

vexée, se rendit compte qu'une fois de plus, il s'était moqué d'elle, sans familiarité, ni ostentation, mais secrètement, en son for intérieur.

Par la porte-fenêtre, elle sortit sur la pelouse qui s'étendait devant la maison. Les jardiniers, eux du moins, avaient rempli leur tâche; l'herbe était fraîchement tondue, les haies bien taillées; peut-être la veille, en hâte, ou le jour précédent, dès qu'ils avaient appris l'arrivée de leur maîtresse. Pauvres diables! Elle comprenait leur négligence. Comme ils devaient la maudire, de venir ainsi bouleverser le cours tranquille de leur existence, interrompre leur paresseuse routine. Et surtout cet étrange William, comme il devait lui en vouloir de son irruption. Avait-il réellement l'accent du pays?

D'une fenêtre, ouverte quelque part dans la maison, lui arrivait la voix grondeuse de Prue réclamant de l'eau chaude pour les enfants, et les vigoureuses clameurs de James. Pauvre chéri! Pourquoi fallait-il le laver, le baigner, le déshabiller? Pourquoi ne pas le jeter tel quel, enveloppé d'une couverture, dans n'importe quel coin sombre, et le laisser dormir? Elle se dirigea vers une éclaircie, entre les arbres, dont elle se souvenait, et, regardant au-delà, elle aperçut la rivière. C'était bien elle, luisante, calme, silencieuse. Le soleil l'éclairait encore, la moirant de vert et d'or; une brise légère en ridait la surface. Sans doute y avait-il un bateau quelque part — William devait savoir, — elle le prendrait et se laisserait entraîner vers la mer. Quelle folie! Quelle aventure! Elle emmènerait James; ils plongeraient tous deux leurs mains et leur visage dans l'onde; l'écume les éclabousserait; des poissons sauteraient hors de l'eau, des oiseaux de mer piailleraient autour d'eux. Oh, ciel! Enfin elle était partie, s'était échappée, libérée! Se trouvait-elle réellement à près de deux cents lieues de la rue Saint-James, de l'obligation de faire toilette pour dîner, du Swan, des odeurs de Haymarket, de l'odieux et insinuant sourire de Rockingham, du bâillement de Harry, du reproche de ses yeux bleus? A des centaines de lieues aussi de la Dona qu'elle méprisait, de la Dona qui, par diablerie ou par ennui, ou pour ces deux raisons à la fois, avait joué à la vieille comtesse, cette farce stupide à Hampton Court : en haut-de-chausses prêtés par Rockingham, drapée dans une cape et masquée, elle était partie à cheval avec les autres, laissant Harry (trop pris de boisson pour réaliser ce qui se passait) au Swan et, avec eux, jouant aux voleurs de grands chemins, avait arrêté la voiture de la comtesse et l'avait obligée à en descendre sur la route!

— Qui êtes-vous? Que voulez-vous? avait crié la pauvre petite vieille, tremblant de peur, tandis que Rockingham, étouffant d'un rire silencieux, avait dû dissimuler son visage contre l'encolure de son cheval, et qu'elle, Dona, feignant d'être le chef de la bande, demandait d'une voix froide et claire :

— Cent guinées ou l'honneur!

Et la comtesse, pauvre malheureuse, qui avait au moins soixante ans, et dont le mari était dans sa tombe depuis près de vingt ans, tâtonnant pour prendre sa bourse, avait compté ses pièces d'or, terrifiée à l'idée que ce jeune vaurien de la ville allait la précipiter dans le fossé — et comme elle tendait l'argent et levait son regard vers le visage masqué de Dona, les coins de sa bouche tremblaient piteusement.

— Pour l'amour de Dieu, épargnez-moi, dit-elle. Je suis âgée et très fatiguée.

Alors Dona, subitement envahie par la confusion et la honte, lui avait rendu sa bourse et, tournant bride, était repartie vers la ville, furieuse contre elle-même, se maudissant, aveuglée par des larmes de repentir, tandis que Rockingham la poursuivait en criant :

— Qu'est-ce qui vous prend Dona? Que diable s'est-il passé?

Et lorsque Harry, à qui l'on n'avait parlé que d'une promenade à cheval au clair de lune à Hampton Court, était rentré d'un pas incertain se coucher, il avait trouvé sa femme l'attendant à la porte, en haut-de-chausses, prêtés par son meilleur ami.

— Ah, j'avais oublié, dit-il, la contemplant d'un air ahuri et se frottant les yeux. Il y avait donc une mascarade? Le Roi y assistait-il?

— Non! que le diable vous emporte! répondit Dona. Il n'y a pas eu de mascarade. Et celle à laquelle j'ai pris part est terminée, finie à jamais!

Montant dans leur chambre à coucher, ils avaient eu une interminable discussion, suivie d'une nuit blanche et d'une nouvelle discussion, le lendemain matin. Rockingham avait demandé à la voir, mais Dona lui avait refusé sa porte. Un courrier était parti à cheval pour Navron, prévenir de son arrivée. Puis le voyage! Et, enfin, ce silence, cette solitude, cette incroyable liberté!

Le soleil, en train de se coucher derrière les arbres, posait un reflet rouge sur la rivière; des corbeaux tournoyaient dans le ciel, en rejoignant leur nid; la fumée des cheminées s'élevait en minces spirales et, dans le vestibule, William allumait les chandelles.

Elle soupa tard, comme elle le préférait. Dieu merci, dîner tôt, était chose finie! — et mangea avec un nouveau et coupable plaisir, seule, au haut de la longue table, tandis que William, debout derrière sa chaise, la servait silencieusement. Ils formaient un étrange contraste, lui dans la sobriété de ses vêtements sombres, avec son étroit et indéchiffrable visage, ses petits yeux, sa bouche plissée; elle, dans sa robe blanche, avec sa parure de rubis, ses cheveux relevés en bouclettes, derrière les oreilles, comme le voulait la mode.

De longues bougies éclairaient la table, dont les flammes, agitées par l'air venant du dehors, posaient des ombres et des lumières mouvantes sur ses traits. « Oui, se disait le serviteur, ma maîtresse est belle, mais fort impétueuse et un peu triste; sa bouche a quelque chose de mécontent et une ligne légère marque sa trace entre ses sourcils. » Il lui remplit son verre et, en esprit, la compara au portrait, suspendu au mur de la chambre à coucher d'en haut. N'était-ce vraiment que la semaine dernière qu'en compagnie d'un homme, il avait regardé le tableau, et que celui-ci avait dit :

— La verrons-nous un jour, William, ou restera-t-elle à jamais le symbole de l'inconnu? Puis, scrutant l'image avec un vague sourire, il avait ajouté : Les yeux sont très grands, très beaux, William, mais pourquoi ces ombres? Et sous ses paupières, pourquoi ces marques, comme si quelqu'un y avait passé un doigt malpropre?

— Y a-t-il du raisin? demanda Dona, rompant soudain le silence. Je voudrais des raisins, noirs et succulents, encore veloutés par la fleur.

— Oui, Milady, il y en a, répondit le domestique, arraché à sa rêverie.

Il sortit et rapporta des raisins, dont il coupa une grappe sur l'assiette de Dona avec des ciseaux d'argent. Sa bouche plissée se contractait à la pensée des nouvelles qu'il devrait donner, le lendemain ou le jour suivant, dès que commenceraient les marées du printemps et que le bateau reviendrait.

— William, dit-elle.

— Milady?

— La bonne vient de me dire que les servantes sont nouvelles, que vous ne les avez engagées que lorsque vous avez appris mon arrivée? L'une vient de Constantine, paraît-il, l'autre de Gweek, et le cuisinier de Penzance. Il est nouveau, lui aussi, prétend-elle.

— C'est parfaitement exact, Milady!

— Pourquoi, William? J'ai toujours cru, et c'est

aussi la conviction de Sir Harry, que Navron avait un personnel complet!

— Il m'a semblé, Milady — peut-être à tort, c'est à vous d'en juger — qu'un seul serviteur désœuvré suffisait dans une maison. Toute cette dernière année, j'ai vécu, ici, complètement seul...

Mordillant sa grappe de raisin, elle lui lança un regard par-dessus son épaule.

— Savez-vous que, pour cela, je pourrais vous renvoyer, William?

— Oui, Milady!

Elle continuait à manger ses raisins tout en le considérant, irritée et vaguement intriguée par son attitude déconcertante. Pourtant, elle savait qu'elle ne le renverrait pas.

— En admettant que je vous garde, alors quoi?

— Je vous servirai fidèlement, Milady.

— Comment puis-je le savoir?

— J'ai toujours servi fidèlement ceux que j'aime, Milady!

La petite bouche plissée du domestique gardait son impassibilité, ses yeux ne disaient rien; mais en son for intérieur, elle sentait qu'en ce moment, il ne se moquait pas, qu'il disait la vérité.

— Dois-je prendre cela pour un compliment, William? dit-elle enfin, en se levant.

— C'est dans ce sens que je l'ai dit, Milady, répondit-il en retirant sa chaise.

Rapidement, sans un mot, elle quitta la pièce, sachant qu'en cet étrange petit homme, aux façons mi-familières, mi-courtoises, elle avait trouvé un allié, un ami. Elle rit intérieurement, songeant à la consternation et à l'incompréhension de Harry : « Quel impertinent manant! aurait-il dit. Voilà un drôle qui mérite le fouet! »

Il va sans dire que tout cela n'était pas bien, que William s'était conduit de façon inqualifiable. Il n'avait pas à rester seul dans la maison. Quoi d'étonnant à ce que tout fût rempli de poussière, et que persistât cette odeur de cimetière? Pourtant, elle le comprenait. N'était-elle pas venue à Navron précisément afin d'être seule, elle aussi? Peut-être William avait-il une femme querelleuse, une existence pleine de soucis, quelque part, en Cornouailles? Peut-être, lui aussi avait-il souhaité s'évader? Elle se posait ces questions, tout en se délassant au salon, un livre sur les genoux, les yeux fixés sur le feu allumé par lui. Avant son arrivée, s'installait-il ici, au milieu des housses? Lui en voulait-il de ce qu'elle occupât maintenant cette pièce? Quel luxe exquis de se trouver ainsi, seule, un coussin derrière la tête, la brise entrant par la fenêtre, vous ébouriffant les cheveux, de se reposer, certaine qu'aucune lourde présence, aucun rire bruyant, aucune voix éraillée ne viendraient l'importuner! Oui, ces choses appartenaient à un autre monde, un monde de pavés poussiéreux, de rues malodorantes, de garçons livreurs, de mauvaise musique, de tavernes, d'amitiés trompeuses, de futilité! Pauvre Harry! Sans doute était-il en train de souper au Swan — avec Rockingham probablement — et gémissait-il sur sa malchance, à moitié endormi sur ses cartes. Il devait boire un peu trop, et dire : « Damnation! Elle ne faisait que parler d'un oiseau, et se comparait à lui! Que diable voulait-elle dire? » Et Rockingham, avec son sourire aigu, malicieux, ses yeux étroits, qui comprenaient ou s'imaginaient comprendre ses plus vils défauts, marmottait : « En effet, que voulait-elle dire, je me le demande? »

Quand le feu baissa et que l'air fraîchit dans la pièce, elle monta se coucher, mais, en passant, elle s'arrêta chez les enfants voir si tout allait bien. Henrietta ressemblait à une poupée de cire, avec ses boucles blondes auréolant son visage et sa bouche un peu boudeuse. Quant à James, les sourcils froncés, il dormait, grassouillet et truculent, comme un petit carlin. Elle rentra son poing potelé sous la couverture et l'embrassa. A ce moment, il ouvrit un œil et sourit. Elle se glissa hors de la chambre, honteuse de la secrète préférence qu'il lui inspirait — n'était-ce pas humiliant — simplement parce qu'il était un garçon! Sans doute deviendrait-il un homme gros, lourd, sans charme, et rendrait-il quelque femme malheureuse.

Une branche de lilas avait été placée — était-ce William? — sur la cheminée de sa chambre, au-dessous de son portrait; elle remplissait la pièce d'un parfum entêtant et doux. « Dieu merci, pas de pattes d'épagneuls, ni de grattements, ni d'odeur de chien, et le grand lit pour moi toute seule! » se dit-elle, en se déshabillant. Son portrait semblait la regarder, de là-haut, avec intérêt. « Ai-je vraiment cette bouche maussade? se demanda-t-elle. Ce froncement impérieux des sourcils? Étais-je bien ainsi, il y a sept ans? Suis-je encore ainsi? »

Elle enfila sa chemise de nuit, soyeuse, blanche, légère, étira ses bras au-dessus de sa tête, puis se pencha à la croisée. Mouvantes, les branches se détachaient contre le ciel. En contrebas du jardin, là-bas, dans la vallée, la rivière coulait à la rencontre de la marée. Elle imagina ses eaux fraîches, bouillonnantes des dernières pluies, roulant à la rencontre des vagues salées, puis, comment elles se mêlaient, s'unissaient, pour aller se briser ensemble sur la grève. Ayant écarté les rideaux, afin de laisser la lumière de la lune inonder la chambre, elle posa le bougeoir sur la table près du lit et se coucha.

Et, tandis qu'à moitié endormie, elle regardait la lune dessiner ses arabesques sur le parquet, elle sentit un autre parfum se mêlant à celui du lilas, fort, âcre, qu'elle ne pouvait identifier, et qui lui piquait les narines, même lorsqu'elle tournait la tête sur l'oreiller. Cette odeur semblait venir du tiroir de la table. Tendant le bras, elle l'ouvrit et aperçut un livre et un pot à tabac. C'était donc cela qu'elle sentait. Elle prit le pot, regarda le tabac; il était brun, fort, fraîchement haché. William aurait-il eu l'audace de dormir dans son lit? De s'étendre là, fumant et regardant son portrait? Cela dépassait vraiment la mesure! Mais, ce tabac avait quelque chose de si personnel, ressemblait si peu à William qu'elle se dit que sans doute elle se trompait. Pourtant, William n'habitait-il pas seul à Navron depuis une année?

Elle ouvrit le livre — il aimait donc lire? — et fut singulièrement étonnée de découvrir que c'étaient des poèmes en français, du poète Ronsard. Sur la page de garde, quelqu'un avait inscrit les initiales J. B. A., suivies du mot « Finistère » et, au-dessous, dessiné une minuscule mouette.

CHAPITRE IV

En se réveillant, le lendemain matin, sa première pensée fut de faire appeler William, de lui présenter le pot à tabac et le volume de vers, de lui demander s'il avait bien dormi sur son nouveau sommier, ou s'il avait regretté le confort de son lit à elle. Elle s'amusa à imaginer le petit visage indéchiffrable du domestique, rougissant enfin, et la consternation figeant sa bouche plissée. Mais, lorsque la servante, gauche, lourde et rougissante, lui apporta son petit déjeuner, elle décida de ne rien brusquer, car quelque chose l'avertissait que, pour l'instant, parler de sa découverte serait prématuré.

Elle décida donc de laisser poèmes et pot à tabac dans le tiroir de sa table de chevet. Quand elle fut levée et habillée, elle descendit et constata que la salle à manger et le salon avaient été balayés et nettoyés, comme elle l'avait ordonné; il y avait des fleurs fraîches dans les chambres, les fenêtres étaient grandes ouvertes et William lui-même était en train de fourbir les hautes appliques contre le mur.

Immédiatement, il s'enquit si elle avait passé une bonne nuit. « Oui », répondit-elle, et songeant que le moment était opportun; elle ajouta : « J'espère que vous n'avez pas été fatigué par notre arrivée? » Sur quoi, il se permit de sourire, et dit :

— Vous êtes pleine de sollicitude, Milady! Non,

comme toujours, j'ai bien dormi. Pendant la nuit, une fois, j'ai entendu pleurer master James, mais la bonne l'a calmé. C'était étrange, ces pleurs d'enfant dans la maison, après un si long silence.

— Cela ne vous a pas agacé?

— Non, Milady. Ça m'a rappelé ma propre enfance. J'étais l'aîné de treize enfants, et, sans cesse, il en arrivait de nouveaux.

— Votre famille habite-t-elle près d'ici, William?

— Non, Milady, répondit-il d'un ton qui semblait dire : « La vie d'un domestique lui appartient; ne cherchez pas à vous y introduire. » De sorte qu'elle en resta là, et s'abstint de lui poser d'autres questions. Mais elle jeta un regard à ses mains. Elles étaient propres, couleur de cire blanche, sans trace de tabac. De toute sa personne se dégageait une sorte d'atmosphère impersonnelle et savonneuse, bien différente de la mâle odeur de l'âcre et brun tabac enfermé dans le pot, là-haut.

Peut-être était-elle injuste, et ce pot se trouvait-il là depuis trois ans — depuis le dernier séjour de Harry, quand il était venu sans elle à Navron. Mais non, Harry ne fumait pas du tabac fort! Elle se dirigea vers la bibliothèque où s'alignaient d'épais volumes, reliés de cuir, que personne ne lisait jamais. Au hasard, elle en prit un et le feuilleta, tandis que William continuait à polir les candélabres.

— Aimez-vous la lecture, William? demanda-t-elle soudain.

— A la couche de poussière qui recouvre les livres sur ces rayons, vous avez dû vous apercevoir, Milady, que ce n'est pas mon fort, dit-il. Non, je ne les ai jamais touchés. Mais, demain, je les prendrai un à un et les épousseterai comme il faut.

— Vous n'avez donc pas d'occupation préférée?

— Je m'intéresse aux papillons, Milady, j'en ai une belle collection dans ma chambre. On en trouve beaucoup dans les bois de Navron.

Quittant la pièce, elle se rendit au jardin, où elle entendait les voix des enfants. Réellement, ce petit homme était un original; elle n'arrivait pas à le démêler. Pourtant, si c'était lui qui lisait Ronsard, la nuit, il aurait fureté parmi ces livres, ne fût-ce qu'une fois ou deux, par curiosité.

Ravis, les enfants s'élancèrent à sa rencontre, Henrietta dansant comme une petite fée, et James encore peu sûr sur ses jambes, titubant derrière elle, comme un marin ivre. Ils partirent ensemble dans les bois, cueillir des campanules. Encore en boutons trapus et bleus, elles pointaient à peine, dans la jeune verdure. La semaine prochaine ou celle d'après, elles formeraient un tapis, sur lequel ils pourraient s'étendre.

Ainsi se passa la première journée, et les suivantes. Dona exultait de sa nouvelle liberté. Enfin, elle pouvait se laisser vivre, au jour le jour, sans faire d'avance des plans ni des projets. Selon son humeur, elle se levait à midi ou à six heures; mangeait quand elle avait faim; dormait quand cela lui plaisait, pendant le jour ou à minuit. Elle se sentait d'une délicieuse paresse et passait des heures, étendue au jardin, les mains derrière la tête, à regarder les papillons voltiger dans un rayon de soleil, se pourchasser, se rejoindre; à écouter les oiseaux, affairés à construire leur nid parmi les branches, ardents et fiers, comme de jeunes mariés en train de s'installer. Pendant ce temps, le clair soleil brillait sur elle, de petits nuages pommelés s'égrenaient dans le ciel et, là-bas, dans la vallée, au pied de la forêt, la surface calme de la rivière scintillait. Trop indolente, elle n'y était point encore descendue; n'avait-elle pas tout le temps? Un matin, de bonne heure, elle s'y rendrait et, pieds nus, elle pataugerait dans les anses, se laisserait éclabousser par le courant, respirerait l'odeur de fange, âcre et douceâtre de l'eau.

Les journées étaient longues et le temps radieux. Les enfants se hâlaient comme de petits bohémiens. Henrietta, elle-même, perdait ses manières citadines, consentait à courir pieds nus sur l'herbe, à jouer à saute-mouton, à se rouler par terre comme James, ou comme un petit chien.

Un après-midi, que les enfants s'amusaient à faire des culbutes, à se laisser tomber sur Dona, couchée sur le dos, la robe en désordre, ses bouclettes ébouriffées (loin du regard désapprobateur de Prue, restée dans la maison) et qu'ils se bombardaient avec des fleurs de marguerite et de chèvrefeuille, Dona, toute chaude et comme ivre de soleil, entendit un bruit inquiétant de sabots dans l'avenue, suivi d'un vacarme dans la cour d'honneur et du tintement de la grande cloche. Et, horreur des horreurs, l'instant d'après, elle aperçut William traversant la pelouse dans sa direction, suivi d'un inconnu, de grande taille, corpulent, le visage congestionné, les yeux proéminents, la perruque trop frisée, et qui, tout en marchant, tapotait ses bottes avec un jonc à pommeau d'or.

— Lord Godolphin désire vous présenter ses hommages, Milady, dit gravement William, sans paraître remarquer le désordre de sa toilette, ni sa tenue débraillée.

Vivement, elle se leva, arrangea sa jupe, ajusta ses boucles. Quelle désagréable et gênante intrusion, vraiment! L'inconnu la contemplait, surpris. Qu'avait-elle de si extraordinaire? Tant pis pour lui; elle était comme elle était. Peut-être cela le ferait-il partir plus vite! Elle lui fit une révérence :

— Quel plaisir de vous voir! dit-elle.

Solennel, il s'inclina. Elle le précéda vers la maison. Comme elle passait devant le miroir du salon, elle s'aperçut qu'elle avait encore un brin de chèvrefeuille accroché derrière l'oreille, mais obstinée, elle l'y laissa. Qu'est-ce que cela pouvait bien faire! Puis, ils s'assirent, en face l'un de l'autre, sur des chaises dures et se dévisagèrent. Lord Godolphin mordillait le pommeau d'or de son jonc.

— J'ai appris votre arrivée à Navron, dit-il enfin, et j'ai considéré de mon devoir, ou plutôt comme un plaisir de venir sans tarder vous présenter mes respects. Voilà bien des années que ni votre mari, ni vous-même, ne nous avez fait l'honneur de venir dans le pays. En fait, je dirai presque que vous êtes devenus des étrangers! J'ai beaucoup connu Harry, du temps où il était jeune homme et où il vivait ici.

— Ah oui! dit Dona, fascinée par une protubérance qu'il avait au coin du nez, et qu'elle venait d'apercevoir. « Le pauvre homme, vraiment! » Vivement, elle détourna les yeux, de crainte qu'il ne surprît son regard.

— Oui, poursuivit-il, je puis dire que je comptais Harry parmi mes amis les plus chers. Mais depuis son mariage, nous l'avons fort peu vu; il passe son temps à Londres.

« Ça, c'est une pointe pour moi! » songea-t-elle. « Du reste fort naturelle. » Et, à haute voix, elle répondit :

— C'est désolant, vraiment, que Harry ne soit pas ici avec nous, mais je suis venue seule avec les enfants.

— En effet, c'est grand dommage, dit-il.

Elle ne répondit pas. Qu'aurait-elle pu dire?

— Ma femme désirait m'accompagner, poursuivit-il, mais, ces temps-ci, elle se sent un peu éprouvée. Bref...

Il hésita, ne sachant comment continuer, et Dona sourit :

— Je comprends parfaitement, dit-elle. J'ai moi-même deux petits enfants.

Décontenancé, il s'inclina :

— Oui, bafouilla-t-il, nous espérons un héritier.

— Naturellement, dit Dona, fascinée une fois de plus par l'excroissance sur l'aile du nez. « Quelle chose désagréable à regarder pour sa femme; comment peut-elle le supporter? » songea-t-elle.

Cependant Godolphin continuait à parler de son épouse, disant combien elle serait heureuse de la recevoir, quand elle voudrait — les voisins étaient si rares, et patati et patata. « Qu'il est lourd et ennuyeux! » songeait Dona. N'y avait-il donc pas de moyen terme, entre cette prétentieuse et pompeuse solennité et l'immorale frivolité d'un Rockingham? Si Harry habitait toujours Navron, deviendrait-il aussi un gros navet, aux yeux ternes, à la bouche semblable à une fente dans un pudding à la graisse de rognon?

— J'espérais, disait Godolphin, que Harry nous aiderait pour les affaires du comté. Sans doute avez-vous entendu parler de nos ennuis?

— Non, je ne suis pas au courant, dit Dona.

— Comment, vous ne savez pas! Sans doute êtes-vous trop isolée ici, pour apprendre ce qui se passe. Pourtant, on en parle à des lieues à la ronde. Depuis quelque temps, nous sommes harcelés par une bande de pirates. Des marchandises, pour des valeurs considérables, ont disparu à Penryn et tout le long de la côte; la propriété d'un de mes voisins a été pillée, il y a une semaine environ.

— C'est désolant, dit Dona.

— Plus que désolant! C'est un véritable scandale! déclara Godolphin, le visage empourpré, les yeux plus proéminents que jamais... Et personne ne sait que faire. Je me suis plaint à Londres, à plusieurs reprises, mais n'ai reçu aucune réponse. On s'est borné à nous envoyer quelques soldats de la garnison de Bristol, mais ils sont pires qu'inutiles. Non, la seule chose qui va nous rester à faire, c'est que moi et les autres propriétaires du comté, nous nous liguions pour faire face à la menace. Il est très regrettable que Harry ne soit pas à Navron, très regrettable, vraiment.

— Puis-je vous aider, d'une façon quelconque? dit Dona, enfonçant ses ongles dans sa paume pour s'empêcher de sourire, car il paraissait si offusqué, si violemment indigné, qu'il avait presque l'air de la rendre responsable de ces actes de brigandage.

— Chère madame, dit-il, vous ne pouvez rien faire, sinon engager votre mari à venir ici et à se joindre à ses amis pour que nous puissions ensemble tenir tête à ce satané Français.

— Ah, c'est un Français? dit-elle.

— Oui, et c'est ça le plus grave! dit-il, criant presque dans son exaspération. Or, ce gredin, ce sournois étranger, qui semble connaître notre côte comme sa poche, s'esquive en Bretagne, chaque fois que nous essayons de mettre la main sur lui. Son bateau est d'une extrême rapidité; aucun de ceux que nous avons ici ne peut le rattraper. Il se glisse, le soir, dans nos ports, débarque comme le rat silencieux qu'il est, s'empare de nos biens, pille nos magasins et nos marchandises, et repart avec la marée du matin, pendant que les nôtres en sont encore à se frotter les yeux.

— En fait, il est trop habile pour vous! dit Dona.

— Ma foi, oui, madame, puisqu'il vous plaît de présenter la chose ainsi, répondit-il avec une raideur offensée.

— Je crains que Harry ne l'attrape jamais; il est bien trop paresseux pour cela, dit-elle.

— Pas un instant je n'ai songé qu'il l'attraperait, dit Godolphin. Mais, nous avons besoin de têtes dans cette affaire, et plus nous serons, mieux cela vaudra. Il faut que nous mettions la main sur ce forban, quoi qu'il puisse nous en coûter. Probablement ne vous rendez-vous pas compte de la gravité de la situation. Sans cesse, on nous vole et nos femmes tremblent non seulement pour leur vie, mais pour autre chose aussi.

— Ah! c'est donc son genre? murmura Dona.

— Jusqu'à présent, il n'y a pas eu de mort et aucune de nos femmes n'a été enlevée, répondit Godolphin, d'un ton raide. Mais, le gredin étant français, nous savons tous qu'un jour ou l'autre quelque lâche agression sera commise.

— Oui, je vois, dit Dona. Puis, sentant qu'elle ne pourrait supporter plus longtemps, sans éclater de rire, la pompeuse gravité de son visiteur, elle se leva et alla jusqu'à la fenêtre. Dieu merci, il prit son geste pour un congé et, s'inclinant solennellement, il baisa la main qu'elle lui tendait.

— La prochaine fois que vous enverrez des nouvelles à votre mari, rappelez-moi, je vous prie, à son bon souvenir, et ne manquez pas de lui relater nos ennuis, dit-il.

— Cela va sans dire, répondit-elle, bien décidée, quoi qu'il advînt, à empêcher Harry d'arriver bride abattue à Navron, pour s'occuper de fuyants pirates et envahir sa solitude, sa délicieuse liberté.

Après avoir promis d'aller voir lady Godolphin et qu'il lui eut tourné quelques compliments, elle sonna William et il se retira. Peu après, elle entendit le trot cadencé de son cheval s'éloigner sous les arbres de l'allée.

Ce genre de visite n'était pas ce qu'elle était venue chercher à Navron, et elle était décidée à ce que ce fût la dernière. Cet échange de propos conventionnels avec un bonhomme à tête de navet, solennellement assis sur des chaises dures, était pire encore que de souper au Swan. Elle allait avertir William qu'il n'avait plus à recevoir personne dorénavant. A lui de trouver le prétexte pour éconduire les importuns : il n'avait qu'à dire qu'elle était en train de se promener, qu'elle dormait, qu'elle était malade ou même folle, enfermée dans sa chambre, n'importe quoi, plutôt que de subir tous les Godolphin du comté, dans leur éclat et leur pompe.

Qu'ils devaient être sots, ces hobereaux du pays,

pour se laisser ainsi voler leurs biens pendant la nuit, sans parvenir à l'empêcher, même avec l'aide des soldats! Des lourdauds, des incapables! S'ils se tenaient sur le qui-vive, s'ils faisaient bonne garde, ils sauraient bien prendre au piège l'étranger au moment où il s'introduisait dans leurs ports. Un navire n'est pas un fantôme, que diable! Il est soumis aux vents, aux marées. Et les hommes, malgré tout, font du bruit! Leurs pieds résonnent sur les quais, leurs voix retentissent dans l'air!

Ce jour-là, elle dîna de bonne heure et comme William, debout derrière sa chaise, la servait, elle le pria à l'avenir de refuser sa porte à tout visiteur.

— Vous comprenez, William, dit-elle, je suis venue à Navron pour ne plus voir les gens, pour être seule. Je veux vivre ici en ermite.

— Oui, Milady, dit-il, j'ai commis une faute cet après-midi, mais cela ne se reproduira pas. Vous pourrez jouir en paix de votre solitude, tirer profit de votre évasion.

— De mon évasion?

— Oui, Milady, répondit-il. Je crois avoir compris pourquoi vous êtes ici. Fuyant votre personnage de Londres, vous êtes venue vous réfugier à Navron.

Un moment, elle resta silencieuse, surprise, un peu effrayée :

— Vous avez une étonnante intuition, William, dit-elle, enfin. D'où tenez-vous cela?

— Mon précédent maître me parlait souvent et longuement, Milady. Une grande partie de mes idées et de ma philosophie me viennent de lui. Comme lui, j'ai pris l'habitude d'observer les gens. Or, il me semble bien qu'il qualifierait d'évasion, l'arrivée de Votre Seigneurie ici.

— Pourquoi avez-vous quitté votre maître, William?

— Sa vie est telle, en ce moment, qu'il n'a guère besoin de mes services, Milady. Aussi avons-nous décidé que je pourrais me rendre plus utile ailleurs.

— Et c'est alors que vous êtes venu à Navron?

— Oui, Milady.

— Pour vivre seul et faire la chasse aux papillons?

— Oui, Milady.

— De sorte que Navron est aussi pour vous, peut-être, l'évasion?

— En effet, Milady.

— Que fait donc votre ancien maître?

— Il voyage, Milady.

— Va-t-il de lieu en lieu?

— Précisément, Milady.

— Mais alors, William, lui aussi est un fugitif. Les voyageurs en sont toujours.

— Mon maître m'a souvent fait la même remarque, Milady. Je dirais presque que sa vie est une fuite perpétuelle.

— Comme cela doit être agréable! dit Dona, pelant un fruit. La plupart d'entre nous ne pouvons nous évader que de temps à autre, et nous avons beau nous prétendre libres, nous savons que ce n'est que pour un instant. En réalité, nous sommes pieds et poings liés.

— Oui, exactement, Milady.

— Votre maître n'a donc rien qui le lie?

— Non, rien, Milady.

— J'aimerais le rencontrer, William.

— Je crois que vous auriez beaucoup de points en commun, Milady.

— Peut-être, un jour, passera-t-il par ici, au cours de ses voyages?

— Cela se peut, Milady.

— Alors, je reviens sur mon ordre au sujet des visites, William. Si jamais votre maître demande à me voir, pour lui, je ne serai ni malade, ni absente, ni folle; je le recevrai.

— Très bien, Milady.

S'étant levée, elle se retourna et, comme il retirait sa chaise, elle vit qu'il souriait. Mais, dès qu'il rencontra son regard, il reprit son expression impassible et sa bouche en forme de bouton. Elle se rendit au jardin. L'air était suave, alanguissant et chaud. Et, là-bas, à l'ouest, le soleil déclinant traçait d'immenses arabesques. Elle entendait la voix des enfants que Prue était en train de mettre au lit. C'était un temps à s'aventurer seule, un temps à se promener. Allant prendre une écharpe, elle la jeta sur ses épaules, quitta le jardin, traversa le parc, franchit une barrière, arriva à un champ puis à un chemin qu'elle suivit. Il aboutissait à une vaste lande, inculte et sauvage, où croissait une herbe rude. Au-delà, se trouvaient les falaises et la mer.

Poussée par une inexplicable impulsion, elle voulut aller jusqu'au bord des rochers dominant l'océan et tandis que la soirée fraîchissait et que le soleil baissait à l'horizon, elle atteignit enfin un promontoire en pente, où les mouettes l'accueillirent par des cris furieux, car c'était l'époque des nids. Se laissant tomber parmi les touffes d'herbe et les pierres rugueuses de cet observatoire, elle se plongea dans la contemplation du paysage. Là-bas, vers la gauche, brillante, large, la rivière rejoignait la mer tranquille, que moiraient de vermeil et de cuivre les rayons du couchant. A ses pieds, les petites vagues clapotaient contre les rochers.

Or, tandis qu'étendue, indolente et heureuse, Dona suivait des yeux la voie dorée que traçait le reflet du ciel sur la mer, elle crut apercevoir une tache à l'horizon, qui bientôt, grandit, prit forme, et elle reconnut les blanches voiles d'un navire. Un moment, nul souffle ne ridant la surface de l'eau, il lui sembla immobile, tel un jouet peint, suspendu entre le ciel et la mer. Elle pouvait distinguer sa haute dunette, le gaillard d'avant, les mâts, étranges et élancés. Sans doute les hommes à bord avaient-ils fait bonne pêche, car des nuées de mouettes tournoyaient, piaillaient et plongeaient autour du bateau.

Puis un souffle, venant de la lande, passa sur Dona. Elle le vit chiffonner les vagues au-dessous d'elle et traverser la mer jusqu'au navire arrêté. Alors, brusquement, les voiles frémirent, puis se gonflèrent étincelantes, superbes et libres. Les mouettes, poussant des cris aigus, s'élevèrent en tourbillons au-dessus des mâts, et le bateau, nimbé d'or par les rayons du couchant, laissant derrière lui un sombre et long sillage, s'avança, silencieux, vers la côte.

Comme si une main se posait sur son cœur, Dona entendit une voix murmurer en elle : « Je me rappellerai cela ! » Une sorte de pressentiment, où se mêlaient la surprise, la crainte et une étrange et douce ivresse, l'étreignait. Vivement, elle se leva, et souriant sans trop savoir pourquoi, fredonnant un petit air, évitant les fondrières, sautant par-dessus les roches comme une enfant, elle regagna, à travers champs, le manoir de Navron, tandis qu'à l'horizon, montait la lune et que, dans les grands arbres, le vent de la nuit commençait à chuchoter sa chanson.

CHAPITRE V

Fatiguée de sa promenade, elle se coucha en rentrant et s'endormit presque aussitôt, malgré les rideaux ouverts et le brillant clair de lune. Minuit venait de sonner à l'horloge de l'écurie, — elle l'avait inconsciemment entendue dans son sommeil — quand un bruit de pas sur le gravier sous ses fenêtres la réveilla. Ce bruit l'inquiéta. Sautant du lit, elle courut à la croisée et regarda dans le jardin. La demeure était dans l'ombre, et elle ne put rien distinguer au-dessous d'elle. Du reste, quelle que fût la personne qu'elle avait entendue, celle-ci devait avoir poursuivi son chemin.

Dona restait là, à attendre, aux aguets, quand soudain, sortant furtivement de la ceinture d'arbres, au-delà de la pelouse, une silhouette d'homme se dessina dans un carré de lumière formé par la lune, et s'arrêta, le regard dirigé vers la maison. Dona le vit mettre ses mains en entonnoir devant sa bouche; puis, un sifflement doux et prolongé retentit. Instantanément, surgissant de l'ombre de la demeure, un autre homme apparut. Sans doute se tenait-il dissimulé dans le renfoncement de la fenêtre du salon. Il traversa la pelouse en courant, la main levée, comme pour avertir celui qui l'attendait, là-bas, près des arbres. Et Dona reconnut William. Cachée par le rideau, ses boucles retombant sur son visage, la respiration rapide, le cœur battant, curieuse et vaguement effrayée, elle se pencha pour regarder, tout en jouant de ses doigts, sur l'appui de la fenêtre, une petite mélodie sans nom. Les deux hommes se parlaient, éclairés par la lune, et Dona vit William gesticuler et désigner de la main le manoir. Vivement, elle se retira dans l'ombre, de crainte d'être aperçue. La conversation dura longtemps; l'inconnu, de temps à autre, regardait dans sa direction. Puis elle le vit hausser les épaules et laisser retomber ses bras, comme si la question dépassait sa compétence. Après quoi, tous deux s'enfoncèrent sous le rideau d'arbres et disparurent. L'oreille tendue, Dona attendit, mais elle ne les revit plus. Alors, frissonnante, car elle ne portait qu'une légère chemise de nuit et la brise était fraîche, elle retourna se coucher. Mais elle ne put se rendormir. La conduite de William la préoccupait. Dès le lendemain, il lui faudrait éclaircir ce mystère.

Si elle l'avait vu s'enfoncer seul sous les arbres, elle ne s'en serait pas inquiétée. « Sans doute va-t-il rejoindre quelque femme à son goût, au hameau d'Helford, au bord de la rivière », se serait-elle dit. Ou, expédition plus innocente encore, partait-il à la recherche de quelque papillon de nuit. Mais cette façon de se dissimuler dans le renfoncement de la fenêtre, comme s'il attendait un signal, la sombre silhouette apparue à l'orée du bois, ce coup de sifflet, doux et prolongé, cette course rapide à travers la pelouse, ces signes d'avertissement, tout ceci constituait un problème plus grave, plus inquiétant.

Elle se demanda si elle n'avait pas eu tort de se fier à William. Toute autre qu'elle l'eût renvoyé séance tenante, en constatant la négligence avec laquelle il s'était acquitté de ses fonctions et en apprenant que, sans autorisation, il avait habité seul à Navron. De plus, ses manières, si différentes de celles d'un domestique — qui l'intriguaient et l'amusaient, — auraient sans doute choqué n'importe quelle autre maîtresse de maison, une lady Godolphin, par exemple. Harry l'eût immédiatement congédié. Pourtant — elle le sentait, — il ne se serait pas comporté de la même façon, si Harry avait été là. Et ce pot à tabac! Et ce volume de vers! Décidément, elle n'y comprenait rien! Demain, elle aviserait, ferait le nécessaire pour éclaircir la situation. Puis, comme la grise clarté de l'aube envahissait sa chambre, n'ayant rien décidé, l'esprit troublé par tout ce mystère, elle s'endormit.

Le soleil déjà haut brillait dans un ciel sans nuages, lorsque Dona quitta sa chambre. Sans tarder, elle se rendit à l'endroit où l'inconnu et William s'étaient entretenus la veille, avant de disparaître sous les arbres. Comme elle s'y attendait, leurs pas avaient laissé leur empreinte sur le tapis des campanules. Elle en suivit la trace. Coupant de biais la grande allée, celle-ci, de plus en plus imprécise et sinueuse, la conduisit à travers l'épaisseur des taillis sur la pente aboutissant à la rivière, ou du moins à un de ses bras; car, soudain, entre les arbres, à ses pieds, elle venait d'apercevoir l'éclat d'une surface liquide. Or, la rivière qu'elle connaissait devait se trouver derrière elle, vers la gauche, et cette nappe d'eau, devant elle, lui était inconnue. C'était la première fois qu'elle la voyait. Un instant, elle hésita à poursuivre, mais, se souvenant de l'heure, des enfants qui devaient la chercher, de William attendant sans doute ses ordres, elle fit demi-tour, regrimpa la pente à travers bois et regagna les pelouses du manoir de Navron. Elle avait décidé d'attendre un moment plus opportun pour poursuivre ses recherches. Peut-être serait-ce possible vers la fin de l'après-midi.

Elle joua donc avec les enfants, puis — le groom repartant le lendemain à cheval pour Londres, — elle écrivit à Harry, afin de lui donner de leurs nouvelles. Elle s'installa au salon, près de la fenêtre grande ouverte. Mordillant le bout de sa plume, elle se demanda ce qu'elle pourrait bien lui raconter. La seule chose qu'elle avait à dire était qu'elle se sentait heureuse, absurdement heureuse de sa liberté. Mais serait-ce gentil? Harry, le pauvre, en souffrirait et ne comprendrait pas.

« Votre ami de jeunesse, un certain Godolphin, vient de me rendre visite », écrivait-elle. « Je l'ai trouvé pompeux et laid, et j'ai eu de la peine à vous imaginer tous deux, petits garçons, folâtrant dans les prairies. Mais peut-être, sagement assis sur des chaises dorées, jouiez-vous plutôt au jonchet! Il a une excroissance sur le bout du nez et sa femme attend un bébé. Je lui ai exprimé ma sympathie lorsqu'il me l'a annoncé. Il a fait beaucoup de bruit et d'embarras au sujet de pirates, ou plutôt d'un pirate français qui, débarquant de nuit, a pillé sa maison et celle de ses voisins, et dont la force armée du pays n'arrive pas à s'emparer, ce qui me paraît vraiment fort maladroit. De sorte que je me propose de me mettre moi-même en campagne, un coutelas entre les dents, et quand le coquin — redoutable tueur d'hommes et violeur de femmes au dire de Godolphin — sera tombé en mon pouvoir, je le ligoterai solidement et vous l'enverrai comme cadeau. » Elle bâilla et, de son porte-plume, tapota le bout de ses dents. Oui, c'était facile d'écrire ce genre de badinage. Mais, attention! Elle ne devait pas se montrer trop tendre, car Harry, sautant à cheval, arriverait au galop. Il ne fallait pas, non plus, paraître trop froide, car il s'inquiéterait et viendrait également. « Amusez-vous comme bon vous semblera », écrivait-elle encore. « Mais, pensez à votre silhouette quand vous en serez à votre cinquième verre! Si cela vous chante, faites un brin de cour à la première belle sur laquelle tombera votre regard ensommeillé! Je ne vous en tiendrai pas rigueur, lorsque je vous reverrai.

» Vos enfants se portent bien et me chargent de vous dire leur affection. Quant à moi, — je vous envoie tout ce que vous pouvez désirer.

» Votre épouse affectionnée, Dona. »

Elle plia la lettre et la cacheta. Libérée de ce devoir, elle réfléchit à la façon dont elle pourrait se débarrasser de William pendant l'après-midi, car elle souhaitait le savoir à bonne distance avant d'entreprendre son expédition. A une heure, tout en déjeunant d'une tranche de viande froide, elle avait trouvé la solution.

— William, dit-elle.

— Milady?

Elle jeta un regard sur lui. Non, il n'avait rien du faucon nocturne. Comme toujours, il semblait attentif à la servir.

—William, dit-elle, je voudrais que vous alliez porter des fleurs, cet après-midi, à lady Godolphin qui est souffrante.

Une lueur de contrariété, d'hésitation, de mauvaise humeur, passa-t-elle dans les yeux de William?

— Vous désirez que je porte ces fleurs aujourd'hui même au château de lord Godolphin, Milady?

— Oui, je vous prie, William.

— Je crois que le groom n'a rien de spécial à faire cet après-midi, Milady!

— Je désire qu'il emmène miss Henrietta, master James et la bonne en voiture faire un pique-nique.

— Fort bien, Milady.

— Vous direz au jardinier de préparer les fleurs.

— Oui, Milady.

Elle n'ajouta rien, et William garda le silence. Souriant intérieurement, elle se dit qu'il ne souhaitait pas faire cette course. Peut-être avait-il rendez-vous avec son ami, là-bas, de l'autre côté des bois. Soit, c'est elle qui s'y rendrait!

— Dites à une des filles de chambre d'ouvrir mon

lit et de tirer les rideaux; je me reposerai cet après-midi, dit-elle, en quittant la pièce.

William s'inclina sans répondre.

C'était une ruse pour déjouer ses soupçons, s'il en avait, mais elle était certaine qu'il ne se doutait de rien. Jouant son rôle, elle monta s'étendre sur son lit. Peu après, elle entendit la voiture s'arrêter dans la cour et la voix joyeuse des enfants, tout excités à la perspective de ce pique-nique inattendu. Puis l'équipage s'ébranla et s'éloigna dans l'avenue. Quelques minutes plus tard, un bruit de sabots retentit de nouveau sur les pavés et, se rendant à la fenêtre du couloir donnant sur la cour, elle vit William qui, un grand bouquet fixé au pommeau de sa selle, enfourchait un des chevaux de l'écurie et se mettait en route.

Son stratagème avait donc parfaitement réussi. Riant à cette pensée comme un enfant qui s'apprête à quelque escapade, elle enfila une robe fanée, petit dommage, noua un mouchoir de soie autour de ses cheveux, et se glissa hors de la maison comme une voleuse.

Sans hésiter, elle plongea sous bois, refaisant le chemin du matin. Les oiseaux s'affairaient à leur besogne, après le calme de midi; çà et là voletaient de silencieux papillons et, dans l'air tiède, vibrait la basse des indolents bourdons montant à tire-d'aile vers la cime des arbres. Bientôt, elle aperçut la nappe liquide qui, quelques heures auparavant, l'avait intriguée. Le fourré s'éclaircissait et, sans peine, elle en atteignit le bord. Devant elle, s'étendait une crique tranquille, entourée d'arbres, masquée à tous les regards. Elle ne l'avait encore jamais vue et s'étonna d'avoir toujours ignoré l'existence de ce bras dérobé de la rivière qui s'insinuait au cœur même de sa propriété. Sans doute, la forêt descendant jusqu'à ses rives, le cachait-elle trop bien. C'était l'heure du reflux et l'eau, en se retirant, laissait à découvert des bancs de boue. Dona devait se trouver à l'extrémité de la crique, car le courant se terminait en un ruisselet qui, lui-même, filtrait d'une source.

La crique contournait un promontoire boisé, et Dona se mit à en longer le bord, heureuse, fascinée, oubliant le but de son expédition. Sa découverte la remplissait d'un plaisir inattendu. Cette anse secrète n'était-elle pas un enchantement, un lieu de refuge, plus sûr même que Navron, un endroit où venir dormir et rêver, une terre d'insouciance et d'oubli? Un héron solennel, la tête cachée sous son plumage gris, se tenait debout dans une flaque. Plus loin, un petit huîtrier sautillait dans la boue. Puis, étrange, ravissant, un courlis lança son appel et, à son approche, s'envola de la berge. Mais, autre chose que sa présence devait troubler les oiseaux, car subitement le héron battit des ailes et partit dans la même direction que le courlis. Dona s'arrêta, l'oreille tendue. Ne venait-elle pas d'entendre un bruit rappelant des coups de marteau?

Elle reprit sa marche et atteignit bientôt l'extrémité du promontoire autour duquel s'incurvait la crique, et là, elle s'immobilisa, se mettant instinctivement à couvert sous les arbres, car devant elle, dans une anse, formée par le brusque écartement des rives, elle venait d'apercevoir un navire à l'ancre — si près, qu'elle aurait pu sans effort jeter un biscuit sur le pont. Immédiatement, elle le reconnut. C'était le voilier qu'elle avait vu la veille, peint sur l'horizon rouge et or, sous les feux du couchant. Deux hommes, suspendus contre la coque, étaient en train de le radouber; d'où le bruit des marteaux qu'elle avait entendu. L'eau devait être profonde à cet endroit, constituant un parfait mouillage, car des deux côtés, les berges dévalaient en pente abrupte et la marée filait entre elles, écumante et bouillonnante. Au-delà, s'incurvant de nouveau, la crique s'éloignait, sinueuse vers la rivière invisible dont elle était issue. Non loin de l'endroit où elle se trouvait, Dona remarqua un petit quai, encombré de palans, de poulies et de cordages. Sans doute y faisait-on des réparations; un canot vide y était amarré.

A part le bruit que faisaient les deux hommes, occupés à gratter la peinture, tout était calme, de ce calme indolent d'une chaude après-midi d'été. « Qui donc — à moins de traverser les terres de Navron comme elle venait de le faire — aurait pu se douter que dans cette anse retirée, à l'écart de la grande rivière, derrière son rideau d'arbres, un navire était ancré? » songea-t-elle.

A ce moment, un homme traversa le pont, se pencha par-dessus le bastingage et regarda ses camarades. Petit, souriant, ressemblant à un singe, il tenait un luth à la main. Puis, se hissant sur le plat-bord, il s'assit, les jambes croisées sous lui, et accorda son instrument. Les deux hommes en train de travailler, levèrent les yeux vers lui et se mirent à rire, tandis qu'il jouait un petit air insouciant et léger. Puis, il commença à chantonner, d'abord à mi-voix, puis, un peu plus fort, et Dona, l'oreille tendue, se rendit compte, le cœur battant, qu'il chantait en français.

Dans un éclair, elle comprit tout et, les mains moites, la bouche sèche, pour la première fois de sa vie, fut secouée d'un étrange frisson de peur.

Cette anse était donc la mystérieuse retraite où disparaissait le Français. Une rapide décision s'imposait; il fallait élaborer un plan, faire usage de ce qu'elle venait de découvrir. Tout cela n'était-il pas clair? Cette crique silencieuse était bien la cachette parfaite et sûre dont nul ne pouvait soupçonner l'existence. Ne devait-elle pas agir, en parler à quelqu'un?

Mais, était-ce absolument nécessaire? Ne pouvait-elle repartir comme si elle n'avait rien vu? Oublier ce bateau? Ou prétendre l'avoir oublié? N'importe quoi, pourvu qu'elle ne fût pas mêlée à l'affaire. Car, alors, ce serait sa paix bouleversée, des soldats battant la forêt, des gens arrivant au manoir, en particulier Harry, venu exprès de Londres, des explications sans fin; Navron, son refuge, profané! Non, elle se garderait de rien dire. Elle allait se retirer sans bruit, traverser les bois, regagner la maison, emportant son coupable secret qu'elle ne raconterait à personne. Oui, elle laisserait les vols se perpétrer — après tout, que lui importait? — Godolphin et ses amis n'avaient qu'à en prendre leur parti! Et que le comté en pâtît, elle s'en moquait!

Comme elle faisait demi-tour et allait s'esquiver par la forêt, un homme surgit de derrière un arbre. Jetant sa cape sur elle, il l'aveugla et emprisonna ses bras. Empêchée de se défendre, suffoquant, elle tomba à terre, et se sentit perdue.

CHAPITRE VI

Son premier sentiment fut la colère, une colère folle, irraisonnée. Comment osait-on la traiter de la sorte — la ficeler, tel un poulet, — l'emporter ainsi? A ce moment, son ravisseur la jeta brutalement au fond du canot, et saisissant les avirons, rama vers le navire. Arrivé tout près, il imita le cri de la mouette, et interpella ses compagnons dans un langage incompréhensible. En guise de réponse, ils éclatèrent de rire et l'homme au luth entama une petite gigue joyeuse, comme s'il se moquait.

S'étant débarrassée de la cape qui l'étouffait, elle leva les yeux vers le rameur. Il sourit et lui adressa la parole en français. Dans ses prunelles brillait une étincelle malicieuse, comme si de la capturer avait été un jeu, une amusante plaisanterie d'après-midi d'été; et quand, décidée à se montrer très digne, elle fronça les sourcils et posa sur lui un regard hautain, il prit un air solennel et, feignant la peur, se mit à trembler.

Que se passerait-il si elle appelait au secours? L'entendrait-on, ou serait-ce inutile?

Pourtant, elle savait qu'elle ne crierait pas. Ce n'était pas son genre. Elle attendrait, combinerait son évasion. Ne savait-elle pas nager? Peut-être, quand il ferait sombre, pourrait-elle se laisser glisser par-dessus bord et regagner la rive. Mais aussi, quelle sottise, songea-t-clle, de s'être attardée dans ces parages, alors qu'elle avait compris que ce navire était celui du Français! En vérité, elle méritait ce qui lui arrivait!

Ils passèrent sous la poupe, au pied de la haute dunette et les mots *La Mouette* apparurent, en lettres d'or à fioritures, inscrits sur la coque. Dona se demanda le sens de ce terme, son français étant subitement devenu brumeux. A ce moment, le rameur lui désigna l'échelle qui pendait contre le flanc du bateau. Là-haut, sur le pont, les hommes se penchaient, l'air moqueur, pour la regarder monter. Que la peste les étouffe! Elle escalada l'échelle avec légèreté, décidée à couper court à leurs railleries, secoua la tête, et sauta sur le pont sans accepter de se laisser aider.

Ils se mirent alors à lui parler, dans ce jargon incompréhensible — sans doute du breton, Godolphin ne lui avait-il pas dit que le bateau s'esquivait vers les côtes de Bretagne? — à lui sourire et à plaisanter d'une façon familière et idiote qui l'exaspéra, parce qu'elle ne lui permettait pas de jouer le rôle héroïque et digne qu'elle s'était proposé. Croisant les bras, elle se détourna. A ce moment, son ravisseur reparut — sans doute était-il allé prévenir leur chef, le capitaine de cet étonnant bateau — et lui fit signe de le suivre.

Tout était différent de ce à quoi elle s'attendait. Ces hommes étaient comme des enfants; ils semblaient enchantés de la voir, lui souriaient, sifflotaient. Ne s'imaginait-elle pas que les pirates étaient de sinistres individus, portant des anneaux aux oreilles et un coutelas entre les dents!

Le navire était propre — elle qui s'attendait à trouver un bâtiment crasseux, souillé, malodorant, — un ordre parfait y régnait. Tout était peint de couleurs fraîches et gaies, les ponts frottés, astiqués, comme sur un bateau de guerre et, de l'avant, où sans doute l'équipage avait ses quartiers, arrivait un délicieux fumet de soupe aux choux qui vous mettait l'eau à la bouche.

Son guide la fit passer par une porte battante, descendre quelques marches, puis il s'arrêta et frappa à une seconde porte. Une voix calme répondit « Entrez ». Un instant, Dona resta sur le seuil, éblouie par le soleil qui pénétrait à flots à travers les fenêtres de la poupe et dessinait de mouvantes arabesques sur les clairs lambris de bois. Une fois de plus, elle se sentit déconcertée. La cabine n'avait rien de l'antre sombre, jonché de coutelas et de bouteilles vides, qu'elle s'était figuré. C'était une pièce confortable — comme dans une maison — avec des chaises, une table de bois poli et, aux murs, de petits tableaux représentant des oiseaux Une impression reposante s'en dégageait, reposante et un peu austère; c'était la chambre de quelqu'un se suffisant à soi-même. L'homme se retira et referma la porte sans bruit. Assis à la table, le chef continua à écrire, comme si elle n'était pas là. A la dérobée, elle l'observait, intimidée et furieuse de l'être; elle, qui n'avait peur de rien, qui ne baissait les yeux devant personne! Elle se demanda, combien de temps il allait la laisser ainsi, debout. Quelle impolitesse, quelle grossièreté! Pourtant, elle sentait qu'elle ne devait pas parler la première. Soudain, elle repensa à Godolphin, à ses yeux protubérants, à l'excroissance sur son nez, à ses craintes concernant les femmes de sa parenté. Qu'aurait-il dit, s'il l'avait vue en cet instant, seule, dans une cabine, avec le terrible Français?

Cependant, celui-ci continuait à écrire et Dona à attendre, debout près de la porte. C'est alors qu'elle se rendit compte de ce qui le rendait différent des autres; au lieu de ces ridicules perruques frisées, dont s'affublaient les hommes de sa connaissance, il n'avait comme cela se faisait autrefois, que ses propres cheveux, et cela lui allait bien; aucune autre coiffure ne lui eût mieux convenu.

Comme il paraissait distant, détaché! On eût dit quelque étudiant en train de préparer un examen. Il ne s'était même pas donné la peine de lever la tête au moment où elle était entrée. Que griffonnait-il donc avec tant d'attention? Elle avança d'un pas pour tâcher de s'en rendre compte. Elle vit alors qu'il n'écrivait pas, mais dessinait, avec minutie, un héron, debout sur un banc de boue, semblable à celui qu'elle avait vu quelques instants auparavant.

Interdite, déconcertée, elle ne sut plus que penser. Tout ce qu'elle voyait, ne correspondait en rien à son attente. Pourquoi donc le pirate ne jouait-il pas le rôle qu'elle lui avait assigné? Pourquoi n'était-il pas l'être grimaçant, crasseux, odieux, la bouche pleine d'étrangers blasphèmes, les mains graisseuses, qu'elle s'était figuré? Au lieu d'être ce personnage, gravement assis à une table polie et qui semblait l'ignorer?

Enfin, il lui adressa la parole — où perçait un très léger accent, — mais sans lever les yeux de son dessin.

— Vous étiez donc en train d'espionner mon bateau? dit-il.

La colère la saisit. Elle, espionner! Grand Dieu! Quelle accusation!

— Par exemple! dit-elle, du ton froid et sec qu'elle employait pour parler à ses valets. Il me semble plutôt que ce sont vos hommes qui se sont introduits, sans permission, dans ma propriété.

Il jeta un regard sur elle et, vivement, se leva. Il était grand, beaucoup plus qu'elle ne le pensait — et, dans ses yeux sombres, elle crut voir s'allumer une fugitive flamme, comme s'il la reconnaissait, et lentement il sourit.

— Mes plus humbles excuses, dit-il. Je n'avais pas

compris que la dame du Château était venue, en personne, me rendre visite.

Il lui avança une chaise. Sans mot dire elle s'assit. Il continuait à la regarder, et toujours cette lueur de secret amusement, comme s'il la reconnaissait, dansait dans ses yeux. Se renversant dans sa chaise, il croisa les jambes et se mit à mordiller le bout de sa plume d'oie.

— Est-ce sur votre ordre que j'ai été capturée et amenée ici? demanda-t-elle pour rompre le silence, car il ne parlait pas et se bornait à la contempler de cette étrange façon.

— Mes hommes ont la consigne de se saisir de quiconque s'aventure dans les parages de la crique, dit-il. D'habitude personne ne s'y risque. Plus hardie que les autres, vous en avez malheureusement pâti. Vous n'avez pas de mal, j'espère? Vous n'êtes pas meurtrie?

— Non, répondit-elle, d'un ton bref.

— Alors de quoi vous plaignez-vous?

— Je ne suis pas habituée à être traitée de la sorte, dit-elle, se sentant ridicule et de nouveau irritée.

— Non, évidemment, dit-il tranquillement. Mais cela ne vous fera aucun mal.

Dieu tout-puissant, quelle insolence, quelle impertinence! Sans doute, s'amusait-il de sa colère. Souriant, mordillant le bout de sa plume, il continuait à balancer sa chaise.

— Qu'allez-vous faire de moi? demanda-t-elle.

— Ah, voilà la question! répondit-il, posant sa plume. Il faut que je consulte mon livre de règlements.

Il ouvrit le tiroir de la table, en tira un volume et en feuilleta lentement les pages.

— Prisonniers — méthode pour les captures — interrogatoire — détention — façon de les traiter — etc., lut-il à haute voix. Hum, oui... c'est tout.

Malheureusement, il n'y a rien concernant les femmes Fâcheux oubli de ma part, vraiment!

De nouveau, elle pensa à Godolphin, à ses appréhensions et, malgré son irritation, elle se surprit à sourire au souvenir de ce qu'il avait dit : « Le gredin étant français, nous savons tous qu'un jour... »

La voix de son hôte interrompit, à ce moment, ses réflexions.

— Oui, disait-il, comme ça, c'est mieux. Savez-vous que la colère vous va très mal? Enfin, vous voilà redevenue vous-même.

— Qu'en savez-vous, je vous prie?

Souriant, il se pencha en avant.

— Lady St. Columb! L'enfant terrible et choyée de la Cour! dit-il. Lady Dona, qui trinque dans les tavernes de Londres avec les amis de son mari... Vous êtes célèbre, savez-vous?

Piquée au vif par l'ironie de ses paroles, par son mépris tranquille, elle rougit jusqu'à la racine des cheveux.

— Tout ça, c'est le passé, dit-elle. Fini et enterré!

— Pour le moment, peut-être.

— Non, pour toujours.

Il se mit à siffloter et, reprenant son croquis, s'amusa à y ajouter un arrière-plan.

— A la longue, vous vous lasserez de Navron, dit-il. Les odeurs, les bruits de Londres vous rappelleront et, à leur tour, vos dispositions actuelles ne seront plus que le passé.

— Non, dit-elle.

Il continua à dessiner et ne répondit pas.

Elle l'observait, curieuse. Il avait un remarquable coup de plume; elle commençait à oublier qu'elle était en son pouvoir et aurait dû le détester.

— Ce héron se tenait dans la boue, à l'extrémité de la crique, dit-elle. Je l'ai vu tout à l'heure, avant d'arriver ici.

— Oui, répondit-il. Il y est toujours au moment

du jusant; c'est là qu'il vient chercher sa pâture, mais son nid est plus loin, du côté de Gweek, près de la rivière. Qu'avez-vous vu d'autre?

— Un huîtrier et un petit oiseau, un courlis, je crois!

— Ah, oui, ils sont aussi là, d'habitude. Mais je pensais que les coups de marteau les auraient effarouchés.

— En effet, je les ai vus s'envoler, dit-elle.

Tout en dessinant, il continuait à siffloter, et elle le contemplait. Que cela lui semblait naturel et simple, songeait-elle, de se trouver là, assise dans cette cabine, en compagnie du Français, tandis que, par les fenêtres, le soleil entrait à flots et que la marée montante clapotait contre le bateau. Étrange sensation, pareille à un rêve, à une chose connue depuis toujours et qu'enfin elle vivrait, comme si, le rideau se levant sur une pièce où elle devait jouer un rôle, quelqu'un lui eût murmuré : « Entrez en scène, c'est votre tour. »

— Les engoulevents commencent à se faire entendre la nuit, dit-il. Ils se cachent sur les pentes de la colline, là-bas, le long de la crique, mais sont si méfiants qu'il est presque impossible de les approcher.

— Oui, dit-elle.

— Savez-vous que cette crique est mon refuge? reprit-il, la regardant, puis détournant les yeux. J'y viens pour musarder. Mais, dès que je me sens sur le point de succomber à l'indolence, je fais un effort et remets à la voile.

— Pour aller commettre des actes de brigandage chez mes compatriotes?

— Pour aller commettre des actes de brigandage chez vos compatriotes! répéta-t-il, comme un écho.

Son dessin terminé, il le mit de côté, se leva et s'étira.

— Un jour ils vous attraperont! dit-elle.

— Un jour... peut-être, répondit-il, allant à une

des fenêtres de la poupe et regardant dehors, le dos tourné. Venez voir, ajouta-t-il.

Elle se leva, le rejoignit et, avec lui, contempla l'eau sur laquelle flottaient d'innombrables mouettes en quête de débris.

— Elles viennent toujours en masse, dit-il. On dirait qu'averties de notre retour, elles arrivent ici de tous les promontoires. Mes hommes leur donnent à manger; impossible de les en empêcher. Je suis comme eux; sans cesse, il faut que je leur lance des miettes par ces fenêtres. Il rit et, prenant une croûte de pain, il la jeta aux mouettes qui, poussant des cris aigus, tournoyèrent et se battirent pour l'attraper.

— Peut-être éprouvent-elles un sentiment fraternel à l'égard de ce bateau, reprit-il. C'est ma faute, puisque je l'ai appelé *La Mouette.*

— *La Mouette* — *the Sea-Gull* — cela va sans dire! s'exclama-t-elle. J'avais oublié le sens de ce mot en français.

Appuyés à la croisée, ils continuèrent à regarder les oiseaux.

« Tout ceci est absurde! » songeait Dona. « Qu'est-ce que je fais ici, en train de donner du pain aux mouettes avec cet étranger, quand je devrais me trouver gisant dans un coin sombre de la cale, meurtrie, ligotée, bâillonnée! Je n'ai même plus envie d'être irritée! »

— Pourquoi êtes-vous pirate? demanda-t-elle, rompant le silence.

— Pourquoi montez-vous des chevaux qui ont trop de sang? répliqua-t-il.

— A cause du danger, de la rapidité, et aussi du risque de chute, répondit-elle.

— C'est pour ces mêmes raisons que je suis pirate, dit-il.

— Oui, mais...

— Il n'y a pas de « mais ». C'est parfaitement simple. Nul sombre mystère ne se cache dans ma vie. Je n'en veux pas à la société et n'éprouve aucune haine à l'égard des humains. Mais il se trouve que les problèmes de la piraterie m'intéressent particulièrement, qu'ils conviennent à ma façon de penser. Croyez-moi, ce n'est pas uniquement une question de brutalité et de sang à répandre. Toute expédition demande à être organisée minutieusement, exige des heures, des jours, de préparation. Chaque détail doit être réfléchi, pesé. J'ai horreur du désordre, du manque de méthode dans une attaque. Au fond, un débarquement ressemble beaucoup à un problème de géométrie; c'est un bon exercice pour l'esprit. Et puis, ma foi, ça m'amuse; le risque épice la sensation, l'excitation de vaincre. C'est très absorbant, très satisfaisant!

— Oui, dit-elle. Je comprends!

— Cela vous déconcerte, avouez? dit-il en riant. Vous vous attendiez à me trouver étendu ivre mort, dans une mare de sang, entouré de bouteilles, de poignards et de femmes hurlantes.

Elle lui sourit, sans répondre.

Quelqu'un frappa à la porte.

— Entrez, dit-il.

Un homme parut, portant sur un plateau une grande soupière dont s'échappait une chaude vapeur, au parfum succulent. Ayant étendu une nappe blanche à l'un des bouts de la table, l'homme y disposa le couvert et y ajouta une bouteille de vin qu'il alla prendre dans un placard dans la cloison.

Dona le regardait faire. L'odeur de la soupe était appétissante et elle avait faim. Le vin paraissait frais dans le gracieux flacon. L'homme se retira. Levant les yeux, elle s'aperçut que le maître du bateau l'observait d'un regard rieur.

— Cela vous tente-t-il? demanda-t-il.

Elle fit signe que oui, consciente de sa nouvelle folie. Mais aussi, pourquoi lisait-il dans ses pensées?

Il alla chercher dans le placard une seconde assiette, une cuiller, un verre. Puis il mit une chaise devant chaque place. Elle vit qu'il y avait du pain frais, cuit à la manière française, croustillant, doré, et de petites mottes d'un beurre très jaune.

Ils mangèrent leur soupe en silence, puis il remplit les verres. Le vin était clair, frais, pas trop doux. Et, pendant tout ce temps, elle croyait revivre un rêve qu'une fois elle aurait fait, un rêve familier et tranquille qu'elle reconnaissait.

« J'ai déjà vécu cet instant », se disait-elle. « Tout cela, je l'ai déjà fait. » Pourtant, elle savait que ce n'était pas vrai, que c'était la première fois qu'elle le voyait. Puis, elle se demanda quelle heure il pouvait bien être. Sans doute les enfants étaient-ils rentrés de leur pique-nique; Prue les mettait au lit. Ils allaient courir frapper à sa porte et elle ne répondrait pas. « Cela ne fait rien », songea-t-elle. « Ça m'est égal! » Et elle continua à siroter son vin et à contempler les oiseaux peints, suspendus aux cloisons. De temps à autre, à la dérobée, elle lui lançait un regard quand elle savait que ses yeux étaient tournés de l'autre côté.

Tendant soudain le bras, il prit un pot sur le rayon, l'ouvrit et versa un peu de son contenu dans sa main. C'était du tabac noir, fort, fraîchement haché. Alors, dans un éclair, elle revit le pot à tabac, découvert dans sa chambre ainsi que le volume de vers français sur la page de garde duquel une mouette était dessinée, et elle comprit. Elle revit alors William traversant la pelouse en courant. William! Le maître de William! Ce maître sans cesse en voyage, — dont la vie était une perpétuelle évasion. Vivement, elle se leva et le dévisagea.

— Grand Dieu! s'exclama-t-elle.

Il la regarda :

— Qu'y a-t-il? demanda-t-il.

— C'était donc vous! dit-elle. Vous, qui avez laissé

votre pot à tabac et le volume de Ronsard dans ma chambre! Vous, qui dormiez dans mon lit!

Il sourit, amusé de sa véhémence, de son étonnement, de sa confusion, de sa consternation.

— Quel négligent, ce William, vraiment!

— C'est donc pour vous que William réside à Navron? reprit-elle. A cause de vous, qu'il a renvoyé les autres domestiques? Pendant tous ces mois que nous avons passés à Londres, vous habitiez Navron?

— Non, dit-il. De temps à autre, seulement, quand cela cadrait avec mes projets. L'hiver, vous savez, il peut faire très humide, ici, dans la crique. C'était un merveilleux changement, de jouir ainsi du confort de votre chambre. Je ne sais pourquoi, mais j'ai toujours eu l'impression que vous ne m'en voudriez pas.

Il continuait à la regarder et, toujours, dans ses yeux brillait cette étincelle de secret amusement.

— J'ai consulté votre portrait, vous comprenez, dit-il. Souvent, je lui adressais la parole! Milady, disais-je, car j'étais fort courtois, feriez-vous la grâce d'accorder l'hospitalité de votre lit à un Français très fatigué? Et il me semblait que vous incliniez gracieusement votre front et me donniez la permission. Parfois même, vous souriiez.

— C'était très mal de votre part, dit-elle. Très peu correct.

— Je le sais, dit-il.

— De plus, dangereux.

— Cela faisait partie du plaisir.

— Si, un seul instant, j'avais su...

— Qu'auriez-vous fait?

— Je serais immédiatement venue à Navron.

— Et alors?

— J'aurais fait barricader la maison. William aurait été congédié, et la propriété surveillée.

— Vous auriez fait tout ça?

— Oui.

— Je ne vous crois pas.

— Pourquoi?

— Parce que, lorsque, étendu sur votre lit, je regardais votre portrait, vous vous comportiez différemment.

— Et comment, je vous prie?

— Très différemment.

— Que faisais-je?

— Beaucoup de choses.

— Quoi?

— Vous vous associiez, entre autres, à l'équipe de mon bateau. Vous signiez votre nom à côté de celui de mes fidèles. Vous étiez la première femme à le faire... et la dernière.

Disant cela, il se leva et alla prendre un livre dans un tiroir. Il l'ouvrit; sur la page, elle vit écrits les mots *La Mouette*, suivis d'une série de noms; Edmond Vacquier... Jules Thomas... Pierre Blanc... Luc Dumont..., etc. Prenant sa plume, il la trempa dans l'encre et la lui tendit.

— Eh bien? dit-il. Qu'en pensez-vous?

Elle saisit la plume. Un instant, elle la balança dans sa main comme pour peser sa décision, puis, — était-ce la pensée de Harry, bâillant sur ses cartes, l'image de Godolphin, avec ses yeux proéminents, ou la bonne soupe et l'excellent vin de tout à l'heure qui l'assoupissaient et la rendaient aussi insouciante qu'un papillon au soleil, ou parce qu'elle le sentait là, debout à côté d'elle? — le fait est qu'ayant levé vers lui un regard rieur d'un trait, elle signa son nom à la suite des autres : Dona St. Columb.

— Maintenant, il est temps que vous rentriez, dit-il. Vos enfants doivent se demander ce que vous êtes devenue.

— Oui, répondit-elle.

L'ayant accompagnée sur le pont, il se pencha sur la rampe et appela les hommes réunis à l'entrepont.

— Avant que vous ne partiez, je veux vous

présenter, dit-il. Puis, en breton, il cria un ordre. L'instant d'après l'équipage se trouvait rassemblé et dévisageait Dona avec curiosité.

— Je vais les informer que, dorénavant, lorsque vous viendrez à la crique, nul ne doit vous inquiéter, dit-il; que vous êtes libre d'aller et venir comme bon vous semble, que la crique est à vous, que le navire vous appartient et que vous êtes des nôtres.

Il leur adressa quelques brèves paroles, puis, l'un après l'autre, ils vinrent s'incliner devant elle et lui baiser la main. Souriante, elle leur dit : « Merci. » Dans tout ceci, il y avait une nuance de folle fantaisie, de frivolité, comme un rêve au grand soleil. Dans le canot, un des hommes d'équipage l'attendait. Elle franchit le plat-bord et se laissa glisser jusqu'à l'échelle. Le Français ne l'aida pas. Accoudé au bastingage, il la regardait.

— Le manoir de Navron va-t-il être barricadé, verrouillé, et William sera-t-il congédié? dit-il.

— Non, répondit-elle.

— Alors, il faudra que je vous rende votre visite. La politesse l'exige.

— Naturellement.

— Quelle est l'heure la plus correcte? L'après-midi, je pense, entre trois et quatre? Et vous m'offrirez une tasse de thé?

Elle le regarda, rieuse, et secoua la tête.

— Non, dit-elle. C'est bon pour lord Godolphin et ses semblables. Un pirate ne rend pas visite aux dames l'après-midi. Il arrive furtivement la nuit, et la dame du Manoir, mourant de peur, lui offre à souper à la lueur des chandelles.

— A vos ordres, dit-il. Demain soir, donc, à dix heures?

— Entendu, dit-elle.

— Bonne nuit!

— Bonne nuit!

Il resta accoudé au bastingage et la suivit des yeux

jusqu'à ce qu'elle fût à terre. Le soleil avait disparu derrière les arbres et la crique était plongée dans l'ombre. C'était l'heure de la marée basse; les bancs de boue étaient à sec et les eaux calmes. Un courlis jeta son appel, invisible, au-delà de la courbe de la rivière. Avec ses vives couleurs et ses mâts effilés, le voilier avait un air lointain, irréel comme issu du rêve et de la fantaisie.

Se détournant, Dona partit d'un pas alerte à travers la forêt, dans la direction de la maison. Elle souriait en marchant, comme un enfant coupable qui emporte un secret dans son cœur.

CHAPITRE VII

En arrivant, elle aperçut William debout, à la fenêtre du salon; il faisait semblant de mettre de l'ordre dans la pièce. Mais elle savait qu'il la guettait et, pour le taquiner, elle décida de ne pas lui conter tout de suite son aventure.

Elle entra dans le salon et, enlevant son foulard, elle s'écria :

— Je viens de faire une grande promenade, William; je n'ai plus mal à la tête.

— C'est ce que je constate, Milady, dit-il, sans la quitter des yeux.

— J'ai été du côté de la rivière. Il y faisait délicieusement frais et tranquille.

— Vraiment, Milady.

— Je nè connaissais pas la crique. C'est un lieu enchanteur, comme dans un conte de fée. L'endroit rêvé pour cacher une fugitive, telle que moi!

— En effet, Milady.

— Et lord Godolphin, l'avez-vous vu?

— Sa Seigneurie était sortie, Milady. J'ai donc chargé son valet de communiquer votre message à lady Godolphin et de lui remettre vos fleurs.

— Merci, William.

Un instant, elle resta silencieuse, feignant d'arranger des branches de lilas dans un vase :

— Oh, dit-elle, soudain. Avant que je n'oublie,

William. J'aurai un petit souper ici, demain soir. Ce sera un peu tard, vers dix heures.

— Très bien, Milady. Combien de couverts?

— Deux, William. Moi-même et une autre personne, un monsieur!

— Bien, Milady.

— Ce monsieur viendra ici à pied. Le groom n'aura donc pas besoin d'attendre pour s'occuper du cheval.

— Bien, Milady.

— Savez-vous un peu cuisiner?

— J'ai quelques notions de cet art, Milady.

— Dans ce cas, vous enverrez les domestiques se coucher, et préparerez vous-même notre souper, William.

— Très bien, Milady.

— Inutile de parler de cette visite à qui que ce soit dans la maison, William.

— Bien, Milady.

— En fait, William, j'ai l'intention de me conduire de façon fort inconsidérée.

— C'est ce qu'il semble, Milady.

— Êtes-vous horrifié, William?

— Non, Milady.

— Pourquoi pas, William?

— Parce que rien de ce que vous ou mon maître pourriez faire, ne saurait me choquer, Milady.

Joignant les mains, elle éclata de rire.

— Oh, William, mon solennel William, vous avez donc tout deviné! Comment est-ce possible?

— Tout à l'heure, en rentrant, il y avait dans votre démarche quelque chose qui vous a trahie, Milady. Et — si j'ose me permettre cette remarque — vos yeux avaient un éclat nouveau. Comme la direction d'où vous veniez était celle de la rivière, j'en ai conclu que vous vous étiez enfin rencontrés.

— Pourquoi dites-vous « enfin », William?

— Parce que, Milady, croyant à la fatalité, je savais que, tôt ou tard, cette rencontre aurait lieu.

— Mais, ne suis-je pas châtelaine du lieu, mariée, respectable, mère de famille? Tandis que votre maître est un Français sans aveu, un pirate.

— Oui, malgré tout ça, Milady.

— C'est très mal, William. Je suis en train d'agir contre l'intérêt de mon pays. On pourrait me mettre en prison pour cela!

— Oui, Milady.

Mais William ne dissimulait plus son sourire. Sa petite bouche pincée s'était détendue, et Dona comprit que, dorénavant, il ne se cantonnerait plus dans un indéchiffrable silence, qu'il était son ami, son allié; qu'elle pouvait compter sur lui jusqu'à la mort.

— Approuvez-vous la profession de votre maître, William? demanda-t-elle.

— Approuver ou désapprouver sont des termes qui n'existent pas dans mon vocabulaire, Milady, répondit-il. Être pirate convient à mon maître, et cela me suffit. Son bateau est son royaume; il va et vient comme bon lui semble. Nul ne peut lui donner des ordres. Il est sa propre loi.

— Ne pourrait-il être libre et faire ce qui lui plaît, sans être pirate?

— Mon maître ne le croit pas, Milady. Il sait que ceux qui, dans notre monde, veulent mener une existence normale, sont contraints par des habitudes, des coutumes, des obligations, qui finissent par tuer toute initiative, toute spontanéité. L'homme n'est plus alors qu'un engrenage, qu'une fraction de machine. Rebelle, hors la loi, libre de toutes chaînes, le pirate, par contre, échappe aux règles humaines.

— Et peut donc être lui-même!

— En effet, Milady.

— L'idée qu'il fait du tort en volant ne le trouble-t-elle pas?

— Il ne vole que ceux qui sont assez riches pour le supporter, Milady. De plus, il ne garde qu'une infime partie de son butin. Le reste, il le distribue, et nombreux sont les pauvres Bretons qui pourraient vous le dire. Non, il ne se préoccupe pas du côté moral de la question.

— Est-il marié?

— Non, Milady. Le mariage et la piraterie ne s'accordent guère ensemble.

— Il aurait pu épouser une femme aimant la mer!

— Les femmes sont soumises à la loi de nature, Milady; elle mettent des enfants au monde.

— Ce n'est que trop vrai, William!

— Lorsqu'elles ont des enfants, elles s'attachent à leur foyer et ne souhaitent plus vagabonder. De sorte que l'homme se trouve dans l'alternative de rester chez lui et de s'ennuyer, ou de partir et d'être malheureux. Dans les deux cas, il est perdu. Non, pour être véritablement libre, un homme doit naviguer seul.

— Est-ce l'opinion de votre maître?

— Oui, Milady.

— Comme je voudrais être un homme, William!

— Pourquoi donc, Milady?

— Alors, moi aussi, j'aurais mon bateau, j'irais où bon me semble, je serais ma propre loi.

A ce moment, un cri retentit, venant d'en haut, suivi d'un gémissement et de la voix grondeuse de Prue. Dona sourit et secoua la tête.

— Votre maître a raison, William, dit-elle. Nous ne sommes tous que les engrenages d'une machine; surtout nous, les mères. Seuls les pirates sont vraiment libres.

Et, le quittant, elle monta calmer les enfants et sécher leurs larmes.

Quand elle fut couchée, ce soir-là, elle prit sur sa table de chevet le volume de Ronsard et le feuilleta. N'était-il pas inouï, se disait-elle, de penser que le Français avait été dans ce même lit, la tête sur l'oreiller, la pipe aux lèvres, ce livre entre les mains!

Elle l'imaginait reposant le volume, après avoir lu quelques poèmes, comme elle venait de le faire, soufflant la chandelle, puis, se tournant sur le côté pour dormir. En ce moment, sommeillait-il dans la fraîche tranquillité de sa cabine, sur l'eau calme de la crique silencieuse clapotant doucement contre le bateau? Ou, comme elle, était-il étendu sur le dos, dans l'obscurité, les yeux grands ouverts, les mains derrière la tête, rêvant aux jours à venir?

Le lendemain matin, quand elle sentit sur son visage le clair soleil et qu'elle vit le ciel brillant et net, balayé par le vent d'est, sa première pensée fut pour le voilier. Mais elle se souvint que le mouillage était sûr, enfoncé dans les terres, protégé par les arbres. A peine devait-on s'y douter de la tumultueuse violence de la marée qui montait à l'assaut du fleuve en vagues courtes et recourbées, tandis qu'à l'estuaire, les lourdes lames du ressac se brisaient et rejaillissaient en gerbes d'écume.

Puis, elle se rappela le souper et la soirée en perspective, et sourit, avec la joie coupable du conspirateur. La journée elle-même ne serait que le prélude, l'avant-goût des choses à venir... Bien que celles de la maison fussent encore fraîches, elle descendit au jardin et y fit une ample moisson de fleurs.

Cueillir des fleurs, caresser leurs pétales, manier les longues tiges vertes, les déposer dans une corbeille, les arranger une à une dans les vases préparés par William, l'occupa de façon charmante et dissipa son trouble. William ne complotait-il pas, lui aussi? Comme elle l'observait fourbissant l'argenterie à la salle à manger, il lui avait jeté un regard d'entente, car elle n'ignorait pas pourquoi il mettait tant d'ardeur à son travail.

— Faisons honneur à Navron, dit-elle. Sortez la meilleure argenterie, William, et ce soir, allumez toutes les bougies. Nous mangerons dans le service à bord rose, réservé aux dîners d'apparat. C'était excitant, amusant. Elle alla elle-même dénicher le service, tout poussiéreux d'être resté si longtemps inemployé, et le lava. Puis elle décora le milieu de la table avec de tendres boutons de roses, fraîchement cueillis. Après quoi, en compagnie de William, elle descendit à la cave, et, à la lueur d'une chandelle, ils examinèrent les bouteilles couvertes de toiles d'araignée. Parmi elles, il découvrit un vin que prisait fort son maître. Ils échangeaient des sourires, se murmuraient de furtifs propos, et Dona éprouvait la délicieuse et coupable sensation de l'enfant en train de faire une sottise, qui étouffe son rire derrière le dos de ses parents.

— Qu'allez-vous nous donner à manger? demanda-t-elle. D'un air mystérieux, il secoua la tête.

— Ne vous faites pas de souci, Milady, dit-il. Vous ne serez pas déçue.

Chantant, le cœur rempli d'une joie absurde, elle retourna au jardin. Les chaudes heures du jour passèrent, embrumées par le fort vent d'est, et l'après-midi s'étira. Elle goûta sous les mûriers avec les enfants et, lentement, le temps avança. Enfin arriva le moment de les envoyer au lit. Puis le soleil se coucha et le vent s'apaisa, tandis que dans le ciel empourpré s'allumaient les premières étoiles.

La maison retomba dans le silence. Les serviteurs, la croyant lasse et pensant qu'elle se coucherait sans dîner, heureux du service facile que demandait d'eux leur maîtresse, se retirèrent dans leur logement. Seul, quelque part, dans sa chambre sans doute, William préparait le souper. Dona ne lui avait plus posé de questions. Que lui importait!

Elle monta chez elle, ouvrit son armoire et se demanda quelle robe elle mettrait. Son choix s'arrêta sur une toilette crème, qu'elle avait souvent portée et qu'elle savait lui bien aller. Puis elle mit ses boucles d'oreilles de rubis qui, jadis, avaient appartenu à la mère de Harry, et le pendentif assorti.

« Il ne remarquera rien », songea-t-elle. « Ce n'est pas son genre. Il n'a pas l'air de s'intéresser aux femmes, pas plus qu'à leur façon de s'habiller ou à leurs bijoux. » Pourtant, elle mit le plus grand soin à sa toilette, lissa ses bouclettes autour de son doigt, les disposa avec art derrière ses oreilles.

Soudain, à l'horloge de l'écurie, dix heures sonnèrent. Prise de panique, elle lâcha son peigne et descendit. L'escalier aboutissait à la salle à manger où elle constata que William s'était conformé à ses ordres : toutes les bougies étaient allumées et, sur la longue table, la meilleure argenterie étincelait. William, lui-même, était en train de disposer des plats sur le buffet. Elle alla jeter un coup d'œil à ce qu'il avait préparé et sourit.

— Oh, William, s'exclama-t-elle. Maintenant je comprends pourquoi vous êtes allé à Helford cet après-midi et en êtes revenu chargé d'un gros panier.

Sur le buffet, en effet, s'alignaient crabes à la française, minuscules pommes de terre nouvelles en robe de chambre, salade pommée, fraîchement cueillie, saupoudrée d'ail, petits radis écarlates. William avait même trouvé le temps de confectionner de la pâtisserie : de fines gaufrettes, fourrées à la crème. Et à côté, dans un bol de cristal, les premières fraises des bois de l'année.

— William, vous êtes un vrai bon génie! dit-elle.

S'inclinant, il se permit de sourire :

— Je suis heureux de vous voir satisfaite, Milady, répondit-il.

— Comment trouvez-vous ma toilette? demanda-t-elle, en pirouettant sur les talons. Votre maître l'approuvera-t-il, croyez-vous?

— Il ne fera aucun commentaire, Milady, répondit William. Mais je doute qu'il reste insensible à votre apparence.

— Merci, William, dit-elle d'un air grave.

Elle se rendit au salon, pour attendre son invité.

Par précaution, il avait tiré les rideaux, et comme elle les rouvrait afin de laisser pénétrer toute la nuit d'été, elle aperçut la haute et sombre silhouette du Français en train de traverser silencieusement la pelouse.

Devinant, sans doute, qu'elle jouerait à la châtelaine, lui aussi s'était mis en frais de toilette. La clarté de la lune éclairait ses bas blancs, faisait briller les boucles d'argent de ses souliers. Il portait un habit à longues basques, couleur bordeaux, une ceinture, d'un ton plus sombre, des bouillonnés de dentelle aux poignets et au cou. Tel un cavalier, il continuait à dédaigner la perruque bouclée à la mode, et se contentait de ses propres cheveux. Dona lui tendit la main. Mais, cette fois, il s'inclina, l'effleurant de ses lèvres, comme il sied à un invité. Puis, debout sur le seuil de la haute porte-fenêtre, il abaissa son regard vers elle et sourit.

— Le souper vous attend, dit-elle, soudain intimidée. Sans répondre, il la suivit à la salle à manger, où William les attendait debout derrière la chaise de Dona.

Un moment, il s'arrêta, contemplant le rutilement des innombrables bougies, l'étincelante argenterie, les brillantes assiettes à bord rose, puis, se tournant vers son hôtesse, avec ce même sourire lent et moqueur qu'elle se surprenait à guetter :

— Croyez-vous qu'il soit prudent de tenter ainsi un pirate? dit-il.

— C'est William, répondit-elle. C'est lui qui a tout préparé!

— Je ne puis vous croire, dit-il, William n'a jamais rien fait de semblable pour moi jusqu'à présent. N'est-ce pas, William? Vous me prépariez une côtelette, me la serviez sur une assiette ébréchée, vous borniez à enlever la housse d'une chaise, disant que cela suffisait.

— Oui, monsieur, répondit William, les yeux brillants dans sa petite face ronde.

Dona, mise à l'aise par la présence de William, s'assit, ayant retrouvé son aplomb.

William jouait son rôle à la perfection, savait provoquer les traits d'esprit de sa maîtresse, acceptait avec un sourire et un haussement d'épaules les sarcasmes de son maître.

Le crabe était exquis, la salade excellente, les pâtisseries plus légères que la brise, les fraises délicieuses, le vin un nectar.

— Malgré tout, je suis meilleur cuisinier que William, dit le Français. Un jour, il faudra que je vous fasse goûter un jeune poulet rôti à la broche, à ma façon.

— Vous plaisantez, répondit Dona. Jamais poulet ne fut rôti à la broche dans cette cellule d'ermite qu'est votre cabine. Cuisine et philosophie ne vont point ensemble!

— Grave erreur, dit-il. Cuisine et philosophie peuvent parfaitement s'entendre. Mais ce n'est pas dans ma cellule que je rôtirai votre poulet. Nous construirons pour cela un feu sur le bord de la crique; vous le mangerez avec les doigts et il n'y aura d'autre lumière que celle de notre feu.

— Peut-être l'engoulevent dont vous m'avez parlé, chantera-t-il ce soir-là? dit-elle.

— Peut-être!

Il lui sourit à travers la table. Et, soudain, elle eut la vision du feu qu'ils construiraient au bord de l'eau. Ses flammes pétilleraient, siffleraient dans l'air, et le fumet appétissant du poulet en train de griller monterait jusqu'à eux. De même que la veille il s'était montré absorbé par le dessin de son héron, que le lendemain il le serait par les préparatifs d'une nouvelle expédition, ce soir-là, son attention se concentrerait sur le poulet. A ce moment, elle remarqua que William avait quitté la pièce; se levant, elle souffla les bougies et emmena son hôte au salon.

— Quelle différence avec cet hiver! dit-il, jetant

un regard autour de lui. Alors, tous les meubles étaient sous des housses; il n'y avait pas de fleurs. Cette pièce avait un air austère qu'elle n'a plus maintenant. C'est vous qui avait changé tout ça.

— Les maisons inhabitées ressemblent toujours à des tombeaux, dit-elle.

— Peut-être — mais, ce n'est pas ce que je veux dire, Navron serait resté un tombeau si quelqu'un d'autre que vous en avait rompu le repos.

Elle ne répondit pas, ne sachant au juste comment prendre ce qu'il venait de dire.

Un moment, ils restèrent silencieux.

— Au fond, qu'est-ce qui vous a poussée à venir à Navron? dit-il, soudain.

Un instant, elle joua avec le gland du coussin sur lequel elle appuyait sa tête :

— Ne m'avez-vous pas dit hier que lady St. Columb jouissait d'une certaine célébrité? dit-elle enfin, Que l'écho de ses frasques était venu jusqu'à vous? Sans doute étais-je lasse de cette lady St. Columb et ai-je désiré changer de personnage.

— En d'autres termes, vous souhaitiez vous évader?

— C'est exactement ce que William m'a dit que vous diriez.

— William en sait quelque chose. Il m'a vu agir de la même façon. Il y avait une fois un homme qui s'appelait Jean-Benoît Aubéry. Il possédait des terres en Bretagne, avait de l'argent, des amis, des responsabilités, et William était son domestique. Un jour, le maître de William, dégoûté de Jean-Benoît Aubéry, se fit pirate. C'est alors qu'il fit construire *La Mouette*.

— Est-il vraiment possible de devenir quelqu'un d'autre?

— J'en ai fait l'expérience.

— Et vous êtes heureux?

— Je suis content!

— Quelle est la différence?

— Vous me prenez au dépourvu. Ce n'est pas facile à expliquer. Le contentement est un état où le corps et l'esprit travaillent ensemble harmonieusement, sans friction. L'esprit est en paix, le corps également; ils se suffisent à eux-mêmes. Le bonheur est fugace, n'apparaît souvent qu'une fois dans une existence; il ressemble à l'extase.

— Ce n'est donc pas un état continu comme le contentement?

— Non. Mais, il y a des degrés dans le bonheur. Ainsi, je me souviens d'un moment de félicité particulière : c'était au début de ma carrière de pirate et j'avais livré mon premier combat à un de vos navires marchands. J'eus le dessus et ramenai ma prise au port. Ce fut un bon moment, exaltant, heureux. J'avais accompli ce que je m'étais proposé de faire et dont la réussite était problématique.

— Oui, dit-elle. Je comprends.

— Il y a eu aussi d'autres moments. Par exemple le plaisir, après avoir achevé quelque dessin, d'y retrouver les contours et la forme que je voulais rendre. Ceci est encore un autre degré de bonheur.

— Au fond, l'homme trouve plus facilement le bonheur que la femme, dit-elle, car il est créateur. Son bonheur lui vient des choses qu'il accomplit, de ce qu'il crée avec ses mains, son cerveau, son talent.

— C'est possible, dit-il. Mais les femmes ont un autre genre de création; elles mettent au monde des enfants. N'est-ce pas un accomplissement plus parfait que de faire un dessin ou d'élaborer un plan d'action?

— Vous croyez?

— Certainement.

— Je n'y avais jamais songé.

— Vous avez des enfants, n'est-ce pas?

— Oui, deux.

— Quand, pour la première fois, vous les avez

tenus dans vos bras, n'avez-vous pas été consciente d'un accomplissement? Ne vous êtes-vous pas dit : « Ils sont mon œuvre, ma création! » Et n'en avez-vous pas ressenti du bonheur?

Un instant, elle réfléchit, puis lui adressa un sourire.

— Peut-être, dit-elle.

Il se détourna et se mit à examiner les objets sur la cheminée :

— Je suis pirate, ne l'oubliez pas, dit-il. Vous laissez traîner là des trésors. Cette cassette, par exemple, vaut des sommes considérables.

— Oui. Mais, j'ai confiance en vous!

— Est-ce bien sage?

— Je suis à votre merci.

— Je passe pour être sans merci.

Il reposa la cassette et prit la miniature représentant Harry. Un moment, il la contempla, tout en sifflotant doucement :

— Votre mari? dit-il.

— Oui.

Sans rien dire, il remit le portrait à sa place. Mais sa façon de ne faire aucun commentaire sur Harry, sur la ressemblance, sur la peinture elle-même, provoqua en Dona une curieuse impression d'embarras. Instinctivement, elle sentait qu'il tenait Harry en piètre estime, le jugeait un sot, et elle souhaita que Harry eût été en quelque sorte différent, ou que la miniature ne se fût pas trouvée là.

— Elle date de plusieurs années, s'entendit-elle dire, comme pour le défendre, « d'avant notre mariage ».

— Ah, vraiment! dit-il. — Un instant, il resta silencieux, puis reprit : — Ce portrait de vous, qui se trouve en haut, dans votre chambre, est-il de la même époque?

— Oui, répondit-elle. Il a été fait peu de temps après mes fiançailles avec Harry.

— Vous êtes mariés depuis longtemps?

— Six ans. Henrietta en a cinq.

— Et qu'est-ce qui vous a incitée à vous marier?

Déconcertée, elle le regarda, ne sachant que répondre. Puis, comme il lui avait posé cette question si tranquillement, sans paraître y attacher d'importance, du même ton dont il lui eût demandé pourquoi elle avait choisi tel mets pour son dîner, plutôt qu'un autre, elle lui confia la vérité, sans se rendre compte que, jamais encore, elle ne se l'était avouée à elle-même.

— Harry était amusant, dit-elle. J'aimais ses yeux.

Et, tandis qu'elle parlait, il lui sembla que sa voix venait de très loin, comme si ce n'était pas la sienne, mais celle de quelqu'un d'autre.

Il ne répondit pas. Ayant quitté la cheminée, il s'était assis sur une chaise et avait tiré une feuille de papier de sa poche. Dona, le regard fixé sur les flammes, repensait au passé, à Harry, à leur mariage à Londres — quelle cohue, ce jour-là — et comment le pauvre Harry, encore très jeune, sans doute effrayé par sa responsabilité, manquant d'imagination, avait, pour paraître plus hardi, trop bu le soir de leurs noces, ne réussissant ainsi qu'à se révéler un maladroit et un sot. Puis, leur voyage à travers l'Angleterre, pour faire la connaissance de ses amis, ces constants séjours chez les autres, dans une atmosphère tendue, artificielle, et elle — presque aussitôt enceinte d'Henrietta et si peu habituée aux malaises — se sentant devenir susceptible, irritable, différente d'elle-même. L'obligation de renoncer à marcher, à faire tout ce qu'elle voulait, augmentait encore sa mauvaise humeur. Si, au moins, elle avait pu parler avec Harry, sentir qu'il la comprenait! Hélas, pour lui, compassion ne signifiait ni tendresse, ni silence, ni tranquillité, mais plutôt une bruyante cordialité, une exubérance forcée, tapageuse, destinée à l'égayer et, par-dessus le marché, un redoublement de caresses, ce qui ne la soulageait nullement. Enfin, elle leva les yeux et s'aperçut que son invité était en train de la dessiner.

— Cela vous est-il désagréable? demanda-t-il.

— Certainement pas, répondit-elle, curieuse de savoir comment il la rendrait et suivant du regard sa main habile, rapide. Elle ne pouvait voir le dessin, car il le tenait appuyé à son genou.

— Comment William est-il entré à votre service? demanda-t-elle.

— Sa mère était bretonne. Vous l'ignoriez, je suppose? répondit-il.

— Oui, dit-elle.

— Son père était soldat de métier, mercenaire. Je ne sais comment, il arriva en France et s'y maria. Sans doute avez-vous remarqué l'accent de William?

— Je croyais que c'était celui de Cornouailles.

— Les gens de ce pays et les Bretons ont beaucoup de traits communs, dit-il. Les uns comme les autres sont des Celtes. Mais, pour en revenir à William, je l'ai pêché dans les rues de Quimper, où il vagabondait, pieds nus, en haillons. Il était impliqué dans quelque mauvaise affaire d'où je pus le tirer. Dès lors, il fut un de mes fidèles. Par son père, il savait l'anglais, naturellement. Il doit avoir vécu à Paris pendant plusieurs années, avant que je ne le rencontre. Je ne lui ai jamais posé de questions sur sa vie. Son passé lui appartient.

— Mais, pourquoi William n'est-il pas devenu pirate?

— Ma foi, pour une raison fort prosaïque. Il n'a pas l'estomac solide et le canal qui sépare les côtes de Cornouailles de celles de Bretagne est trop large pour lui!

— Il s'est donc installé à Navron, et a pu ainsi assurer une parfaite cachette à son maître!

— Exactement!

— De cette façon, les gens de ce pays sont impunément volés et les femmes dans la constante terreur de perdre la vie ou plus encore, à ce qu'assure lord Godolphin! conclut-elle.

— Les femmes de Cornouailles se flattent!

— C'est précisément ce que j'ai eu envie de répondre à lord Godolphin!

— Pourquoi ne le lui avez-vous pas dit?

— Je n'ai pas voulu le choquer.

— On fait aux Français une réputation de galanterie bien injustifiée. Nous sommes beaucoup plus timides qu'on ne le croit ici... Là, tenez, j'ai fini votre portrait.

Il lui tendit le croquis et s'appuya au dossier de sa chaise, les mains dans les poches. Dona considéra le dessin sans mot dire. Sur le feuillet déchiré, le visage qui la regardait était celui de l'autre Dona, — de cette Dona qu'elle ne voulait pas admettre, qu'elle refusait de reconnaître. C'était bien ses traits, ses yeux, ses cheveux mais, dans l'expression du regard, elle découvrait cette nuance, que parfois, elle y avait surprise quand, passant devant un miroir, elle s'y apercevait. C'était celle d'une femme désabusée, regardant le monde à travers une croisée trop étroite, le trouvant laid, différent de ses rêves, peu intéressant.

— Il n'est pas très flatteur, dit-elle enfin.

— Je le regrette, répondit-il. Ce n'est pas exprès.

— J'ai l'air plus vieille que je ne suis.

— C'est possible.

— Il y a quelque chose d'insolent dans la bouche.

— C'est bien cela.

— Et ce pli bizarre entre les sourcils?

— Je ne l'ai pas inventé.

— Il ne me plaît guère, savez-vous?

— Je le craignais. Dommage! Moi qui songeais à abandonner la piraterie pour le portrait!

Elle lui rendit le dessin et s'aperçut qu'il souriait.

— Les femmes aiment peu s'entendre dire la vérité, dit-elle.

— Personne ne la goûte, en général, répondit-il.

— Je comprends maintenant pourquoi vous réussissez comme pirate, dit-elle, changeant de sujet. Vous faites les choses à fond. On le voit dans votre façon de dessiner. Vous allez droit au cœur de votre sujet.

— Peut-être n'ai-je pas rendu justice à celui-ci, dit-il. Mais, je l'ai pris au dépourvu, quand son visage reflétait un état d'âme particulier. Tenez, si je vous croquais, quand vous jouez avec vos enfants ou, simplement, dans les moments où vous savourez la joie de votre évasion, mon dessin serait complètement différent. Peut-être alors, m'accuseriez-vous de vous flatter.

— Suis-je donc aussi changeante?

— Je n'ai pas dit que vous êtes changeante. Mais ce qui se passe dans votre âme, se reflète immédiatement sur votre visage. C'est du reste ce que souhaite l'artiste.

— Quel manque d'égards de sa part.

— Pourquoi?

— De transcrire ainsi l'émotion de son modèle, sans se soucier s'il l'enlaidit ou non, de saisir un état d'âme passager, de le fixer sur le papier pour en faire honte à celui qui le ressent.

— Peut-être. Mais, le modèle, voyant l'expression que lui donne son état d'âme, ne pourrait-il décider d'en changer, le considérant comme vain et indigne de lui?

Tout en parlant, il déchira le croquis, d'abord en deux, puis en menus morceaux :

— Là, dit-il. Oublions-le. Je n'aurais jamais dû le faire. Mais ne m'avez-vous pas dit hier que je m'étais introduit sans autorisation dans votre propriété? Sans doute est-ce mon habitude. La piraterie conduit sur de mauvais chemins.

Il se leva et elle comprit qu'il avait l'intention de s'en aller.

— Pardonnez-moi, dit-elle. Vous devez me croire querelleuse et susceptible. La vérité est que j'ai éprouvé de la honte en regardant votre dessin. Pour la première fois, un autre me voyait telle qu'hélas, je ne me vois que trop souvent moi-même! C'était comme si mon corps portait une tare et que vous m'aviez dessinée nue.

— J'admets. Mais, à supposer que l'artiste soit affligé d'une tare semblable, ou plus hideuse même, le modèle éprouvera-t-il encore de la honte?

— Vous voulez dire que cette similitude peut créer une sorte de lien entre eux?

— Précisément.

Il lui adressa un dernier sourire, fit demi-tour et se dirigea vers la porte-fenêtre :

— Quand le vent d'est commence à souffler sur cette côte, il dure plusieurs jours, dit-il. Mon navire va devoir rester à l'ancre. Désœuvré, j'aurai le temps de beaucoup dessiner. Peut-être me permettrez-vous de refaire votre portrait?

— Avec une autre expression?

— Cela dépendra de vous, dit-il. Vous avez signé mon livre d'or. Quand donc la fantaisie vous prendra de vous évader, souvenez-vous que la crique a l'habitude des fugitifs.

— Je ne l'oublierai pas.

— On y trouve des oiseaux à observer, des poissons à pêcher, des ruisseaux à explorer. Toutes ces choses sont d'excellents moyens d'évasion.

— Vous en avez constaté l'efficacité?

— Oui, certainement. Et maintenant, merci pour le souper. Bonne nuit.

— Bonne nuit.

Cette fois, il ne lui prit pas la main. Sans se retourner, il sortit par la porte-fenêtre et, entre les arbres, elle le vit disparaître, les mains enfoncées dans ses poches.

CHAPITRE VIII

Considérant l'état de sa femme, lord Godolphin avait donné l'ordre de garder les fenêtres closes et les rideaux tirés; de sorte qu'il faisait suffocant dans le salon du château.

L'éclatant soleil de la mi-été risquait sans doute de fatiguer son épouse, l'air tiède, de pâlir ses joues déjà languissantes. Tandis que rester étendue sur un sofa, appuyée à des coussins, pour échanger de futiles propos avec des amis, dans une lourde pénombre imprégnée d'une odeur d'humanité en train de manger des gâteaux, et où bourdonnait un incessant bavardage, cela, en vérité, ne pouvait faire de mal à personne! Lord Godolphin, aussi bien que son épouse, considéraient, en effet, ce genre de réunion comme le délassement parfait.

« Jamais », songeait Dona, « ni par égard pour Harry, ni par scrupule de conscience, je ne me laisserai plus entraîner à des visites de voisinage! » Se penchant de côté, elle feignit de s'intéresser au bichon blotti contre sa robe, et lui tendit l'indigeste pâtisserie que lord Godolphin, lui-même, avait posée sur son assiette. Mais un regard de côté lui apprit que son geste avait été remarqué, et, pour comble, son hôte revenait à la charge, apportant un nouvel assortiment de friandises. De nouveau, elle allait devoir déployer son sourire éclatant autant qu'hypocrite, et porter à ses lèvres un morceau d'écœurant gâteau!

— Si seulement vous arriviez à persuader Harry de renoncer aux plaisirs de Londres! lui dit lord Godolphin. Nous pourrions souvent avoir de ces petites réunions sans cérémonie. Dans l'état actuel de ma femme, plus de monde risquerait de l'éprouver. Mais, la présence de quelques intimes, comme en ce moment, ne peut que lui faire du bien. Je regrette vivement que Harry ne soit pas des nôtres, aujourd'hui.

Il promena un regard satisfait à la ronde et Dona, accablée, une fois de plus, compta les quinze ou seize personnes réunies dans le salon et qui, lasses de se connaître depuis si longtemps, l'observaient avec un apathique intérêt. Les femmes détaillaient sa toilette, les longs gants à la mode dont elle jouait sur ses genoux, son chapeau, dont la plume mousseuse retombait contre sa joue droite. En silence, comme s'ils se trouvaient aux premiers rangs d'un théâtre, les hommes la dévisageaient. Avec une lourde jovialité, l'un ou l'autre la questionnait sur la vie à la cour et les plaisirs du Roi. Arrivant de Londres, sans doute connaissait-elle par le menu les faits et gestes du souverain?

Dona détestait ce genre de bavardages, aussi, bien qu'elle eût pu leur rapporter maint savoureux potin sur ce Londres bariolé, artificiel, aux rues pavées et poussiéreuses, éclairées par la vacillante lueur des torches portées par des valets, où des galants hâbleurs riaient, plaisantaient et chantaient à la porte des tavernes, sur toute cette atmosphère de fête et de débauche, qu'animait un homme inconstant, à l'œil noir, mobile, au sourire sardonique, elle ne leur conta rien. Enjouée, elle se borna à dire combien ce pays de Cornouailles lui plaisait.

— Quel dommage que Navron soit si isolé, dit quelqu'un. Vous devez vous y sentir misérablement seule après l'animation de la ville! Si seulement nous habitions moins loin, nous pourrions venir vous voir plus souvent.

— Comme c'est aimable, et combien Harry serait sensible à cette attention, dit Dona. Hélas, la route de Navron est exécrable. J'ai eu mille peines aujourd'hui à arriver jusqu'ici. Heureusement, je suis une mère dévouée et mes enfants absorbent presque tout mon temps.

Souriant à ses auditeurs, elle promenait sur eux de grands yeux innocents, tandis que sa pensée, vagabonde, évoquait le canot de pêche qu'elle allait retrouver à Gweek, et l'homme qui, les manches de sa chemise roulées au-dessus des coudes, dessinait et musait sur la grève en l'attendant.

— Je vous trouve d'un courage remarquable, dit d'une voix languissante lady Godolphin. Vivre là-bas, toute seule, sans votre mari! Quant au mien, dès qu'il s'absente pour plus de quelques heures, je meurs d'inquiétude.

— En l'occurrence, c'est fort excusable, bafouilla Dona, étouffant une envie folle de rire et de lâcher quelque impertinence. Car la pensée de lady Godolphin, alanguie sur son sofa, appelant de ses vœux son seigneur et maître, dont rien ne pouvait dissimuler l'affligeante excroissance nasale, l'incitait à la méchanceté.

— Vous êtes convenablement gardée à Navron, j'espère? dit lord Godolphin, s'adressant à elle, d'un ton solennel. La licence et le désordre règnent en ce moment dans le pays. Avez-vous des serviteurs sur lesquels vous pouvez compter?

— Oui, absolument.

— C'est bien. Sinon, m'autorisant de ma vieille amitié pour Harry, je me serais permis de vous envoyer deux ou trois de mes gens.

— Merci, mais ce serait tout à fait superflu, je vous assure.

— Peut-être est-ce votre opinion. Malheureusement, ce n'est pas celle de la plupart d'entre nous.

Il lança un regard à son plus proche voisin de campagne, Thomas Eustick, propriétaire d'un vaste domaine au-delà de Peryn, personnage aux lèvres minces, aux yeux perçants qui, de l'autre bout de la pièce, n'avait cessé d'observer Dona. Celui-ci se leva et se rapprocha, en même temps que Robert Penrose, de Tregony.

— Godolphin vous a mis au courant, je crois, des incursions qui nous menacent du côté de la mer? dit-il avec rudesse.

— Oui, par un insaisissable Français, répondit Dona en souriant.

— Qui risque bien d'être attrapé d'ici peu, répliqua Eustick.

— Vraiment? Avez-vous fait venir un nouveau contingent de soldats de Bristol?

Il rougit et jeta à Godolphin un regard courroucé.

— Cette fois, il ne sera pas question de mercenaires, dit-il. J'ai toujours été opposé à cette idée, mais, comme d'habitude, on ne m'a pas écouté. Non, nous nous chargerons nous-mêmes de cet étranger. Je crois que notre méthode sera efficace.

— A condition, toutefois, que nous soyons assez nombreux, remarqua Godolphin, d'un ton sec.

— Et que le plus capable d'entre nous prenne le commandement, ajouta Penrose, de Tregony.

Dans le silence qui suivit, les trois hommes se lancèrent des coups d'œil méfiants. « L'atmosphère serait-elle donc un peu tendue? » se demanda Dona.

— Tout royaume qui est divisé contre lui-même est dévasté, murmura-t-elle.

— Pardon, je n'ai pas très bien saisi? dit Thomas Eustick.

— Ce n'était rien, répondit Dona. Je citais un verset de la Bible dont je viens de me souvenir. Mais, vous parliez du pirate. N'est-il pas seul contre vous tous? Vous l'attraperez, cela n'est pas douteux. Comment comptez-vous procéder?

— Nos plans ne sont encore qu'à l'état d'ébauche, madame. D'ailleurs, ils ne sauraient être divulgués. Mais, je vous mets en garde, et sans doute était-ce aussi l'intention de Godolphin, lorsqu'il s'est enquis de vos domestiques, — quelques gens de la région, croyons-nous, sont à la solde du Français.

— Vraiment? C'est inconcevable!

— Impardonnable! De sorte que, si nos soupçons se confirment, ils seront tous pendus, comme lui. En fait, nous suspectons le Français d'avoir une cachette le long de la côte et sommes presque certains que quelques gens du pays la connaissent et se gardent d'en parler.

— Je croyais que vous aviez fouillé toute la contrée?

— Ma chère lady St. Columb, nous n'avons cessé de faire des battues dans tout le district. Mais, vous ne l'ignorez pas sans doute, cet individu, comme tous les Français, est plus insaisissable qu'une anguille. De plus, il semble connaître notre côte mieux que nous-mêmes. Vous n'avez rien remarqué de louche du côté de Navron, je présume?

— Absolument rien.

— Du manoir, on peut voir la rivière, n'est-ce pas?

— Admirablement.

— De sorte que vous auriez aperçu toute embarcation suspecte entrant ou sortant de l'estuaire?

— Certainement.

— Je ne voudrais pas vous alarmer, mais je dois vous dire que le Français a peut-être pénétré dans l'Helford et qu'il n'est pas impossible qu'il recommence.

— Vous me terrifiez!

— Je dois aussi vous prévenir que ce genre d'individu n'aurait aucun égard pour vous!

— Vous voulez dire qu'il est tout à fait dépourvu de scrupules?

— Je le crains.

— Que ses hommes sont des bandits, des sauvages?

— Ce sont des pirates, madame, et de plus des Français!

— Je prendrai donc le plus grand soin des miens. Croyez-vous qu'ils soient aussi cannibales? Mon petit garçon n'a pas encore deux ans!

Lady Godolphin poussa un petit cri d'horreur et s'éventa vivement. Son mari claqua de la langue, agacé :

— Voyons, calmez-vous, Lucy! Lady St. Columb ne faisait que plaisanter. Pourtant, dit-il, s'adressant de nouveau à Dona, croyez-moi, la question est grave et ne doit pas être traitée à la légère. Je me sens responsable des habitants du district et, comme Harry n'est pas avec vous à Navron, j'avoue que je me fais du souci pour vous.

Dona se leva et lui tendit la main :

— C'est vraiment très bon de votre part, dit-elle en lui adressant ce sourire particulier dont elle usait dans les situations difficiles : Je n'oublierai pas l'intérêt que vous voulez bien me témoigner. Mais, je vous assure, ne vous inquiétez pas pour moi. S'il le faut, je puis barricader et verrouiller ma maison. Et, avec des voisins tels que vous — son regard alla de Godolphin à Eustick, puis à Penrose, — je suis certaine qu'aucun mal ne peut m'arriver. Vous êtes tous trois si dignes de confiance, si forts — comment dire? — si Anglais dans votre façon d'être!

L'un après l'autre, les trois hommes s'inclinèrent sur sa main et, à chacun, elle adressa un sourire :

— Peut-être, ajouta-t-elle, le Français a-t-il quitté définitivement notre côte et n'aurez-vous plus à vous préoccuper de lui.

— Je voudrais pouvoir le croire, dit Eustick. Mais, hélas, nous commençons à connaître le gredin. Plus il se tient tranquille, plus il est redoutable! Nous ne tarderons pas à en refaire l'expérience, c'est certain.

— Sans doute, ajouta Penrose, fera-t-il son coup là où nous nous y attendons le moins. Mais, ce sera bien la dernière fois!

— J'aurais alors la joie très particulière, dit lentement Eustick, de le pendre au plus grand arbre du parc de Godolphin, juste avant le coucher du soleil, et j'invite l'aimable société ici présente à assister à la cérémonie!

— Comme vous voilà sanguinaire, cher monsieur! dit Dona.

— Vous le seriez aussi, chère madame, si, comme moi, vous aviez été volée : tableaux, argenterie, vaisselle plate, — le tout, d'une valeur considérable.

— Mais songez au plaisir que vous aurez à les remplacer!

— Je crains que la chose ne m'apparaisse sous un angle différent. Il s'inclina et fit demi-tour, le visage de nouveau empourpré par la colère.

Godolphin accompagna Dona à sa voiture :

— Votre dernière remarque a été quelque peu malencontreuse, dit-il. Eustick est très près de ses écus.

— Je suis célèbre pour mes remarques malencontreuses, répondit Dona.

— Sans doute sait-on les apprécier à Londres?

— Je ne le crois pas. Aussi est-ce une des raisons pour lesquelles j'ai quitté cette ville.

Déconcerté, il la dévisagea, puis l'aida à monter dans sa voiture :

— Votre cocher est-il capable? demanda-t-il, en lançant un regard à William, qui seul, sans valet de pied pour l'aider, tenait les rênes.

— Extrêmement, répondit Dona. Je lui confierais ma vie.

— Il a l'air têtu.

— Oui. Mais, il a un visage si amusant. J'adore sa bouche!

Godolphin se raidit et quitta la portière :

— J'ai du courrier à expédier à Londres cette semaine, dit-il, d'un ton froid. Avez-vous un message pour Harry?

— Dites-lui que je vais bien et que je suis extrêmement heureuse.

— Je me charge de lui faire part de mes inquiétudes à votre sujet.

— Ne prenez pas cette peine, je vous en prie.

— Je considère cela comme un devoir. De plus, la présence de Harry dans le voisinage, serait d'un secours considérable.

— Je ne puis le croire.

— Eustick est un peu encombrant et Penrose a une tendance à la dictature, de sorte que je dois constamment les réconcilier.

— Et vous voyez Harry dans ce rôle de pacificateur?

— Ce que je vois, c'est que Harry est en train de perdre son temps à Londres, quand il devrait s'occuper de ses terres en Cornouailles.

— Ses terres se sont bien gérées toutes seules. Depuis le temps!

— Ceci n'est pas la question. Le fait est que nous avons besoin de tous les renforts possibles. Et lorsque Harry apprendra qu'un pirate sévit sur nos côtes...

— Je lui en ai déjà touché deux mots.

— Pas avec assez d'énergie, j'en suis persuadé. Si Harry se doutait que le manoir de Navron risque d'être pillé, que sa femme est en danger, sans doute ne s'attarderait-il pas à la ville. Si j'étais à sa place...

— Oui. Mais vous n'y êtes pas.

— Si j'étais à sa place, jamais je ne vous aurais permis de venir toute seule ici. On sait qu'une femme sans son mari perd souvent la tête.

— La tête seulement?

— Je répète, une femme perd souvent la tête devant un danger imprévu. Sans doute, en ce moment, vous sentez-vous débordante de courage; mais, si vous vous trouviez brusquement face à face avec un pirate, je parie que vous frissonneriez et vous évanouiriez, comme toutes celles de votre sexe.

— Je frissonnerais certainement.

— Je ne pouvais rien dire devant ma femme, ses nerfs sont peu solides en ce moment, mais il m'est revenu une ou deux vilaines histoires; à Eustick aussi.

— Quel genre d'histoires?

— Des femmes — hum... dans la détresse. Enfin, vous voyez?

— Dans la détresse, pourquoi?

— Les gens de la région sont muets; ils refusent de parler. Mais, il semblerait que les femmes des hameaux environnants ont eu à souffrir de ces damnés gredins.

— Mieux vaut, peut-être, ne pas aller trop au fond des choses?

— Pourquoi donc?

— Et si vous découvriez que, loin d'avoir eu à souffrir, elles se sont follement amusées? Partons, William, voulez-vous?

Inclinant la tête, souriant, dans sa voiture ouverte, lady St. Columb, de sa main gantée, fit un petit signe d'adieu à son hôte.

Au grand trot, ils suivirent la longue avenue, aperçurent les paons sur les pelouses rases, les cerfs dans leur parc, et rejoignirent la route. A ce moment, Dona, enleva son chapeau, s'en éventa, leva les yeux vers le dos raide de William et pouffa d'un rire silencieux.

— William, je viens de me conduire très mal!

— J'ai cru le comprendre, Milady.

— Il faisait une chaleur intolérable chez lord Godolphin; à cause de lady Godolphin, toutes les fenêtres étaient fermées.

— Combien éprouvant, Milady.

— Je n'ai trouvé personne de particulièrement à mon goût parmi les invités.

— Non, Milady?

— J'ai bien risqué lâcher quelque énormité.

— Mieux vaut que vous l'ayez retenue, Milady.

— Il y avait entre autres un certain Eustick et un nommé Penrose.

— Oui, Milady.

— Ils m'ont tous deux déplu.

— Oui, Milady.

— Pourtant, ces gens commencent à se réveiller. Il a beaucoup été question de piraterie.

— Je viens d'entendre Sa Seigneurie, Milady.

— Il a également été fait allusion à un plan de campagne collectif, et à des pendaisons à la plus haute branche d'un arbre. Les soupçons se portaient vers la rivière.

— Je pensais bien que ce ne serait qu'une question de temps, Milady.

— Croyez-vous que votre maître se doute du danger?

— Je le suppose, Milady.

— Et malgré ça, il reste à l'ancre dans la crique?

— Oui, Milady.

— Il y est depuis près d'un mois. Fait-il toujours d'aussi longues escales?

— Non, Milady.

— De quelle durée sont ses séjours, en général?

— De cinq à six jours, Milady.

— Les jours ont passé très vite. Peut-être ne se rend-il pas compte qu'il est ici depuis si longtemps?

— C'est possible.

— Je commence à m'y connaître en oiseaux, William.

— C'est ce que j'ai remarqué, Milady.

— J'arrive à distinguer leurs différentes façons de chanter et de voler, William.

— Vraiment, Milady?

— Je deviens aussi assez experte dans le maniement de la canne à pêche et de la ligne.

— Je l'ai également remarqué, Milady.

— Votre maître est un excellent professeur.

— C'est ce qu'il me semble, Milady.

— N'est-il pas curieux, William, qu'avant de venir à Navron, je me sois si peu intéressée aux oiseaux et encore moins à la pêche?

— En effet, c'est curieux, Milady.

— Je suppose que... le désir d'apprendre ces choses a toujours été en moi, mais à l'état latent, si vous comprenez ce que je veux dire?

— Je comprends parfaitement, Milady.

— Il est difficile à une femme d'acquérir toute seule des connaissances sur les oiseaux ou sur la pêche, ne croyez-vous pas?

— Presque impossible, Milady.

— Elle a réellement besoin d'un professeur.

— C'est indispensable, Milady.

— Mais il faut, cela va sans dire, que le professeur lui soit sympathique.

— C'est très important, Milady.

— Et qu'il ait envie de communiquer sa science à son élève.

— Cela va sans dire, Milady.

— Il peut aussi arriver que, grâce à l'élève, les connaissances du professeur se perfectionnent. Qu'il s'enrichisse de notions qu'il ignorait. Bref, qu'ils s'instruisent mutuellement.

— Vous résumez parfaitement la question, Milady.

Ce cher William, quel excellent interlocuteur! Il comprenait tout — comme un confesseur —, ne désapprouvait, ni ne condamnait jamais.

— Qu'avez-vous raconté à Navron, William?

— J'ai dit que vous dîniez chez Sa Seigneurie et que vous rentreriez tard, Milady.

— Que comptez-vous faire des chevaux?

— Tout est prévu, Milady. J'ai des amis à Gweek.

— Auxquels vous avez aussi conté quelque histoire?

— Oui, Milady.

— Comment vais-je changer de robe?

— J'ai pensé que Votre Seigneurie ne verrait pas d'inconvénient à le faire derrière un arbre.

— Vous êtes plein de considération, William. Mais, voyez-vous lequel?

— J'ai pris la précaution d'en repérer un, Milady.

La route virait brusquement vers la gauche. Au-delà du coude, ils retrouvèrent le bord de la rivière dont l'eau scintillait entre les branches. William tira sur les rênes et arrêta les chevaux. Un instant, il écouta, puis portant la main à la bouche, il imita le cri de la mouette. Immédiatement, un cri semblable monta de la rive, et William se retourna vers sa maîtresse :

— Il vous attend, Milady, dit-il.

Dona retira une vieille robe de sous le coussin de la voiture et la jeta sur son bras :

— Où est votre arbre, William? dit-elle.

— C'est ce gros chêne aux branches touffues Milady.

— Est-ce de la folie, William?

— Je dirais plutôt un peu d'égarement, Milady.

— C'est une sensation bien agréable, William.

— C'est ce qu'il m'a toujours semblé, Milady.

— On se sent parfaitement heureux, sans raison... un peu comme un papillon.

— Exactement, Milady.

— Que savez-vous des sentiments des papillons? dit une voix derrière Dona.

Vivement, Dona se retourna; le maître de William était là, debout devant elle, les mains occupées à faire des nœuds à une ligne qu'il passa dans le trou d'un hameçon, puis noua, coupant le bout qui dépassait avec ses dents.

— Comme vous marchez silencieusement, dit-elle.

— Une longue pratique devenue une habitude.

— Ce n'était qu'une simple remarque que je faisais à William.

— Au sujet des papillons, n'est-ce pas? Comment êtes-vous si certaine de leur bonheur?

— On n'a qu'à les regarder.

— Vous pensez à leur façon de danser au soleil?

— Oui.

— Et vous voudriez faire de même?

— Oui.

— Alors, vous feriez mieux de changer de robe. Les châtelaines qui vont prendre le thé avec des lords Godolphin ne connaissent rien aux papillons. Je vais vous attendre dans le canot. La rivière grouille de poissons.

Il fit demi-tour et retourna vers la rive. Dona, protégée par le chêne, enleva en riant sa robe de soie et enfila l'autre, tandis que ses bouclettes, échappées de la broche qui les retenaient, lui tombaient sur le visage.

Quand elle fut prête, elle confia sa toilette d'après-midi à William qui, le dos tourné, se tenait à la tête de ses chevaux.

— Nous descendrons la rivière avec la marée, William, et je remonterai à Navron directement de de la crique.

— Très bien, Milady.

— Je serai dans l'avenue, peu après dix heures, William.

— Oui, Milady.

— Vous pourrez me reconduire au manoir, comme si nous revenions de chez lord Godolphin.

— Oui, Milady.

— Pourquoi souriez-vous?

— J'ignorais, Milady, que mon expression se fût relâchée.

— Vous mentez! Au revoir.

— Au revoir, Milady.

Ayant relevé sa vieille robe de mousseline au-dessus de ses chevilles, serré sa ceinture de façon à la maintenir à cette hauteur, Dona partit, en courant, pieds nus, entre les arbres, vers le canot qui l'attendait au bord de l'eau.

CHAPITRE IX

Occupé à fixer un ver à l'hameçon, le Français leva les yeux et lui sourit : « Vous n'avez pas mis beaucoup de temps », dit-il.

— Je n'avais pas de miroir pour me retarder.

— Voyez comme la vie peut être simple lorsqu'on oublie certaines choses, telles qu'un miroir!

Elle le rejoignit dans le canot.

— Laissez-moi fixer ce ver à l'hameçon, dit-elle.

Il lui remit la ligne et, prenant les longs avirons, il poussa le bateau dans le courant. Assise à l'avant, les sourcils froncés, jurant à voix basse, elle s'efforçait d'accrocher le ver qui se tortillait et ne se laissait pas faire. Un instant, levant les yeux, elle vit qu'il l'observait et riait d'elle.

— Je n'y arrive pas! dit-elle avec dépit. Pourquoi les femmes sont-elles toujours si maladroites pour ce genre de choses?

— Dès que nous serons un peu plus loin, dit-il, je le fixerai pour vous.

— Ce n'est pas ce que je demande, répondit-elle. Je veux l'accrocher moi-même. Je n'accepte pas d'être vaincue.

Il ne répliqua rien. Sifflotant doucement, il leva la tête et suivit des yeux un oiseau. Comme il ne s'occupait plus d'elle, elle recommença ses essais. « Cette fois, ça y est! » s'écria-t-elle soudain, triomphante. « J'ai réussi. » Et, levant la ligne, elle la lui montra.

— C'est bien, dit-il. Vous faites des progrès. S'appuyant aux rames, il laissa aller l'embarcation au gré de la marée.

Après avoir ainsi dérivé un certain temps, il prit sous les pieds de Dona une lourde pierre et, l'ayant fixée à une corde, il la lança par-dessus bord en guise d'ancre. Puis, tous deux se mirent à pêcher, elle toujours à l'avant, lui, sur la banquette du milieu.

L'eau clapotait doucement; le reflux apportait de petites touffes d'herbe et des feuilles tombées. Tout était tranquille. Entre les doigts de Dona, la ligne humide tirait un peu, entraînée par le courant. Impatiente, elle la sortait de temps à autre, afin d'examiner l'hameçon. Mais, intact, le ver s'y trouvait encore, allongé par le sombre ruban d'une algue. « Vous le laissez traîner au fond », dit-il. Elle remonta légèrement le fil, mais, constatant que son compagnon ne critiquait pas sa façon de pêcher et que, content, calme, il s'occupait de sa propre ligne, de nouveau, elle laissa glisser la sienne entre ses doigts, pour s'absorber dans la contemplation de la carrure de ses épaules, du contour de sa mâchoire, de la forme de ses mains. Sans doute, à son habitude, avait-il dessiné en l'attendant, songeait-elle, car, au fond du canot, sous les engins de pêche, elle apercevait un papier chiffonné et mouillé, sur lequel un vol de sarcelles était esquissé. Cela la fit penser au portrait qu'il avait fait d'elle, quelques jours auparavant, si différent du premier, déchiré en menus morceaux à Navron. Ce dernier croquis la représentait penchée sur le bastingage de *La Mouette*, en train de rire en regardant Pierre Blanc, si comique, lorsqu'il mimait ses chansons grivoises. Ce dessin-là, il l'avait daté, puis cloué à la cloison de sa cabine, au-dessus de la cheminée.

— Pourquoi ne le déchirez-vous pas comme le premier? avait-elle demandé.

— Parce que, là, vous avez l'expression que je voudrais fixer et retenir, avait-il répondu.

— Vous trouvez donc qu'elle convient mieux que l'autre à un membre de l'équipage de *La Mouette?*

— Peut-être, avait-il répondu, sans rien ajouter. Mais, maintenant, oublieux de son dessin, il n'était plus occupé que de pêche, cependant qu'à quelques lieues seulement, des plans étaient ourdis pour se saisir de lui et le mettre à mort, et que les gens de Eustick, de Penrose, de Godolphin, interrogeaient sur lui les populations le long des côtes et dans les hameaux dispersés de la contrée.

— Qu'y a-t-il? demanda-t-il, soudain, interrompant le cours des réflexions de Dona. N'avez-vous donc plus envie de pêcher?

— Je pensais à cet après-midi, répondit-elle.

— A votre expression, je m'en doutais. Racontez-moi.

— Vous ne devriez plus rester ici. On a des soupçons; il n'a été question que de vous et de la façon de s'emparer de vous.

— Ça ne me trouble pas.

— Je crois que, cette fois, ils prennent l'affaire au sérieux. Eustick avait un air dur, buté. Il est d'un autre bois que ce pompeux imbécile de Godolphin. Il est décidé à vous pendre au plus grand arbre du parc de Godolphin.

— C'est presque un honneur, ne trouvez-vous pas?

— Oui, vous riez! Vous croyez que, comme toutes les femmes, je suis à l'affût de potins et de bavardages.

— Non. Mais, comme toutes les femmes, vous vous plaisez à dramatiser.

— Et vous, à ignorer le danger.

— Que dois-je faire, à votre avis?

— Avant tout, soyez prudent, je vous en conjure.

Eustick prétend que les gens du pays connaissent votre cachette.

— C'est très possible.

— Un jour, quelqu'un vous trahira; la crique sera cernée.

— Je suis prêt à cette éventualité.

— De quelle façon?

— Eustick et Godolphin vous ont-ils dit comment ils se proposaient de s'emparer de moi?

— Non.

— Je ne vous révélerai donc pas, non plus, comment je compte leur échapper.

— Me croiriez-vous capable de...

— Je ne crois rien. Mais ce que je sais, c'est qu'un poisson vient de mordre à votre hameçon.

— Vous cherchez donc à m'irriter?

— Du tout. Mais, si vous ne voulez pas amener le poisson, passez-moi votre ligne.

— Non. Je veux le prendre moi-même.

— Soit. Alors, tirez sur le fil.

A contre cœur, boudeuse, elle fit ce qu'il lui disait. Puis, comme elle sentait des tiraillements et de la résistance, elle accéléra son mouvement. La ligne mouillée retombait sur ses genoux et sur ses pieds nus. Rieuse, elle le regarda : « Il est là; je le sens. Il est accroché à l'hameçon! » s'écria-t-elle.

— Pas si vite, dit-il d'un ton tranquille. Vous allez le perdre. Doucement, doucement. Amenez-le près du bateau.

Mais elle ne l'écoutait pas. Dans son excitation, elle s'était levée. Un instant, elle laissa glisser le fil, puis, vivement, de nouveau le tira. Elle venait d'apercevoir le miroitement du poisson quand, imprimant une secousse à la ligne, celui-ci se dégagea et disparut.

Désappointée, elle poussa un petit cri et adressa un regard navré à son compagnon : « Je l'ai perdu », dit-elle. « Il a filé! »

Il se mit à rire et secoua la tête, afin de chasser

les cheveux qui lui retombaient en mèches sur les yeux.

— Vous avez été trop vive.

— Ce n'est pas ma faute. C'était si délicieux de le sentir frétiller au bout du fil... J'aurais tant voulu l'attraper.

— N'y pensez plus. Peut-être un autre mordra-t-il à votre hameçon.

— Ma ligne est tout embrouillée.

— Passez-la-moi.

— Non. Je veux la démêler moi-même.

Il se remit à pêcher. Penchée, elle rassembla sur ses genoux le fil mouillé, tout enchevêtré. Il s'était tordu en une infinité de nœuds, de boucles, et, plus elle s'efforçait de le détordre, plus il s'embrouillait. Les sourcils froncés, elle lança à son compagnon un regard mortifié. Alors, sans lever les yeux, il tendit la main et le lui prit. Elle crut qu'il allait se moquer d'elle; mais il ne dit rien et, s'adossant à l'avant du bateau, elle regarda ses doigts habiles débrouiller le long fil humide.

Là-bas, au couchant, le soleil dardait ses rayons obliques, tandis que l'eau, autour d'eux, se moirait d'or. La marée, baissant rapidement, bruissait contre les flancs du bateau.

En aval, un courlis solitaire barbotait dans la boue; puis, s'élevant dans l'air, il siffla doucement et disparut.

— Quand allumerons-nous notre feu? demanda Dona.

— Quand nous aurons attrapé notre souper, répondit son compagnon.

— Et si nous ne prenons rien?

— Alors, nous ne ferons pas de feu.

Elle continuait à observer ses mains qui, par miracle semblait-il, dénouaient et enroulaient souplement la ligne. Quand il eut terminé, il la relança par-dessus bord et lui en tendit le bout.

— Merci, dit-elle, d'une voix contrite. Mais, l'ayant regardé, elle vit que ses yeux souriaient de cette façon énigmatique qu'elle se surprenait à guetter sur son visage, et qui, elle le savait sans s'expliquer pourquoi, se rapportait à elle. Aussi, bien qu'il ne lui eût rien dit, se sentit-elle soudain le cœur léger et étrangement gaie.

Ils continuèrent à pêcher. Caché dans le bois de la rive opposée, un merle lançait par intermittence sa chanson mélancolique et tendre.

Et, tandis qu'ils restaient assis là, tous deux, sans parler, Dona eut l'impression que, jusqu'à ce moment elle n'avait encore jamais connu la paix, que les démons qui, si souvent, la tourmentaient et luttaient en elle, grâce à ce silence, à la présence de son compagnon, étaient enfin apaisés. Il lui semblait qu'elle se trouvait, en quelque sorte, sous l'influence d'un charme, d'un étrange enchantement car, au cours de sa vie brillante et tapageuse, jamais encore elle n'avait éprouvé pareille sensation. Pourtant, ce doux sortilège éveillait en elle un écho familier, comme si elle arrivait en un lieu qu'elle connaissait depuis toujours, ardemment désiré, mais que, par négligence, à cause des circonstances, ou par l'émoussement de ses perceptions, elle avait oublié.

Elle savait que lorsqu'elle avait quitté Londres, c'était cette paix qu'elle était venue chercher à Navron; mais elle savait également que, dans les bois, le ciel, la rivière, elle n'en avait trouvé qu'une partie, qu'elle ne la goûtait dans sa plénitude que quand elle se trouvait avec lui, comme en ce moment, ou qu'il occupait sa pensée.

Lorsque à Navron elle jouait avec les enfants, errait dans le jardin ou garnissait de fleurs les vases, la notion de sa présence, là-bas, sur son bateau, dans la crique, remplissait son esprit, son corps, d'une vie nouvelle, d'une chaleur troublante, encore jamais éprouvées.

« Tous les deux, nous sommes des évadés », songeait-elle. « C'est cela qui nous lie. » Et elle évoquait ce premier soir, quand il avait soupé à Navron et lui avait parlé de la tare dont l'un et l'autre ils étaient affligés.

Soudain, elle vit qu'il tirait sur sa ligne. Vivement, elle se pencha vers lui, jusqu'à toucher son épaule et s'écria :

— Vous avez attrapé un poisson?

— Oui, répondit-il. Aimeriez-vous l'amener?

— Ce ne serait pas juste, dit-elle avec une nuance de regret. C'est le vôtre. Rieur, il lui passa sa ligne, et elle ramena jusqu'au bord l'animal qui se débattait. Là, d'un coup sec, elle le lança au fond du bateau, où il se mit à sauter, à frétiller et à s'empêtrer dans la ligne. Trempée, souillée par l'eau boueuse de la rivière, elle s'agenouilla et le prit entre ses mains.

— Il n'est pas aussi gros que celui que j'ai laissé filer, dit-elle.

— Ceux qu'on prend ne sont jamais aussi gros! répondit-il.

— Mais, au moins, je l'ai bien ramené, n'est-ce pas?

— Oui. Vous ne vous en êtes pas mal tirée.

Toujours agenouillée, elle essaya d'enlever l'hameçon de la bouche du poisson :

— Pauvre petit, il est en train de mourir, dit-elle. Comment faire pour qu'il ne souffre pas? ajouta-t-elle, en lui adressant un regard implorant. Il s'agenouilla près d'elle, lui prit le poisson des mains et, d'une brusque secousse, dégagea l'hameçon. Puis, enfonçant son doigt dans la bouche de l'animal, il plia sa tête en arrière. Celui-ci se débattit un instant, retomba mort.

— Vous l'avez tué, dit-elle avec chagrin.

— Oui, répondit-il. N'était-ce pas ce que vous vouliez?

Elle ne répondit pas, consciente, maintenant que

l'excitation de la capture était passée, de sa présence si près d'elle, de leurs épaules qui se touchaient, de leurs mains qui se frôlaient. De nouveau, il souriait de cette façon silencieuse et secrète qu'elle aimait et, subitement, elle se sentit irradiée par une ardeur inconnue, par un désir éhonté de se rapprocher de lui encore davantage, de sentir ses bras l'étreindre, leurs lèvres se toucher. Muette, brûlée par cette flamme nouvelle, elle détourna les yeux vers la rivière, de crainte qu'il ne lût sa pensée et éprouvât à son égard le même sentiment de mépris que Harry et Rockingham ressentaient à l'égard des femmes du Swan. Machinalement, elle tapota sa robe, arrangea ses bouclettes, petits gestes bêtes qui, elle s'en rendait compte, ne pouvaient le tromper mais qui, en quelque sorte, la protégeaient contre sa propre nudité.

Enfin, se sentant plus calme, elle se hasarda à le regarder et constata qu'il avait rangé les lignes et repris les rames.

— Avez-vous faim? demanda-t-il.

— Oui, répondit-elle, d'une voix légèrement altérée.

— Alors, nous allons construire un feu et préparer notre souper, dit-il.

Le soleil avait disparu; les ombres commençaient à s'allonger sur l'eau et, autour d'eux, le reflux bouillonnait, rapide. Il poussa le bateau dans le courant, afin d'en accélérer la course. Blottie à l'avant, les jambes repliées sous elle, elle appuya son menton dans ses mains.

La chaude clarté du couchant s'était évanouie; le ciel, plus pâle, semblait mystérieux et tendre, tandis que l'eau paraissait plus sombre. Un parfum de mousse et de jeune verdure, mêlé à l'âcre odeur des campanules, flottait dans l'air. Arrivé au milieu du courant, un instant, il s'arrêta, l'oreille tendue. A son tour, elle écouta. Venant de la rive, elle entendit un son curieux, trépidant, bas, presque discordant, mais dont la tranquille monotonie la fascina.

— L'engoulevent, dit-il, la regardant une seconde, puis, détournant les yeux. Alors, elle comprit que, tout à l'heure, il avait lu sa pensée et ne la méprisait pas car, en lui, brûlaient la même flamme, le même désir. Mais, étant femme et homme, une étrange réserve les retenait tous deux; jamais, ils ne pourraient en convenir, tant que leur moment ne serait pas arrivé, peut-être demain, ou le jour suivant, peut-être jamais. Cela ne dépendait pas d'eux.

Sans rien dire, il se remit à ramer; bientôt, ils atteignirent l'entrée de la crique où la masse des arbres descendait jusqu'à la rive. Longeant l'étroit chenal, ils ne tardèrent pas à découvrir un lieu plus ouvert, où jadis, devait s'être trouvé un quai.

— Voulez-vous que nous nous arrêtions là? dit-il.

— Oui, répondit-elle.

Dirigeant le bateau vers la rive, il accosta dans la boue tendre, et ils débarquèrent. Ayant tiré le canot hors du courant, il prit son couteau, s'agenouilla près de l'eau et se mit à nettoyer le poisson. Par-dessus son épaule, il cria à Dona de préparer le feu.

Sous les arbres, elle trouva des brassées de branches sèches qu'elle cassa sur son genou. Sa robe était irrémédiablement déchirée, froissée, et la pensée de la tête que feraient lord Godolphin et sa femme, s'ils pouvaient la voir dans son accoutrement de bohémienne, animée de sentiments primitifs à l'égard de ce traître étranger, la fit rire.

Elle achevait de construire le bûcher, lorsqu'il la rejoignit, apportant le poisson nettoyé. Sortant son briquet et de l'amadou, il s'agenouilla près du bois entassé et l'alluma. Les brindilles s'enflammèrent, puis le feu, gagnant les longues branches, se mit à pétiller, à craquer, répandant une vive clarté. A travers les flammes, ils se regardèrent et se sourirent.

— Avez-vous jamais fait cuire un poisson en plein air? demanda-t-il.

De la tête, elle fit signe que non. Préparant une place sur les cendres, sous les branches flambantes, il y mit une pierre plate sur laquelle il déposa le poisson. Puis, ayant essuyé son couteau à son pantalon, il s'étendit près du feu et attendit que la chair de l'animal brunît. Dès qu'il eut l'air à point, il le retourna, de façon à le cuire des deux côtés.

Il faisait plus sombre dans la crique que sur la rivière; les arbres y projetaient de longues ombres jusque sur le quai. Mais le ciel avait cet éclat profond qu'on ne voit que pendant les nuits charmantes et fugitives de la mi-été qui, un instant frémissent, puis s'en vont pour ne plus revenir. Fascinée, Dona contemplait, tantôt les mains de son compagnon occupées à faire griller le poisson, tantôt son visage, qui les sourcils légèrement froncés, la peau rougie par les flammes, se concentrait sur sa besogne. Soudain, le succulent parfum de la chair cuite à point lui parvint, en même temps qu'à lui, sans doute, car il leva les yeux vers elle et sourit, sans rien dire. Encore une fois, il retourna l'animal sous la flamme crépitante.

Enfin, lorsqu'il l'estima suffisamment doré, il le souleva, le déposa, tout croustillant sur une feuille. Puis, l'ayant partagé dans sa longueur, il lui en donna la moitié et prit l'autre qu'il se mit à manger le tenant entre ses doigts, et lui souriant.

— Quel dommage que nous n'ayons rien à boire, remarqua Dona, s'apprêtant à l'imiter.

Sans rien dire, il se leva, descendit jusqu'au bateau et en revint, tenant une longue et fine bouteille à la main.

— J'avais oublié que vous êtes habituée à souper au Swan, dit-il.

Piquée par ces paroles, elle ne dit rien. Mais, lorsqu'il eut rempli le verre qu'il avait apporté pour elle :

— Que savez-vous de mes soupers au Swan? demanda-t-elle.

Il lécha ses doigts, englués de jus de poisson, puis remplit le second verre.

— Lady St. Columb se plaît à souper à côté des femmes légères de la ville, dit-il. Puis, elle va faire du tapage dans les rues et sur les grandes routes, comme un mauvais sujet, et ne rentre qu'au petit matin, lorsque le veilleur de nuit va se coucher.

Tenant son verre entre ses mains, mais ne buvant pas, Dona contemplait l'eau sombre. « Peut-être », songeait-elle, « me croit-il paillarde, débauchée, semblable à ces femmes des tavernes, et pense-t-il que ma conduite actuelle, tandis qu'assise dans la nuit, les jambes croisées comme une bohémienne, je me trouve près de lui, n'est qu'un intermède dans une série d'aventures, qu'avec d'innombrables autres, Rockingham et tous les amis ou relations de Harry, je me suis comportée de la même façon, que je ne suis qu'une putain dévergondée en quête de sensations nouvelles, sans même l'excuse de la pauvreté! » Et elle se demanda pourquoi cette pensée lui causait une souffrance aussi intolérable. Il lui semblait que toute clarté s'était éteinte, que son charmant plaisir s'était évanoui. Brusquement, elle souhaita se retrouver à Navron, dans sa chambre, avec James courant à elle en titubant sur ses jambes dodues, le serrer contre elle, cacher son visage contre sa joue potelée, douce, oublier cette nouvelle et étrange angoisse qui étreignait son cœur, cette sensation de tristesse. d'égarement éperdu.

— Vous n'avez donc plus soif? dit-il.

— Non, répondit-elle, levant vers lui un regard tourmenté. Non. Je ne crois pas.

Machinalement, elle se mit à jouer avec le bout de son écharpe. La paix que lui procurait la présence de son compagnon n'existait plus; une contrainte semblait être née entre eux. Ses paroles l'avaient blessée; il le savait. Et, tandis que, silencieux, ils contemplaient le feu, toutes ces choses qui n'avaient point été dites, paraissaient flamber dans l'air, créant entre eux, une atmosphère de fragilité et de trouble.

D'une voix basse, tranquille, il rompit enfin le silence.

— Cet hiver, dit-il, lorsque couché dans votre chambre, je regardais votre portrait, je me plaisais à vous imaginer; tantôt, comme cet après-midi, vous étiez en train de pêcher; tantôt, du pont de *La Mouette*, vous contempliez la mer. Mais ces visions ne correspondaient guère aux bavardages entendus de temps à autre, de la bouche des domestiques. Quelque chose ne concordait pas.

— Quelle folie de vous figurer ainsi une personne que vous n'aviez jamais vue, dit-elle.

— Peut-être, répondit-il. Mais aussi quelle folie de laisser votre portrait tout seul, sans surveillance, dans votre chambre, quand des pirates comme moi font des incursions sur vos côtes.

— Vous auriez pu le retourner face au mur, dit-elle. Ou même, le remplacer par celui de la vraie Dona St. Columb, celle qui menait joyeuse vie au Swan, ou partait à cheval, à minuit, masquée, revêtue des hauts-de-chausses d'un ami de son mari, effrayer sur les grandes routes les vieilles dames solitaires.

— C'était donc là un de vos amusements?

— Ce fut le dernier avant ma fuite. Je m'étonne que vous n'en ayez pas eu des échos, comme pour le reste, par les domestiques.

Il se mit à rire et, prenant une brassée de bois sur le tas derrière lui, la jeta dans le feu. Les flammes jaillirent, crépitèrent.

— Quel dommage que vous ne soyez pas un garçon, dit-il. Vous auriez pu découvrir alors ce qu'est réellement le danger. De cœur, vous êtes comme moi, une hors-la-loi; quand vous vous affublez de culottes pour aller effrayer les vieilles dames, vous êtes aussi près que possible de la piraterie.

— Oui, dit-elle. Mais, lorsque vous avez capturé votre butin ou réussi votre débarquement, vous reprenez la mer avec l'impression d'avoir accompli quelque chose; tandis que moi, mes pitoyables tentatives de piraterie me remplissaient de haine à mon propre égard, d'un sentiment de dégradation.

— Vous êtes femme, dit-il. Tuer un poisson vous est déjà pénible.

Le regardant à travers le feu, elle vit que, cette fois, il lui souriait, avec une nuance un peu moqueuse, et il lui sembla que la récente contrainte qui venait de s'élever entre eux s'était évanouie, qu'ils étaient redevenus eux-mêmes, qu'elle pouvait se laisser aller, s'appuyer sur son coude, se détendre.

— Lorsque j'étais gamin, reprit-il, je m'amusais à jouer au soldat et à me battre pour mon Roi. Mais, dès qu'éclatait un orage, que brillaient les éclairs, que le tonnerre grondait, les doigts dans mes oreilles, je courais enfouir mon visage dans les genoux de ma mère. Pour rendre mon jeu plus réel, je m'amusais aussi à peindre mes mains en rouge. Pourtant, lorsque pour la première fois, je vis du sang sur un chien blessé, je m'enfuis écœuré.

— Comme moi, dit-elle. C'est exactement ce que j'ai ressenti après mon équipée.

— C'est bien pour cela, que je vous raconte ça, dit-il.

— Mais à présent, reprit-elle, la vue du sang ne vous fait plus rien? Vous êtes pirate. Vous battre, tuer, voler, faire mal, c'est votre vie. Toutes ces choses, que vous aviez peur de faire, vous les accomplissez maintenant sans crainte?

— Au contraire; j'ai souvent très peur, répondit-il.

— Oui. Mais, pas de la même façon, dit-elle. Vous n'avez plus peur de vous-même. Vous ne craignez plus d'avoir peur.

— C'est vrai, répondit-il. Cette appréhension-là

m'a abandonné pour toujours, lorsque je suis devenu pirate.

Dans le feu, les longues branches commençaient à se morceler, à s'écrouler en braise. Les flammes baissaient, les cendres devenaient blanches.

— Demain, dit-il, je commencerai à préparer un nouveau plan d'expédition.

Elle leva les yeux vers lui, mais le jeu ne l'éclairait plus, son visage était dans l'ombre.

— Vous allez repartir?

— Depuis trop longtemps, je ne fais rien, répondit-il. C'est la crique qui m'a ensorcelé. Mais il est temps que je m'occupe un peu de vos amis Godolphin et Eustick. Je vais voir si je peux les amener à découvert.

— Pensez-vous entreprendre quelque chose de dangereux?

— Certainement.

— Un débarquement sur la côte?

— Très probablement.

— Au risque d'être capturé, peut-être tué?

— Oui.

— Pourquoi? Pour quelle raison?

— Pour la satisfaction de me prouver à moi-même que mon cerveau fonctionne mieux que le leur.

— C'est une raison ridicule.

— Quoi qu'il en soit, c'est la mienne.

— N'est-ce pas très égoïste? Une forme sublime de vanité?

— Peut-être.

— Ne serait-il pas plus raisonnable d'appareiller pour la Bretagne?

— Sans aucun doute.

— Vous allez lancer ainsi vos hommes dans une téméraire aventure?

— Ils ne demandent pas mieux.

— Et exposer *La Mouette* à une destruction possible, au lieu de la laisser se balancer paisiblement à l'ancre dans un port.

— *La Mouette* n'a pas été construite pour demeurer tranquillement au port.

Par-dessus les cendres du foyer, leurs yeux se rencontrèrent. Un long moment, il la considéra, une flamme claire dansant dans ses prunelles. Puis, il s'étira et bâilla. « Quel dommage, vraiment, que vous ne soyez pas un garçon! dit-il. Vous auriez pu venir avec moi.

— Pourquoi faut-il que je sois un garçon pour cela?

— Parce qu'une femme qui n'ose pas tuer un poisson, serait trop délicate, trop précieuse, pour vivre à bord d'un bateau de pirate. »

Un moment, tout en mordillant le bout de son doigt, elle le regarda.

— Le pensez-vous réellement? demanda-t-elle.

— Certainement.

— Voulez-vous me laisser vous accompagner, au moins cette fois, pour que je vous prouve que vous vous trompez?

— Vous auriez le mal de mer.

— Non.

— Vous auriez froid, vous manqueriez de confort, vous auriez peur.

— Non.

— Au moment critique, quand je serais sur le point de réussir, vous me demanderiez de vous débarquer.

— Non.

Irritée, offensée, elle le dévisagea. Riant, il se leva d'un bond et du pied dispersa les dernières braises, si bien que toute lueur disparut, que la nuit les enveloppa.

— Que pariez-vous que je souffrirai du mal de mer, que j'aurai froid, que j'aurai peur?

— Cela dépend de ce que nous avons à nous offrir réciproquement, répondit-il.

— Mes boucles d'oreilles en rubis, dit-elle. Celles que je portais le soir où vous êtes venu souper avec moi à Navron. Je vous les donnerai si je perds.

— Ce serait un beau gage, en vérité, dit-il. Si elles étaient à moi, je n'aurais plus guère de raison de continuer mon métier de pirate. Et, que me demanderiez-vous, si vous gagniez?

— Attendez, laissez-moi réfléchir, dit-elle. — Un instant, elle resta silencieuse, les yeux fixés sur l'eau noire. Puis, saisie d'un malicieux démon, elle s'écria :

— Une boucle de la perruque de Godolphin!

— C'est la perruque entière que vous aurez, répondit-il.

— Parfait, dit-elle, se dirigeant vers le bateau. Il n'est donc plus nécessaire de discuter la question. Tout est réglé. Quand mettons-nous à la voile?

— Dès que mes plans seront prêts.

— Vous commencerez à y travailler demain?

— Oui.

— Je ferai en sorte de ne pas vous déranger. Du reste, moi aussi, j'aurai des dispositions à prendre. Il faudra que j'improvise une maladie, je crois, une fièvre qui me force à m'aliter et empêche les enfants et la bonne d'entrer dans ma chambre. Seul William s'occupera de moi. Chaque jour, ce cher, ce fidèle serviteur apportera à manger et à boire à quelqu'un qui ne sera pas là.

— Vous avez l'esprit inventif.

Ils s'assirent dans le canot et, prenant les rames, il se mit à remonter silencieusement la crique. Bientôt, dans la douce clarté grise, *La Mouette* se dressa devant eux. Du bateau, une voix les héla. Il répondit en breton et, poursuivant sa route, amena l'embarcation jusqu'à l'extrémité de l'anse où ils débarquèrent.

Sans échanger un mot, ils gravirent la pente à travers la forêt. Comme ils atteignaient les jardins du manoir, l'horloge de la cour sonna la demie.

William devait attendre, avec la voiture, à l'entrée de l'allée, de façon à ce qu'elle pût rentrer avec lui.

— J'espère que votre dîner chez lord Godolphin a été agréable? dit le Français.

— Extrêmement, répondit-elle.

— Le poisson n'a pas été trop mal cuit?

— Il était délicieux.

— Quand nous serons sur mer, vous perdrez votre bel appétit.

— Au contraire, l'air marin me rendra insatiable.

— Vous rendez-vous compte que c'est avec le vent et la marée que je dois partir; ce sera donc avant l'aube?

— C'est le meilleur moment de la journée.

— Il se peut que je vous fasse appeler brusquement, sans avertissement.

— Je serai prête.

Cheminant entre les arbres, ils arrivèrent bientôt à l'entrée de l'avenue et aperçurent la voiture et William, attendant, assis près des chevaux.

— Maintenant, je vais vous quitter, dit-il. — Debout, dans l'ombre, il posa sur elle un long regard. — Vraiment, vous viendrez? ajouta-t-il.

— Oui, répondit-elle.

Ils se sourirent, conscients soudain de l'intensité nouvelle du sentiment qui les animait, d'une exaltation inconnue, comme si l'avenir leur réservait un secret, une promesse. Puis, faisant demi-tour, il repartit à travers bois, tandis que Dona gagnait l'avenue où les branches des grands hêtres, dressés dans la nuit d'été, semblaient murmurer de douces choses à venir.

CHAPITRE X

Ce fut William qui la réveilla. La secouant par le bras, il chuchotait à son oreille : « Excusez-moi, Milady, mais Monsieur vient de faire dire que le navire mettra à la voile avant une heure. » Vivement, Dona se dressa, toute envie de dormir évanouie. « Merci, William », répondit-elle. « Je serai prête dans vingt minutes. Quelle heure est-il? »

— Quatre heures moins un quart, Milady.

Il s'en alla et Dona, tirant les rideaux, constata qu'il faisait nuit, que l'aube n'apparaissait point encore. Le cœur battant d'excitation, les mains étrangement maladroites, elle se hâta de s'habiller, animée du sentiment coupable de l'enfant sur le point d'accomplir une sottise. Cinq jours s'étaient écoulés depuis son souper avec le Français dans la crique, et elle ne l'avait pas revu. Avertie par son instinct que pendant qu'il travaillait il avait besoin de solitude, elle avait laissé passer le temps sans plus se rendre à la rivière, ni même charger William de messages pour lui, car elle savait que lorsqu'il aurait achevé ses plans, il la ferait appeler. Leur pari n'était point une folle gageure, inspirée par une nuit d'été et sitôt oubliée, mais un pacte durable, une épreuve proposée à son endurance, un défi à son courage.

De temps à autre, elle songeait à Harry, à la vie qu'il continuait à mener à Londres, cavalcades, chasses, stations dans les tavernes, dans les salles de spectacle, parties de cartes avec Rockingham; et les images qu'elle évoquait, semblaient surgies d'un autre monde, d'un monde qui ne lui était plus rien, appartenant à un passé mort, disparu. Harry, lui-même, lui apparaissait comme une sorte de revenant, un être fantomatique, évoluant et se mouvant dans un temps révolu.

L'ancienne Dona, elle aussi, était morte. Celle qui l'avait remplacée, animée d'une vie plus intense, plus profonde, dont chaque pensée, chaque geste, s'enrichissaient d'un sens nouveau, paraissait goûter, d'une façon presque sensuelle, les moindres éléments de sa vie quotidienne : la joie, la glorieuse splendeur de l'été, les claires matinées quand, avec les enfants, elle allait cueillir des fleurs dans les prés et dans les bois, la plénitude des longues après-midi d'indolence lorsque, étendue à l'ombre des grands arbres, elle savourait le parfum des ajoncs, des genêts, des campanules. Les actes les plus simples même, comme de boire, de manger, de dormir, étaient devenus pour elle une source de tranquille jouissance, de nonchalant plaisir.

Oui, la Dona de Londres s'en était allée pour toujours, l'épouse couchée auprès de son mari, dans le large lit à baldaquin de leur maison de la rue Saint-James, tandis que, par terre, dans leur corbeille, les deux épagneuls se grattaient et que, par la fenêtre ouverte sur la rue, entraient, avec l'air lourd et malodorant, les cris discordants des raccommodeurs de chaises et des jeunes apprentis.

L'horloge de la cour sonna quatre heures, et la nouvelle Dona, vêtue d'une vieille robe, gardée pour en faire cadeau à une paysanne, les épaules enveloppées d'un châle, un ballot à la main, descendit l'escalier à pas furtifs et rejoignit William qui, debout dans la grande salle à manger, l'attendait, une chandelle à la main.

— Pierre Blanc est à la lisière du bois, Milady, dit-il.

— Bien, William.

— Je veillerai sur la maison pendant votre absence, Milady, et prendrai garde à ce que Prue ne néglige pas les enfants.

— J'ai toute confiance en vous, William.

— J'ai l'intention de dire ce matin au personnel, que Votre Seigneurie a été prise d'un malaise de nature fiévreuse et que, craignant la contagion, vous préférez que ni les enfants, ni les servantes n'entrent dans votre chambre, qu'en conséquence, vous m'avez chargé de votre service.

— Parfait, William. Votre visage solennel convient exactement à la circonstance. Vous semblez un dupeur-né, soit dit sans vous offenser.

— Certaines femmes me l'ont déjà laissé entendre, Milady.

— Je commence à croire que vous n'avez pas de cœur, William. Êtes-vous sûr que je puis compter sur vous? Vous laisser seul au milieu de cette bande de femmes écervelées?

— Je serai un père pour elles, Milady.

— Si c'est nécessaire, vous pourrez gronder Prue; elle est parfois paresseuse.

— Je sévirai, s'il le faut.

— Et faire les gros yeux à miss Henrietta, si elle parle trop.

— Oui, Milady

— Et, si master James a très envie d'une seconde portion de fraises...

— Il faudra que je la lui donne, Milady.

— Exactement, William. Mais, sans que Prue s'en aperçoive... après, à l'office, quand vous serez seul avec lui.

— Oui, Milady. Je crois saisir la situation.

— Et, maintenant, il est temps que je parte. Ne souhaiteriez-vous pas venir avec moi?

— Malheureusement, Milady, je suis affligé d'une nature qui supporte sans complaisance les oscillations d'un bateau sur l'eau. Votre Seigneurie comprend, sans doute, ce que je veux dire?

— En d'autres termes, William, vous avez horriblement mal au cœur?

— Votre Seigneurie a une heureuse façon de s'exprimer. Mais, puisque nous parlons de la question, je me permets de prendre la liberté de suggérer à Votre Seigneurie d'emporter cette petite boîte de pilules qui m'ont été d'un inestimable secours dans le passé, et qui pourraient lui rendre service si quelque désagréable sensation venait l'importuner.

— Merci, William. Je les emporterai volontiers. Je vais les joindre à mon ballot. Savez-vous que j'ai parié avec votre maître que je ne capitulerais pas? Croyez-vous que je gagne?

— Cela dépend de quelle capitulation il s'agit Milady.

— Que je résisterai au roulis le plus dur. A quoi donc croyiez-vous que je faisais allusion?

— Excusez-moi, Milady. Mon esprit s'était un instant égaré dans une autre direction. Oui, je crois que vous gagnerez ce pari-là.

— Nous n'en avons pas fait d'autre, William.

— Ah, vraiment, Milady.

— Vous semblez en douter.

— Quand deux personnes voyagent ensemble, Milady, que l'une d'elles est un homme tel que mon maître et l'autre une femme telle que ma maîtresse, la situation me paraît grosse de possibilités.

— C'est de la présomption, William!

— Je le regrette, Milady.

— Et d'un esprit très français.

— C'est à ma mère que je le dois.

— Vous semblez oublier que je suis mariée depuis six ans, mère de deux enfants, et que, le mois prochain, j'aurai trente ans.

— Au contraire, Milady, c'est exactement à quoi je pensais.

— Alors, vous me choquez plus que je ne saurais le dire. Ouvrez cette porte immédiatement, et laissez-moi sortir.

— Oui, Milady.

Comme il écartait les lourds rideaux, un papillon retenu dans leurs plis alla palpiter contre la vitre et dès que la porte-fenêtre et les volets furent ouverts s'envola vers le ciel.

— Encore un captif en quête d'évasion, Milady.

— Oui, William, dit-elle. Un instant, elle lui sourit puis, levant les yeux, elle huma l'air frais du matin. Là-bas, dans le ciel, pointaient les premières lueurs de l'aube. « Au revoir, William , ajouta-t-elle.

— Au revoir, Milady».

Son ballot sous le bras, son châle sur la tête, elle traversa la pelouse. Se retournant, elle aperçut la massive et grise silhouette de la demeure endormie et, telle une sentinelle, William, debout près de la porte. De la main, elle lui adressa un signe, puis entra sous les arbres où elle retrouva Pierre Blanc, avec ses yeux rieurs, son visage basané et simiesque entre ses boucles d'oreilles, et le suivit à travers bois, jusqu'à la crique.

Elle s'attendait à trouver la confusion, la bruyante agitation des départs, mais lorsqu'ils longèrent *La Mouette,* elle constata que le silence habituel y régnait. Ce n'est que lorsqu'elle se trouva à bord qu'elle se rendit compte que le bateau était prêt à appareiller : les ponts étaient nets, les hommes à leur poste.

— Monsieur désire que vous vous rendiez sur le gaillard d'arrière, lui dit l'un d'eux, s'approchant d'elle et s'inclinant.

Et, tandis qu'elle grimpait l'échelle conduisant à la dunette, elle entendit le frottement du câble dans l'écubier, les grincements du cabestan, les piétinements de l'équipage. Pierre Blanc se mit alors à chanter et bientôt, douces, basses, les voix des hommes s'élevèrent. Se penchant sur la rampe, elle les regarda. Leurs pas réguliers sur le pont, la plainte du cabestan, la monotonie de leur chant, mettaient une sorte de poésie dans l'air, une charmante impression de rythme, comme si tout cet ensemble faisait partie du frais matin, partie de l'aventure.

Soudain, de derrière elle, un ordre clair, impérieux, fut lancé et, tournant la tête, elle aperçut le Français, les mains dans le dos, l'expression intense, alerte, debout à côté du timonier. Elle s'étonna de le voir si différent de son compagnon de la rivière qui, assis près d'elle dans le canot, les manches roulées au-dessus des coudes, les cheveux en mèches sur les yeux, avait débrouillé sa ligne, puis construit un feu sur la rive et fait cuire un poisson.

Se sentant importune, sotte femme parmi tous ces hommes occupés à leur besogne, sans un mot, elle alla se tenir à l'écart, près du bastingage, là où elle ne risquerait pas de le gêner pendant qu'il donnait ses ordres et surveillait du regard le ciel, l'eau, les berges de la rivière.

Lentement, le navire gagnait de la vitesse; le vent du matin, arrivant des collines, gonflait ses grandes voiles. Tel un fantôme, il glissait sur l'eau calme de la crique, frôlant presque les arbres lorsque le chenal se rétrécissait.

Cependant, le Français se tenait toujours auprès de l'homme à la barre, lui indiquant la manœuvre, attentif à la sinuosité des rives. Puis, la rivière apparut, dans toute sa largeur et le vent d'ouest, qui en ridait la surface, vint frapper en plein *La Mouette*. Sous le choc, elle donna légèrement de la bande, ses ponts obliques, aspergés d'une poussière d'embruns. Là-bas, à l'orient, le jour se levait et le ciel, voilé d'une brume vaporeuse, avait l'éclat annonciateur du beau temps. Venant du large, au-delà de l'estuaire, une âcre et fraîche saveur marine imprégnait l'air. Lorsque le bateau pénétra dans les eaux de la rivière, les mouettes s'élevèrent en tourbillons et se mirent à le suivre.

Les hommes avaient cessé leur chant. Le regard tourné vers la mer, ils avaient une attitude d'expectative, comme si, trop longtemps, ils étaient restés inactifs et que, soudain, une soif les dévorait, une ardeur les enflammait. Comme le navire franchissait la barre à la sortie de l'estuaire, de nouveau, l'écume des hautes vagues rejaillit sur le pont; souriante, Dona en sentit le goût sur ses lèvres. Levant les yeux, elle s'aperçut que le Français avait quitté le timonier et se tenait auprès d'elle. Lui aussi avait été aspergé par l'embrun, car sur sa bouche, il y avait du sel, et ses cheveux étaient mouillés.

— Vous aimez ça? demanda-t-il.

Rieuse, elle fit signe que oui. Comme il souriait et détournait son regard vers le large, une soudaine et glorieuse extase la saisit, car elle venait de comprendre qu'il était à elle, qu'elle l'aimait, que dès le début elle l'avait su, depuis l'instant où, pénétrant dans sa cabine, elle l'avait trouvé en train de dessiner le héron. Peut-être, son sentiment remontait-il encore plus loin, au moment où, à l'horizon, elle avait aperçu le navire glissant vers la côte et où elle avait senti que quelque chose d'inéluctable allait lui arriver. Elle était à lui, faisait partie de son corps, de son esprit; ils appartenaient l'un à l'autre, tous deux vagabonds, fugitifs, tous deux fondus dans le même moule.

CHAPITRE XI

Il était environ sept heures du soir quand Dona, montant sur le pont, constata qu'une fois de plus, le bateau avait changé de route et mettait le cap sur la côte.

Celle-ci ne formait encore qu'une tache à l'horizon, à peine plus précise qu'une écharpe de nuages. La journée s'était écoulée à louvoyer au large, en pleine Manche. Depuis douze heures, sous la forte brise qui n'avait cessé de souffler, *La Mouette* sautait et dansait comme un être vivant. Dona avait compris que le plan était de rester hors de vue jusqu'au crépuscule, puis, à la faveur de l'obscurité, de se glisser vers la côte. Le temps avait donc passé à ne rien faire; l'occasion, toujours possible, de donner la chasse à un vaisseau marchand, rentrant avec sa cargaison, ne s'était point présentée. Aussi l'équipage, fouetté par sa longue station en mer, ne rêvait-il qu'à l'aventure en perspective et aux hasards de la nuit. Excités comme des écoliers sur le point d'entreprendre une téméraire expédition, ils semblaient tous animés d'un entrain endiablé. Dona, qui les observait du pont, les entendait rire, chanter, échanger d'inépuisables plaisanteries. Sensibles à sa présence — n'ayant jamais eu de femme à bord, — ils levaient de temps à autre les yeux vers elle et lui adressaient un regard, un sourire, empreint d'une aimable galanterie.

La radieuse journée, le soleil brûlant, la fraîche brise d'ouest, l'eau bleue, semblaient avoir quelque chose de contagieux, et Dona éprouvait un absurde désir d'être un homme parmi les autres, de manœuvrer les cordages, les poulies, de grimper, là-haut, dans la svelte mâture, de larguer les voiles, de manier la roue du gouvernail. De temps à autre, un paquet d'embruns, rejaillissant jusque sur le pont, éclaboussait son visage, ses mains, trempait sa robe, mais elle n'en avait cure, sachant que le soleil aurait tôt fait de la sécher. Ayant découvert un petit espace sec sur le pont, elle s'y installa, les jambes croisées comme une bohémienne, son châle retenu dans sa ceinture, les cheveux ébouriffés par le vent. Vers midi, comme du gaillard d'avant montait une chaude odeur de pain brûlé et de café noir, elle s'aperçut qu'elle avait une faim de loup. Bientôt Pierre Blanc apparut sur l'échelle de la dunette, un plateau à la main.

Vivement, elle s'en empara, presque honteuse de son impatience. Il lui adressa un clin d'œil comique, familier, qui la fit rire, et, roulant les yeux, il se frotta le ventre.

— Monsieur vous rejoindra dans un instant, dit-il, avec un sourire complice.

Décidément, comme William, tous semblaient vouloir favoriser leur rapprochement, s'en réjouir comme d'une chose naturelle et charmante, songea-t-elle.

Avec une voracité d'affamée, elle se jeta sur le pain, se coupa un gros quignon de croûte noire. Il y avait également sur le plateau, du beurre, du fromage, des cœurs de laitues. Entendant un pas, elle tourna la tête et aperçut le capitaine de *La Mouette* qui la regardait. Il s'assit à côté d'elle, et prit la miche.

— Le bateau peut se passer de moi un moment, dit-il. Ce temps lui convient. Un doigt suffirait pour le conduire. Donnez-moi du café.

Elle remplit deux tasses du breuvage fumant. Avidement, ils burent, sans se quitter du regard.

— Que pensez-vous de *La Mouette?* demanda-t-il.

— C'est un bateau enchanté! Je m'y sens comme si, pour la première fois, je vivais vraiment.

— A moi aussi, elle m'a fait cet effet, au début. Comment trouvez-vous ce fromage?

— Comme *La Mouette*, il est enchanté.

— Vous n'avez pas le mal de mer?

— De ma vie je ne me suis sentie aussi bien.

— Mangez tout ce que vous pourrez maintenant, car cette nuit, nous n'aurons guère le temps de penser à cela. Encore un morceau de pain?

— Oui, volontiers.

— Le vent tiendra toute la journée, mais, ce soir, il faiblira; pour nous approcher de la côte, nous devrons profiter du courant de la marée. Êtes-vous heureuse?

— Oui... Pourquoi me demandez-vous ça?

— Parce que je le suis, moi aussi. Donnez-moi encore du café.

— Les hommes paraissent très gais, aujourd'hui, dit-elle en le servant. Est-ce la perspective de cette nuit, ou parce qu'ils ont repris la mer?

— Un peu des deux; mais aussi à cause de votre présence à bord.

— Que peut-elle bien leur faire?

— Elle les stimule. Grâce à vous, ils travailleront avec encore plus d'entrain cette nuit.

— Pourquoi n'avez-vous jamais emmené de femme à bord?

La bouche pleine, il sourit, mais ne répondit pas.

— J'ai oublié de vous raconter ce que Godolphin m'avait dit l'autre jour, reprit-elle.

— Quoi donc?

— Que de vilains bruits circulaient dans le pays au sujet de vos hommes. Certaines femmes, soi-disant, se trouveraient dans la détresse.

— Dans la détresse? Pourquoi?

— Je lui ai posé la même question. Et, savez-vous ce qu'il m'a répondu? Qu'il craignait qu'elles n'eussent eu à souffrir des entreprises galantes de vos sacrés chenapans.

— Je doute qu'elles en aient souffert.

— Moi aussi.

Tout en mangeant son pain et son fromage, il jetait de temps à autre un regard à la voilure.

— Mes camarades ne poursuivent jamais vos femmes de leurs assiduités, dit-il. Au contraire; en général ce sont elles qui ne les laissent pas tranquilles. Dès qu'elles croient *La Mouette* au mouillage, elles se faufilent hors de leur chaumière et vont errer sur les collines. Notre fidèle William, lui-même, a eu des désagréments de ce genre, si je ne me trompe.

— William est très... gaulois.

— Moi aussi; nous le sommes tous. Mais, ces avances peuvent être parfois fort embarrassantes.

— Vous oubliez que nos paysannes trouvent souvent leur mari un peu lourd.

— Elles devraient leur apprendre des manières plus plaisantes.

— Le campagnard anglais n'est guère à son avantage quand il fait l'amour.

— Je me le suis laissé dire. Sans doute, pourrait-il se perfectionner, si on le lui apprenait.

— Comment les femmes instruiraient-elles leur mari sur des choses qu'elles ignorent, qu'on ne leur a point enseignées?

— N'ont-elles pas leur instinct?

— L'instinct ne suffit pas toujours.

— Alors, je regrette pour les femmes de chez vous.

Appuyé sur son coude, il tâta la poche de sa longue redingote, en tira sa pipe et la bourra de tabac noir, semblable à celui qu'elle avait trouvé dans un pot dans sa chambre à coucher. Il l'alluma et les yeux levés vers la voilure, il reprit : « Comme je vous l'ai déjà dit, les Français ont une réputation de galanterie fort exagérée. Pourquoi, de notre côté de la Manche, serions-nous tous brillants, tandis que du vôtre, il n'y aurait que des rustres?

— Peut-être notre climat glace-t-il l'imagination?

— Le climat n'a rien à faire à cela, pas plus que la différence de race. Dans ce domaine, l'homme, comme la femme, comprend ces choses de naissance, ou pas du tout.

— Et si, dans le mariage, par exemple, l'un des époux les comprend et l'autre pas?

— Alors, le mariage devient une expérience fort ennuyeuse; ce que sont la plupart d'entre eux, je crois. »

A ce moment, elle reçut une bouffée de fumée en plein visage et, levant les yeux, elle vit qu'il riait

— Pourquoi vous moquez-vous de moi? demanda-t-elle.

— C'est votre expression. A voir votre air sérieux, on pourrait croire que vous songez à composer un traité sur l'incompatibilité!

— Peut-être l'écrirai-je, dans mes vieux jours.

— Lady St. Columb ne pourra se mettre à l'œuvre que si elle connaît à fond son sujet. C'est essentiel, pour un traité.

— Il se peut que je le connaisse.

— C'est possible. Mais, pour que le traité soit complet, il faudra que vous le terminiez par quelques mots sur la compatibilité. Car, il peut aussi arriver qu'un homme rencontre la femme répondant à ses rêves les plus exigeants, que tous deux se comprennent, dans les moments heureux comme dans les heures les plus sombres.

— Cela n'arrive pas souvent, n'est-ce pas?

— Non, pas très.

— Alors, mon traité devra rester incomplet.

— Ce qui sera désolant pour le lecteur, mais plus encore pour vous-même.

— Au fait, si au lieu de parler de la compatibilité, comme vous dites, j'écrivais quelques pages sur le sentiment maternel? Je suis une excellente mère.

— Vraiment?

— Oui. Demandez à William. Il a pu s'en rendre compte.

— Mais, si vous êtes une aussi excellente mère, que faites-vous ici, sur le pont de *La Mouette*, assise sur les talons, les cheveux ébouriffés, en train de discuter sur les intimités du mariage avec un pirate?

Cette fois, ce fut le tour de Dona de rire. Levant les mains, elle essaya de mettre un peu d'ordre dans ses boucles, les fixa derrière ses oreilles avec un ruban pris à son corsage.

— Savez-vous ce que fait lady St. Columb en ce moment? demanda-t-elle.

— Je voudrais bien le savoir!

— Fiévreuse, souffrant d'un mal de tête et d'un refroidissement d'estomac, elle est au fond de son lit et ne veut voir personne, sinon William, son fidèle serviteur qui, de temps à autre, lui apporte du raisin pour calmer sa soif.

— Pauvre lady St. Columb! Comme je la plains! Surtout si l'incompatibilité occupe ses pensées!

— Elle n'y songe pas. C'est une femme pondérée.

— Si elle l'est autant que vous le dites, comment a-t-elle pu, à Londres, s'affubler de hauts-de-chausses et aller jouer au détrousseur de grands chemins?

— Par dépit.

— Pourquoi?

— Parce qu'elle sentait qu'elle gâchait sa vie.

— C'est donc pour cela qu'elle a cherché à s'évader?

— Oui.

— Mais, si lady St. Columb s'agite fiévreusement dans son lit et gémit sur son passé, qui peut bien être cette femme, assise là, sur le pont, près de moi?

— C'est votre mousse. Le plus humble membre de votre équipage.

— Ce mousse a un appétit féroce, il me semble. N'a-t-il pas mangé tout le fromage et les trois quarts du pain?

— Je suis navrée! Je croyais que vous aviez fini.

— Oui, oui, j'ai fini.

Il lui sourit, mais elle détourna son regard, de crainte qu'il ne surprît son expression et la jugeât sensuelle. Elle l'était, Dona le savait, mais elle n'en avait cure. D'un coup sec, il vida sa pipe sur le pont.

— Cela vous amuserait-il de piloter un moment le bateau? dit-il.

Elle le regarda, incrédule.

— Vraiment, vous me le permettriez? s'écria-t-elle. Vous croyez que je ne le ferais pas chavirer?

Il rit et, sautant sur ses pieds, l'entraîna vers le timonier, auquel il dit quelques mots.

— Que dois-je faire? demanda Dona.

— Tenez les rayons de la roue ainsi, avec vos deux mains, ne laissez pas dévier le bateau. Si vous prenez trop de champ, la grande misaine flottera. Sentez-vous le vent, là, sur le dos de votre crâne?

— Oui.

— Eh bien, il faut toujours que vous le sentiez là, jamais sur votre joue droite.

Dona resta à la barre. Bientôt, sous ses mains, elle perçut le frémissement du bateau, les mouvements de sa coque vivante, se soulevant et plongeant à travers les longues lames. Le vent sifflait dans le gréement et la mâture, tandis que les petits focs triangulaires au-dessus d'elle bourdonnaient, que la grande misaine tirait sur ses cordages et les tendait, comme un être animé.

En bas, dans l'entrepont, les hommes s'étaient aperçus du changement de timonier; se donnant des coups de coude, ils se montraient Dona du doigt, lui souriaient, s'apostrophaient en ce patois breton qu'elle ne pouvait comprendre, cependant que leur capitaine, debout à côté d'elle, les mains enfoncées dans les poches de sa longue redingote, les lèvres froncées, sifflotait et scrutait du regard les vagues.

— En tout cas, voilà quelque chose que mon mousse sait faire d'instinct, dit-il, après un long moment de silence.

— Quoi? demanda-t-elle, les cheveux chassés sur son visage.

— Piloter un bateau.

Et, rieur, il s'en alla, la laissant seule avec *La Mouette*.

Pendant une heure, Dona resta à son poste, aussi heureuse, songea-t-elle, que James avec un jouet neuf. Mais, finalement, sentant la fatigue envahir ses bras, elle se retourna et adressa un regard au timonier qui, debout derrière elle, l'observait, le visage épanoui. Il s'avança aussitôt et lui reprit la roue du gouvernail. Descendant dans la cabine du maître, elle s'étendit sur sa couchette et s'endormit.

Ouvrant une fois les yeux, elle le vit entrer, se pencher vers la carte étalée sur la table, griffonner des calculs. Sans doute se rendormit-elle, car, lorsqu'elle se réveilla, la cabine était de nouveau vide. Elle se leva, s'étira, monta sur le pont, assez honteuse de sentir qu'elle recommençait à avoir faim.

Il était sept heures. Le bateau avançait en direction de la côte; le capitaine était lui-même à la barre. Sans rien dire, elle alla se tenir près de lui et contempla la tache que formait la terre à l'horizon.

Soudain, il cria un ordre et les hommes se mirent à grimper dans la mâture, petites silhouettes souples, se hissant à la force des poignets, comme des singes. Puis, Dona vit la grande voile de misaine s'affaisser, tomber en plis, à mesure qu'ils la ferlaient le long des vergues.

— Lorsqu'un voilier arrive en vue des côtes, dit-il, la première chose qu'aperçoivent les riverains, c'est la misaine. Il nous reste encore deux heures jusqu'au crépuscule et nous ne souhaitons pas être vus.

Le regard tourné vers la côte lointaine, le cœur battant d'une étrange excitation, elle sentit que, comme lui, comme ses hommes, l'esprit superbe de l'aventure s'était emparé d'elle et la tenait.

— Je crois que vous avez en tête des projets fous, dit-elle.

— N'avez-vous pas dit que vous vouliez la perruque de Godolphin? répondit-il.

Elle l'observa du coin de l'œil, étonnée par son sang-froid, sa tranquillité, le calme de sa voix, exactement semblable à celle qu'il avait lorsqu'ils pêchaient ensemble sur la rivière. « Que va-t-il se passer? » dit-elle. « Que comptez-vous faire? »

Avant de répondre il cria un nouvel ordre à ses hommes, et une seconde voile fut ferlée.

— Connaissez-vous Philip Rasleigh? dit-il alors.

— J'ai entendu Harry parler de lui.

— Il a épousé la sœur de Godolphin. Mais, ce n'est pas ceci qui nous intéresse. Philip Rasleigh attend un bateau des Indes. Je ne l'ai su que trop tard, sinon je serais allé à sa rencontre. Quoi qu'il en soit, je présume qu'il doit être arrivé depuis un jour ou deux. Mon intention est de m'en emparer au mouillage, de mettre quelques-uns de mes hommes à son bord et de le faire passer sur la rive bretonne.

— Mais si son équipage est plus nombreux que le vôtre?

— C'est un risque que je cours continuellement. Non, l'élément essentiel est la surprise. Jusqu'à présent, il m'a toujours servi.

Il la regarda, amusé par le froncement perplexe de ses sourcils, par son haussement d'épaules qui semblaient dire qu'elle le tenait pour fou.

— A quoi croyez-vous que j'emploie mon temps lorsque je m'enferme dans ma cabine pour préparer mes plans? dit-il. Pensez-vous que je joue mon va-tout sur un coup de chance? Vous figurez-vous que mes hommes restent inactifs, lorsque je vais chercher la détente dans la crique? Certes pas! Les uns, comme Godolphin vous l'a dit, explorent le pays, mais pas dans l'idée de jeter les femmes dans la détresse. Cette détresse-là est un détail secondaire.

— Savent-ils l'anglais?

— Sans doute. C'est la raison qui me les a fait choisir pour ce travail particulier.

— Vous faites les choses très à fond, dit-elle.

— Je déteste ce qui est bâclé.

Cependant, la côte devenait de plus en plus distincte. Ils entraient dans les eaux houleuses d'un vaste golfe. A l'est, on apercevait de blanches étendues de sable, teintées de grisaille par les ombres du soir. Le bateau filait, cap au nord, dans la direction d'un sombre promontoire, où nulle anse, nulle baie propices au mouillage ne semblaient se présenter.

— Savez-vous où nous allons? demanda-t-il.

— Non, répondit-elle.

Il sourit sans rien dire, puis se mit à siffloter doucement, sans cesser de la regarder, si bien qu'elle finit par détourner ses yeux, consciente qu'ils la trahissaient, comme lui les siens, car, entre eux, s'était établi un langage éloquent et silencieux. Au-delà de la calme étendue d'eau, elle contempla la rive, dont la brise du soir lui apportait le parfum de gazon chaud des falaises, de mousse, d'arbres, de sable brûlant sur lequel, tout le jour, avait lui le soleil; et elle sut qu'en cet instant, elle connaissait le bonheur, qu'elle était en train de vivre comme elle l'avait toujours souhaité. Tout à l'heure, il y aurait du danger, de l'excitation, peut-être un vrai combat, mais, à travers tout cela, et après, ils seraient ensemble, créant leur monde à eux, où seul importait ce qu'ils pouvaient se donner l'un à l'autre, la beauté, le silence, la paix. Alors, s'étirant, les bras levés au-dessus de sa tête, elle le regarda par-dessus son épaule et sourit : « Où donc allons-nous? dit-elle.

— A Port Fowey », répondit-il.

CHAPITRE XII

La nuit était chaude, tranquille. Le peu de brise qui soufflait venait du nord; mais là, à l'abri du promontoire, on ne la sentait pas. Seuls, de temps à autre, un brusque sifflement dans la mâture, un frisson ridant la surface noire de l'eau, indiquaient qu'à un ou deux milles au large, le vent tenait toujours. *La Mouette* était mouillée au bord d'une petite baie et, tout près — on y aurait facilement lancé un caillou — se dressait la masse sombre de hautes falaises, à peine visibles dans les ténèbres. Silencieusement, le bateau s'était glissé en ce lieu choisi. Aucune voix, aucun ordre n'avaient retenti lorsqu'il avait jeté l'ancre. A travers l'écubier rembourré, le câble était descendu sans bruit. Pendant un moment, les mouettes qui, par centaines, nichaient dans les anfractuosités des falaises, s'agitèrent, et leurs cris inquiets, répercutés par les parois rocheuses, ricochèrent sur l'eau. Puis, comme nul mouvement ne se produisait plus, elles se calmèrent, et le silence retomba.

Appuyée à la lisse de la dunette, Dona contemplait le promontoire et, dans sa tranquillité, il lui semblait sentir quelque chose de surnaturel, d'étrange, comme si, sans le savoir, ils avaient pénétré en un lieu enchanté, dont les habitants sommeillaient, ensorcelés par un charme, et que les mouettes, agitées par leur approche, étaient des sentinelles, placées là pour donner l'alarme. Puis, elle se rappela que ce cap, ces rochers, étaient situés sur les côtes de son propre pays, mais que, pour cette nuit du moins, elle devait les considérer comme territoire hostile. Car c'était en terre étrangère qu'elle se trouvait, et les bonnes gens de Port Fowey, endormis en ce moment dans leurs lits, étaient des ennemis.

L'équipage de *La Mouette* était rassemblé dans l'entrepont. Elle apercevait les hommes, debout, épaule contre épaule, immobiles, silencieux. Pour la première fois depuis son départ, elle ressentait la piqûre d'un doute, le léger frisson de la peur. N'était-elle pas Dona St. Columb, épouse d'un baronnet, propriétaire anglais? Or, entraînée par une folle impulsion, elle avait lié son sort à celui d'une bande de Bretons dont elle ignorait tout, sinon qu'ils étaient des pirates, des hors-la-loi, dépourvus de scrupules, dangereux, conduits par un homme qui, jamais, ne l'avait renseignée sur lui-même, mais que, sans rime ni raison, elle aimait absurdement, fait qui — si elle le considérait de sang-froid — aurait dû la faire mourir de honte. L'entreprise pouvait échouer; lui, ses hommes et elle-même, risquaient d'être capturés, ignominieusement traînés en justice. Dans ce cas, son identité ne tarderait pas à être découverte; Harry arriverait de Londres, à bride abattue. Comme une traînée de poudre, l'histoire se répandrait dans le pays entier, provoquant l'horreur, le scandale. Un air souillé, empesté, s'en dégagerait et, à Londres, parmi les amis de Harry, elle exciterait des commentaires sordides, des rires obscènes. Quant à Harry, probablement se ferait-il sauter la cervelle; les enfants resteraient orphelins, on leur défendrait de prononcer son nom, le nom de cette mère qui s'était enfuie avec un pirate français, comme une servante de cuisine avec un valet d'écurie. Ces pensées se succédaient dans son esprit, et, tout en contemplant l'équipage silencieux de *La Mouette,* elle évoqua son confortable lit de Navron, le paisible jardin, la normale, la calme sécurité de sa vie avec les enfants. A ce moment, levant les yeux, elle aperçut le Français, debout à côté d'elle. Troublée, elle se demanda s'il avait surpris son état d'âme sur son visage.

— Venez en bas, dit-il.

Subjuguée, elle le suivit, comme un écolier que s'apprête à châtier son maître. Que lui répondrait-elle, s'il la blâmait d'avoir eu peur? Il faisait sombre dans la cabine. Seules, deux chandelles y répandaient leur faible clarté. Il s'assit sur le bord de la table et la dévisagea, tandis que, les mains dans le dos, elle se tenait debout devant lui.

— Là-haut, sur la dunette, vous vous êtes souvenue que vous étiez lady St. Columb? dit-il.

— Oui, répondit-elle.

— Vous avez regretté la sécurité de votre demeure, souhaité n'avoir jamais posé les yeux sur *La Mouette?*

Elle ne répondit pas; si la première partie de sa phrase était en partie vraie, la seconde ne le serait jamais. Comme le silence se prolongeait entre eux, elle se demanda si toutes les femmes, quand elles aiment, sont ainsi déchirées entre le désir, abandonnant toute pudeur, toute réserve, d'avouer leur amour, et la volonté farouche de le cacher, de se montrer froides, distantes, parfaitement détachées, de mourir, plutôt que d'admettre un sentiment aussi personnel, aussi intime.

Elle souhaita ne plus être elle-même, mais un garçon insouciant qui, les mains dans les poches de son pantalon, serait en train de discuter avec le capitaine du navire, les éventualités de la nuit; ou encore, que lui-même fût différent, eût une autre personnalité, ne lui inspirât aucun intérêt, surtout, ne fût pas le seul homme au monde qu'elle aimait et désirait.

La pensée que quelques semaines à peine avaient

suffi pour la réduire, elle, Dona — qui ne croyait pas à l'amour et se moquait des sentimentaux, — à une aussi honteuse dégradation, à une si méprisable faiblesse, l'enflamma d'une subite colère. Mais, à ce moment, il se leva et, allant ouvrir l'armoire dans le panneau, en rapporta une bouteille et deux verres.

— Il n'est jamais sage de se lancer le cœur froid et l'estomac vide dans l'aventure, du moins, lorsqu'on manque d'entraînement, dit-il. — Remplissant un des verres, il le lui tendit. — Quant à moi, je boirai plus tard, à notre retour, ajouta-t-il.

Ce n'est qu'alors qu'elle remarqua sur le buffet, près de la porte, un plateau recouvert d'une serviette. Il le prit, le posa sur la table. Il s'y trouvait de la viande froide, du pain, un morceau de fromage.

— Mangez ça, dit-il. Mais, faites vite; le temps presse.

Puis, lui tournant le dos, il alla étudier la carte étalée sur son bureau. Dès la première bouchée, elle commença à se mépriser pour sa récente défaillance et, quand elle eut fini la viande, se fut coupé une bonne tranche de pain et de fromage, eut vidé son verre de vin, elle sentit que ses doutes, ses craintes, l'avaient définitivement abandonnée. Probablement n'étaient-ils que le résultat de pieds glacés et d'un estomac vide. A sa manière étrange, déconcertante, il l'avait immédiatement compris!

Au bruit qu'elle fit en reculant sa chaise, il se retourna et lui sourit. Rougissant comme un enfant pris en faute, à son tour, elle sourit.

— Vous vous sentez mieux, n'est-ce pas? dit-il.

— Oui, répondit-elle. Comment le saviez-vous?

— Le maître d'un navire doit tout savoir, dit-il, surtout qu'un mousse ne peut être initié à la piraterie avec la même rudesse que le reste de l'équipage. Et, maintenant, au travail. — Il prit la carte qu'il était en train d'étudier, la posa devant elle sur la table. C'était le plan de Port Fowey. — Le mouillage principal se trouve ici, en eau profonde, dit-il, indiquant l'endroit du doigt. Le navire de Rasleigh doit être à peu près là. C'est à l'entrée de cette crique que se trouve la bouée à laquelle il amarre toujours ses bateaux.

Une croix rouge marquait l'emplacement de la bouée.

— Je vais laisser à bord de *La Mouette* une partie de l'équipage, reprit-il. Si vous le désirez, vous n'avez donc qu'à rester.

— Il y a un quart d'heure, j'aurais dit oui, répondit-elle. Maintenant, je n'y songe plus.

— En êtes-vous bien certaine?

— De ma vie, je n'ai été aussi sûre qu'en ce moment.

A la vacillante clarté des chandelles, il la regarda, et elle sentit une gaîté subite l'envahir, une absurde insouciance, comme si rien, plus rien n'importait, que même si on les attrapait, les jugeait, les pendait tous deux au plus grand arbre du parc de Godolphin, elle ne le regretterait pas, car avant, ils auraient ensemble vécu cette aventure.

— Ainsi donc, lady St. Columb est repartie vers son lit de douleur? dit-il.

— Oui, répondit-elle, les yeux baissés vers la carte.

— Vous remarquerez, dit-il, qu'il y a un fort à l'entrée de la rade. Il est occupé par une garnison. De chaque côté du chenal, se trouve également un château. Ceux-ci ne sont pas gardés. Malgré l'obscurité, il ne serait pourtant pas raisonnable de tenter le passage en bateau. Bien que je connaisse vos hommes de Cornouailles et leur amour du sommeil, je ne puis garantir que tous ceux du fort auront fermé la paupière à mon profit. Donc, il ne reste qu'à passer par la terre.

Il s'interrompit, sifflota doucement, tout en étudiant la carte.

— Nous sommes ancrés ici, dit-il, indiquant une

petite baie, à un mille environ à l'est du port. Je me propose de descendre à terre, là, sur cette grève. Il en part un sentier escarpé qui franchit la falaise. De là, nous obliquerons vers l'intérieur, pour aboutir à une crique — elle ressemble à celle de l'Helford, mais a moins de charme. A l'entrée de cette crique, en face de la ville de Fowey, nous trouverons le navire de Rasleigh.

— Vous êtes très sûr de vous, dit-elle.

— Si je ne l'étais, je ne pourrais être pirate. Saurez-vous escalader la falaise?

— Si vous me prêtiez des hauts-de-chausses, ce serait plus facile, dit-elle.

— J'y ai pensé, dit-il. Tenez, il y en a là, sur la couchette. Ils appartiennent à Pierre Blanc; il ne les porte que pour les fêtes des Saints et les jours de confesse, ils doivent donc être assez propres. Vous n'avez qu'à les enfiler tout de suite. Vous trouverez aussi une chemise à lui, des bas, des souliers... Inutile de mettre une veste, la nuit est très chaude.

— Faut-il que je coupe mes cheveux? demanda-t-elle.

— Vous auriez plus l'air d'un mousse, répondit-il. Mais je préfère le risque de la capture que de vous voir le faire.

Un instant, elle resta silencieuse; il la regardait.

— Une fois sur les bords de la crique, comment arriverons-nous jusqu'au navire? demanda-t-elle enfin.

— Commençons par gagner la crique; je vous dirai alors ce que nous ferons, répondit-il.

Ayant replié la carte, il la rangea dans le placard. Elle vit qu'il souriait de son énigmatique sourire.

— Combien de temps prendrez-vous pour vous changer? demanda-t-il.

— Environ cinq minutes, répondit-elle.

— Je vais vous laisser; dès que vous serez prête,

montez sur le pont. Ah, attendez! Il vous faut quelque chose pour cacher vos boucles.

Ouvrant un tiroir dans le placard, il en tira l'écharpe cramoisie qu'il portait en guise de ceinture, le soir où il avait soupé avec elle à Navron. « Lady St. Columb va redevenir détrousseur de grands chemins », dit-il. « Mais, cette nuit, il n'y aura pas de vieilles dames à effrayer! »

Il quitta la cabine, ferma la porte sur lui. Quand, quelques instants plus tard, elle sortit le rejoindre, elle le trouva près de l'échelle de bord. Une partie des hommes étaient déjà à terre; les autres attendaient dans la chaloupe. Légèrement intimidée, se sentant très petite et perdue dans les hauts-de-chausses de Pierre Blanc — cependant que ses chaussures la blessaient aux talons, détail qu'elle ne voulait point divulguer, — elle s'avança vers lui. D'un rapide coup d'œil, il l'inspecta, puis hocha la tête : « Ça peut aller, dit-il. Mais, par clair de lune, ce serait impossible. » Elle lui adressa un sourire, puis descendit rejoindre l'équipage dans l'embarcation. Comme un singe, Pierre Blanc se tenait accroupi à l'avant du bateau. Quand il la vit, il ferma un œil et porta la main à son cœur, tandis qu'un frisson de rire secouait ses compagnons. Tous lui adressèrent un sourire mêlé d'admiration, de respectueuse familiarité, dont elle n'aurait pu s'offusquer. Si bien que, souriant à son tour, elle leur répondit. S'étant assise sur la grossière banquette, un genou serré entre ses mains, elle savoura la délicieuse liberté de ne plus se sentir empêtrée dans ses jupes et ses falbalas.

Descendu le dernier, le capitaine de *La Mouette* vint la rejoindre. Il prit le gouvernail. Les hommes se courbèrent sur les avirons et l'embarcation fila à travers la petite baie vers la grève de galets. Laissant traîner sa main dans l'eau, d'une douceur chaude, veloutée, où, comme des pluies d'étoiles, palpitaient des phosphorescences, Dona sourit dans l'ombre, songeant qu'enfin elle jouait un rôle de garçon, ce rôle qu'enfant elle avait si souvent convoité quand, lançant avec dégoût sa poupée sur le sol, elle courait suivre d'un regard amer, ses frères s'éloignant à cheval avec son père. L'avant du bateau toucha la rive; les hommes du premier convoi le saisirent, le tirèrent à sec, hors d'atteinte des vagues. De nouveau, les mouettes s'agitèrent et tournoyèrent au-dessus d'eux, battant des ailes, avec des cris lamentables.

Sous ses lourdes semelles, Dona sentit grincer les galets, tandis que le parfum du gazon des hautes falaises l'enveloppait. Les hommes s'engagèrent dans l'étroit sentier qui serpentait à l'assaut de la paroi. Dona serra les dents; dans ces chaussures, la montée serait dure. A ce moment, le Français le rejoignit et lui prit la main. Ensemble, ils escaladèrent la pente, elle s'accrochant à lui, comme un petit garçon à son père. S'étant arrêtés pour reprendre haleine, elle se retourna et découvrit, à leurs pieds, vaguement estompée, la silhouette de *La Mouette* à l'ancre, cependant que lui parvenait le son étouffé des avirons du canot qui les avait amenés, en train de la rejoindre. Les mouettes s'étaient calmées; on n'entendait d'autre bruit que le pas des hommes marchant devant eux, et, tout en bas, le clapotis des vagues se brisant sur la grève. « Voulez-vous que nous continuions? » dit le Français.

Elle acquiesça de la tête. Resserrant l'étreinte de sa main, il repartit, l'entraînant avec lui. Heureuse, sans vergogne, elle songeait que c'était la première fois qu'il la tenait ainsi, que sa force était bonne à sentir.

La falaise escaladée, la marche resta difficile, à cause des jeunes fougères où ils enfonçaient jusqu'aux genoux. Lui frayant un passage, il continua à la conduire, tandis que l'équipage se dispersait en tirailleur Comme lui, ses hommes devaient avoir étudié minutieusement la carte, car ils s'éloignèrent tous, sans hésiter, ni s'arrêter pour reconnaître leur direction. Les pieds meurtris par le frottement de ses lourdes chaussures, une ampoule douloureuse au talon droit, Dona marchait dans les pas de son compagnon.

Ayant traversé une piste marquée par le charroi et qui, sans doute, servait de route, ils arrivèrent au haut d'une pente qu'ils se mirent à descendre. Lâchant sa main, il accéléra le pas. Comme son ombre, elle le suivit. Un instant, à sa gauche, elle crut apercevoir une rivière, puis la perdit de vue. Ils longèrent une haie, de nouveau, dévalèrent à travers les fougères, les broussailles, les ajoncs — dont le doux et chaud parfum de miel les enveloppait, — pour finalement aboutir à un fourré d'arbres, rabougris, rampants, qu'une étroite bande de grève séparait de l'eau. Devant eux, une crique s'élargissait en rade, au fond de laquelle se devinait une petite ville.

S'étant assis sous le couvert des arbres, ils attendirent. Bientôt, silhouettes silencieuses surgies des ténèbres, les hommes de l'équipage, l'un après l'autre, les rejoignirent.

A voix basse, le capitaine de *La Mouette* fit l'appel; constatant que tous étaient là, il se mit à leur parler en breton. A un certain moment, le regard tourné vers la crique, il leur désigna quelque chose, et Dona, suivant la direction de son doigt, aperçut l'ombre vague d'un navire à l'ancre, se balançant sur les premiers remous du jusant.

A part un feu de position, fixé au haut d'un mât, aucun signe de vie ne s'y manifestait. De temps à autre, à travers l'eau, le craquement sourd de l'amarre tirant sur la bouée, leur parvenait. Ce bruit avait quelque chose de lugubre, de désolé, comme si le navire était abandonné.

Puis, venant de la rade, un léger frisson rida la surface de la crique. Vivement, le Français leva la tête et, les sourcils froncés, inspecta l'horizon.

— Qu'y a-t-il? murmura Dona, avertie par son instinct que quelque chose clochait.

La joue tendue vers la brise, il humait l'air comme un animal en train de flairer une odeur et ne répondit pas. « Le vent a sauté au sud-ouest! » dit-il enfin.

A son tour, Dona offrit sa joue au vent et constata que l'air qui, depuis vingt-quatre heures, soufflait régulièrement de terre, avait pris une saveur différente, humide, salée, et qu'il arrivait par rafales. Elle pensa à *La Mouette*, mouillée, là-bas, dans la petite baie, à cet autre bateau, amarré tout près, dans la crique, et se dit que seule, maintenant, la marée restait leur alliée, puisque le vent, changeant de direction, était devenu leur ennemi.

— Qu'allez-vous faire? demanda-t-elle.

Sans répondre, il se leva et se dirigea, parmi les roches et les varechs humides, vers la bande de grève au bord de l'eau. Comme des ombres, les hommes le suivirent. L'un après l'autre, en quittant le couvert des arbres, ils renversaient la tête, face au ciel, puis la tournaient vers le sud-ouest, d'où venait le vent.

Debout sur la rive, ils contemplaient le navire silencieux. L'eau devenait houleuse et le bruit sourd du câble tirant sur la bouée s'accentuait. Prenant à part Pierre Blanc, le Français lui dit quelques mots, puis rejoignit Dona. « Je viens de donner l'ordre à Pierre Blanc de vous reconduire à *La Mouette* », dit-il.

Une impression de froid étreignit Dona : « Pourquoi? » demanda-t-elle, le cœur battant. « Pourquoi voulez-vous m'éloigner? »

De nouveau, il regarda le ciel. A cet instant, une goutte de pluie vint s'écraser sur sa joue.

— Le temps se met contre nous, dit-il. *La Mouette*

est à l'abri, les hommes restés à bord vont bientôt appareiller pour la sortir de la baie. Vous pouvez la rejoindre avec Pierre Blanc, avant qu'ils ne lèvent l'ancre.

— Je comprends, dit-elle. Ne pouvant plus compter que sur la marée, vous allez avoir de la difficulté à sortir ce bateau. Vous prévoyez des ennuis, c'est pourquoi vous voulez que je retourne là-bas, n'est-ce pas?

— Oui, répondit-il.

— Je ne partirai pas, dit-elle.

Il resta silencieux et, de nouveau, regarda la rade. Elle ne pouvait voir son expression.

— Pourquoi voudriez-vous rester? demanda-t-il lentement. Dans sa voix, quelque chose fit battre le cœur de Dona, mais différemment de tout à l'heure; et elle se rappela le soir où, ensemble, ils avaient pêché sur la rivière et où il avait prononcé le mot « engoulevent », avec la même intonation, la même douceur.

Et, une vague d'insouciance l'envahit. « Qu'importe! » songea-t-elle. « Pourquoi continuer à jouer la comédie? Il se peut que nous mourions tous deux cette nuit, ou demain, et il y aura tant de choses que nous n'aurons pas vécues ensemble. » Enfonçant ses ongles dans sa paume, le regard tourné, comme lui, vers la rade, avec une soudaine passion, elle s'écria : « Par l'enfer, vous savez bien pourquoi je voudrais rester! »

Elle sentit qu'il se retournait, la regardait, puis, de nouveau, se détournait. « C'est pour la même raison que j'aurais voulu que vous partiez », dit-il.

Le silence retomba. L'un et l'autre cherchaient des mots qui eussent été inutiles s'ils avaient été seuls, car la timidité qui jusqu'alors les paralysait, venait de s'évanouir comme si elle n'avait jamais existé. Brusquement, il se mit à rire et, lui prenant la main, baisa sa paume. « Eh bien, restez! » dit-il. « Nous allons donc nous battre pour cela, et serons pendus ensemble, au même arbre, vous et moi. »

Puis il la quitta et alla informer Pierre Blanc, dont le visage s'épanouit, que les ordres étaient changés. Cependant, le ciel, où s'étaient rassemblés les nuages, devenait de plus en plus menaçant, les bourrasques du sud-ouest, venant de la rade et remontant la crique, fraîchissaient. « Dona! » cria-t-il, l'appelant pour la première fois par son nom, mais avec insouciance, facilement, comme s'il l'avait toujours nommée ainsi. « Oui, répondit-elle. Qu'y a-t-il?

— Le temps presse, dit-il. Il nous faut faire sortir le bateau, avant que le vent n'augmente. Mais auparavant, je voudrais que son propriétaire fût à bord. »

Elle le regarda, ébahie, comme s'il divaguait.

— Que voulez-vous dire? demanda-t-elle.

— Tant que le vent soufflait de terre, dit-il, il était relativement facile de sortir le navire de la rade avant que l'éveil ne fût donné. Maintenant, c'est une autre affaire. Probablement devrons-nous le haler dans le chenal entre les deux châteaux. Il serait donc préférable que Philip Rasleigh fût à son bord, plutôt qu'en train d'ameuter les habitants sur la rive ou de faire tirer sur nous quand nous passerons devant le fort.

— N'est-ce pas un moyen désespéré? dit-elle.

— Pas plus que l'entreprise elle-même, répondit-il.

Il lui sourit, comme si rien n'avait d'importance, qu'aucun souci ne le préoccupait. « Cela vous amuserait-il de faire quelque chose d'un peu dangereux? demanda-t-il.

— Oui, répondit-elle. Quoi?

— En deux mots, voilà : si vous longez cette rive, dans la direction de la rade, vous rencontrerez un petit hameau sur la pente, et une jetée, à laquelle sont amarrées quelques embarcations. Je voudrais que, avec Pierre Blanc, vous sautiez dans la première que vous trouverez, vous rendiez à Fowey et alliez voir Philip Rasleigh.

— Bien, dit-elle.

— Vous ne pouvez manquer de reconnaître sa maison. Elle se trouve juste à côté de l'église, au bas de la rue montant à la colline. Vous voyez cette lumière, là-bas? C'est le quai.

— Je la vois, dit-elle.

— Il faudrait que vous disiez à Rasleigh que sa présence est nécessaire d'urgence à bord de son bateau, inventez l'histoire qui vous plaira, jouez le rôle que vous voudrez, mais restez dans l'ombre. Car si, dans l'obscurité, on peut à la rigueur vous prendre pour un mousse, à la lumière, c'est impossible; on voit que vous êtes une femme.

— S'il refuse de venir?

— Il ne refusera pas, si vous savez lui dire ce qu'il faut.

— Et s'il se méfie de moi, et me garde?

— Alors, je m'occuperai de lui. »

Il la quitta et descendit vers l'eau, suivi des hommes. A ce moment, elle comprit pourquoi ils ne portaient ni chapeaux, ni vestes et, pourquoi, enlevant leurs chaussures, ils les nouaient ensemble avec une ficelle et les suspendaient à leur cou.

Là-bas, dans la crique, le navire tirait sur ses amarres, son feu de position se balançant dans le vent, de plus en plus fort. Sans doute, les hommes à bord dormaient-ils. Et, tout en le regardant, elle évoqua les silencieux agresseurs qui, surgis des ténèbres, allaient l'envahir. Aucun bruit d'avirons dans la nuit, aucune ombre de bateau; simplement, une main mouillée, sortant de l'eau, s'accrochant à la chaîne; une empreinte de pied humide sur le gaillard d'avant; de souples silhouettes tombant sur les ponts; un chuchotement, un coup de sifflet, un cri, assourdi, étranglé.

Et, parce qu'elle était femme, elle frissonna, tandis que, déjà dans l'eau, il se retournait, lui souriait et criait : « Allez, maintenant; ne vous inquiétez pas de moi. » Soumise, elle s'éloigna sur les roches glissantes et le varech, suivie du petit Pierre Blanc, qui trottait sur ses talons comme un chien.

Pas une fois, elle ne se retourna pour regarder la rivière. Mais elle savait qu'en cet instant, ils étaient tous en train de nager vers le navire, que le vent fraîchissait, que la marée baissait rapidement. Levant la tête, elle sentit sur son visage les premières gouttes de l'averse chassée du sud-ouest.

CHAPITRE XIII

La pluie battant ses épaules, Dona se blottit à l'arrière de l'embarcation, tandis que Pierre Blanc, tâtonnant dans les ténèbres, saisissait les avirons et se mettait à ramer. Déjà l'eau baissait dans la petite anse où ils avaient trouvé le bateau; une ligne d'écume blanche marquait les degrés conduisant au quai. Dans les chaumières, sur la pente, aucun signe de vie ne s'était manifesté.

Au milieu de la rade, ils rencontrèrent le vent dans toute sa violence. Contrariant le courant de la marée, il provoquait un mascaret dont les courtes vagues rejaillissaient par-dessus les bords de leur embarcation. Effaçant le contour des collines, la pluie tombait à flots, et Dona, frissonnant sous sa légère chemise, sentit le désespoir s'insinuer dans son cœur. Tout cela était-il de sa faute? se demanda-t-elle. Avait-elle apporté la malchance? Serait-ce la dernière aventure de *La Mouette*, à bord de laquelle, jamais encore, aucune femme n'avait navigué?

Devant elle, Pierre Blanc peinait sur les avirons. Il ne souriait plus et, sans cesse, tournait la tête pour regarder l'entrée de la rade. Ils se rapprochaient de Fowey. Déjà, Dona pouvait distinguer un groupe de maisonnettes, près du quai et, les dominant, la tour de l'église.

Alors, subitement, toute l'aventure lui apparut

comme un cauchemar, dont jamais elle ne se réveillerait, et où pour tout compagnon, elle n'avait que Pierre Blanc.

Elle se pencha vers lui et, comme il s'arrêtait de ramer, le bateau se mit à tanguer sur les courtes vagues.

— J'irai seule chez Rasleigh, dit-elle. Vous resterez dans le canot et m'attendrez près du quai.

Il la regarda, hésitant; mais, posant la main sur son genou, elle ajouta d'un ton pressant : « C'est le seul moyen. Si au bout d'une demi-heure, je ne suis pas de retour, repartez sans plus attendre vers le navire. »

Un moment, il réfléchit, puis, d'un signe de tête, acquiesça. Mais, décidément, il ne souriait plus. Pauvre Pierre Blanc, qui, de sa vie, n'avait été sérieux! Sans doute se rendait-il compte, lui aussi, de ce que l'aventure avait de désespéré.

Comme ils approchaient du débarcadère, la lueur blafarde d'une lanterne éclaira leur visage. Les vagues dansaient au pied de l'échelle et Dona, debout à l'arrière du canot, en saisit les échelons. « Rappelez-vous que vous ne devez pas m'attendre plus d'une demi-heure », dit-elle. Puis, se détournant vivement pour ne plus voir le visage angoissé de son compagnon, elle grimpa sur le quai. Passant devant quelques chaumières, elle se dirigea vers l'église et reconnut la seule grande maison de la rue, au bas de la colline.

Une lumière brillait à l'une des fenêtres du rez-de-chaussée; elle en aperçut la lueur à travers les rideaux tirés. Quant à la rue, elle était plongée dans l'obscurité. Hésitante, soufflant dans ses doigts glacés, Dona s'arrêta sous la croisée éclairée. De nouveau, l'idée d'inviter Philip Rasleigh à rejoindre son bateau lui parut la plus téméraire de l'aventure. Pourquoi le déranger quand, bientôt, sans doute, il allait s'endormir pour la nuit et serait donc inoffensif? Trempée par l'averse, jamais elle ne s'était sentie aussi seule, aussi désemparée, aussi incapable d'agir.

Soudain, au-dessus d'elle, la fenêtre s'ouvrit; prise de panique, elle s'aplatit contre le mur. Quelqu'un s'accouda à la croisée, respirant lourdement; des cendres de pipe tombèrent sur ses épaules. Puis, elle entendit un bâillement et un soupir. A l'intérieur, quelqu'un traîna une chaise, puis posa une question. « C'est un grain du sud-ouest », répondit l'homme à la fenêtre. « Dommage, vraiment, que vous n'ayez pas amarré plus en amont. Si le vent fraîchit, ils vont avoir des ennuis. »

N'était-ce pas la voix de Godolphin? Dona sentit son cœur sauter dans sa poitrine. Elle avait oublié qu'il était le beau-frère de Philip Rasleigh. Godolphin, chez qui elle avait goûté moins d'une semaine auparavant! Il se trouvait donc là, presque à portée de la main; il venait de jeter les cendres de sa pipe sur elle!

Alors, elle se rappela le pari insensé au sujet de sa perruque et se rendit compte que le Français, sans doute informé de sa présence, cette nuit-là à Fowey, chez Philip Rasleigh, avait combiné de s'emparer en même temps du navire et de la dite perruque. Alors, malgré sa peur, son anxiété, elle sourit. Réellement, n'était-ce pas d'une sublime extravagance! Risquer ainsi sa vie, pour une folle gageure! A cette pensée, elle l'en aima encore davantage. Qu'à côté des qualités de silence, de compréhension, qui l'avaient séduite au début, il fît preuve d'une si parfaite insouciance à l'égard des valeurs du monde, l'enchantait, autant que son incorrigible folie.

Godolphin se tenait toujours à la croisée. Elle l'entendait respirer lourdement, bâiller. Ce qu'il venait de dire au sujet du navire, amarré trop en aval, lui donnait une idée sur la façon dont elle pourrait attirer Rasleigh à bord... A ce moment, l'homme dans la pièce dit quelque chose, et la fenêtre se referma. Un instant, Dona réfléchit. Elle ne craignait plus, maintenant, d'être attrapée. La contagieuse folie de cette nuit d'aventure ayant réveillé l'ancienne et intense sensation de plaisir, goûtée quelques mois auparavant lorsque, superbement indifférente aux bavardages, un peu ivre, elle menait une vie tapageuse dans les rues de Londres.

Mais, cette fois, l'entreprise était réelle. Ce n'était plus une simple mascarade, inventée pour alléger l'ennui des petites heures, quand Londres était suffocant et que Harry se faisait trop pressant. Quittant la fenêtre, elle se dirigea vers la porte et, sans hésiter, tira la grande cloche suspendue au montant.

Des aboiements retentirent, puis des pas. Quelqu'un tira les verrous et, à sa consternation, elle reconnut Godolphin, une chandelle à la main, sa forte carrure remplissant toute la porte. « Que demandez-vous? » dit-il d'un ton rude. « Ne savez-vous donc pas qu'il est près de minuit, que tout le monde dort? »

Feignant d'être intimidée par cet accueil, Dona recula d'un pas.

— On demande Mr. Rasleigh à bord, dit-elle. Le maître d'équipage voudrait faire remonter le bateau avant que la tempête n'augmente. On m'a envoyé le chercher.

— Qui est là? cria Philip Rasleigh, de l'intérieur, tandis que les chiens, sans cesser d'aboyer, griffaient les jambes de Dona et que Godolphin, cherchant à les écarter, répétait : « A bas les pattes, Ranger! Espèce de brute! Arrière, Tancrède! » Puis, s'adressant à Dona, il ajouta : « Entrez donc, mon garçon. Ne restez pas ainsi à la pluie.

— Merci, monsieur, mais je suis déjà trempé. Dites, je vous prie, à Mr. Rasleigh qu'on a besoin de lui sur le bateau. » Comme elle faisait demi-tour pour s'en aller, car Godolphin, les sourcils froncés, la dévisageait avec insistance, la voix de Philip Rasleigh, de nouveau retentit :

— Est-ce le jeune Jim, le fils de Dan Thomas, de Polruen? cria-t-il.

— Hé là, pas si vite! dit Godolphin, en la rattrapant par l'épaule. Mr. Rasleigh voudrait vous parler. Êtes-vous Jim Thomas?

— Oui, monsieur, répondit Dona sans hésiter. Le maître d'équipage demande que Mr. Rasleigh se rende à bord immédiatement. Il dit qu'il n'y a pas de temps à perdre, que le bateau est en péril. Laissez-moi partir, monsieur. Ma mère est très malade; il faut que je coure encore chercher un médecin.

Mais, Godolphin ne lâcha pas Dona. Méfiant, il leva la chandelle vers son visage. « Que portez-vous là, autour de la tête? dit-il. Êtes-vous donc malade, comme votre mère?

— Que signifient ces sornettes? hurla Rasleigh, apparaissant dans le corridor. La mère de Jim Thomas est dans sa tombe depuis dix ans. D'où sort ce garnement? Pourquoi le bateau est-il en péril? »

Mais Dona, s'étant dégagée de la main de Godolphin, s'esquiva. De loin, elle leur cria encore qu'ils devaient se hâter, car le vent continuait à fraîchir. Puis, étouffant un fou rire, un des chiens de Rasleigh aboyant à ses talons, elle traversa la place en courant dans la direction du quai. Comme elle y arrivait, elle s'arrêta net et se dissimula dans le renfoncement de la porte d'une chaumière : près de l'échelle du débarcadère, elle venait d'apercevoir la silhouette d'un homme debout, occupé, semblait-il, à inspecter la rade et l'entrée de la crique. Il portait une lanterne. Sans doute était-ce le veilleur de nuit en train de faire sa ronde et qui, par pure malice, se dit-elle, s'était planté là pour l'ennuyer. Tant qu'il resterait là, elle n'oserait bouger. Du reste, Pierre Blanc avait dû s'éloigner en le voyant arriver.

Abritée sous la porte, mordillant ses ongles avec impatience, elle attendit. Mais, immobile, il fixait l'entrée de la crique, comme si quelque chose d'insolite s'y passait et retenait son attention. Et, une crainte subite envahit Dona. Peut-être l'abordage du navire avait-il échoué, ou les hommes de *La Mouette,* y compris leur chef étaient-ils encore dans l'eau, en train de lutter contre les vagues, ou encore, la résistance ayant été plus forte qu'ils ne s'y attendaient, se battaient-ils, en ce moment, à bord du bateau de Rasleigh. Étaient-ce les échos d'un combat qu'écoutait le veilleur, les yeux braqués là-bas?

Comme elle se tenait coite dans l'ombre de la porte, se tourmentant de ne rien pouvoir faire pour les aider, elle entendit un bruit de pas et de voix qui se rapprochaient. Puis, Godolphin et Rasleigh parurent au coin de la rue, enveloppés d'amples manteaux contre la pluie. Rasleigh portait une lanterne.

— Hé, là-bas! cria-t-il.

Le veilleur se retourna, courut à leur rencontre.

— Avez-vous vu détaler un garnement par ici? demanda Rasleigh.

— Je n'ai vu personne, répondit le veilleur en hochant la tête. Mais il se passe quelque chose de bizarre, là-bas. On dirait que votre navire a rompu ses amarres.

— Quoi? s'écria Rasleigh, se hâtant vers la rive, suivi de Godolphin. Ce garçon aurait donc dit vrai?

Ils passèrent devant la porte où se tenait Dona, aplatie dans l'ombre. Comme le veilleur, tout à l'heure, ils se mirent à scruter la rade, tandis que les rafales faisaient claquer leur houppelande et que la pluie ruisselait sur leur tête.

— Regardez, monsieur, ils hissent les voiles! s'écria le veilleur. Sans doute le maître d'équipage veut-il remonter la rivière.

— Il a perdu l'esprit! cria Rasleigh. Il n'y a pas douze hommes à bord. Les trois quarts de l'équipage sont allés dormir à terre. Il va l'échouer, ça ne manquera pas! Joe, allez les réveiller. Il faut qu'ils arrivent tous. Sacré Dan Thomas! Quel imbécile! Au nom du ciel, que veut-il faire?

Les mains en porte-voix, tourné vers la rade, il hurla : « Holà! Hé, là-bas! Le *Merry Fortune!* Holà! »

Pendant ce temps, le veilleur, ayant traversé le quai en courant, s'était mis à tirer à tour de bras la cloche de bateau, suspendue à côté de la lanterne, et dont le son bruyant, insistant, devait impérieusement forcer au réveil tous ceux qui dormaient à Fowey. Presque immédiatement, la fenêtre d'une chaumière au bout de la rue s'ouvrit et une tête d'homme apparut. « Qu'est-ce qui te prend, Joe? » cria-t-il. « Y a-t-il eu un malheur? » Et Rasleigh qui, fou de rage, arpentait le quai en tapant du pied, hurla : « Enfile ton pantalon, sacré tonnerre! Et appelle ton frère. Le *Merry Fortune* s'en va à la dérive, là, dans la rade! »

Un homme, en train de mettre son manteau, sortit en courant d'une autre chaumière; un troisième arriva, à toutes jambes, du haut de la rue. Cependant, la cloche continuait à sonner, et Rasleigh à hurler, tandis que le vent et la pluie s'acharnaient sur sa houppelande, faisaient danser la lanterne qu'il tenait à la main.

Les fenêtres des chaumières en dessous de l'église s'éclairèrent; des voix criaient, appelaient, s'interpellaient; des hommes, surgissant d'on ne sait où, se précipitaient vers le quai.

Dans la maisonnette où s'abritait Dona, quelqu'un s'agita; puis elle entendit un bruit de pas sur l'escalier. Quittant le renfoncement de la porte, elle sortit sur le quai. Dans l'obscurité, la confusion, les bourrasques sifflantes, les cataractes de pluie, elle n'était qu'une ombre parmi les autres, en train de contempler le navire qui, voiles dehors, traversait la rade, le cap sur le chenal.

— Regardez, il va à la dérive! s'écria une voix. La

marée l'emporte vers les rochers. Ils sont tous fous à bord ou ivres, tous, tant qu'ils sont!

— Ils devraient virer de bord et sortir du courant! cria un autre. « Le jusant le tient! » répliqua un troisième. « La marée est plus forte que le vent! C'est elle qui l'aura! » hurla une voix, presque dans l'oreille de Dona.

Quelques hommes descendirent chercher les embarcations amarrées sous le débarcadère. Dona les entendait blasphémer, tandis qu'ils s'acharnaient à dénouer les cordages et que Rasleigh et Godolphin, penchés vers eux, les invectivaient à cause de leur lenteur. « Quelqu'un a fait du sabotage par ici! » cria un des hommes. « Le câble est en train de se rompre, on a dû le couper avec un couteau. » Et soudain, Dona imagina le petit Pierre Blanc, s'affairant dans l'obscurité, avec un sourire sardonique, pendant que la grande cloche sonnait à toute volée.

— Allez-y à la nage, et ramenez-moi un bateau! hurla Rasleigh. Par Dieu, je rouerai de coups celui qui nous a joué ce tour! Je le ferai pendre!

Le *Merry Fortune* se rapprochait. Dona pouvait maintenant distinguer les hommes sur les vergues, en train de hisser le grand hunier. Quelqu'un était à la barre, donnait des ordres et, la tête rejetée en arrière, surveillait la voile qui se gonflait.

— Holà! Hé, là-bas! hurla Rasleigh.

— Virez de bord! Mais, virez donc, pendant qu'il est encore temps! criait Godolphin.

Mais, le *Merry Fortune* poursuivait sa course. Le cap sur le chenal, il traversait la rade, tandis que le jusant bouillonnait contre ses flancs. « Il a perdu la tête! » cria une voix. « Il va droit sur les rochers! Regardez! Regardez donc! »

Maintenant que le navire était à portée de voix, on pouvait voir qu'il était précédé de trois embarcations, en ligne, qui le halaient au moyen d'un câble. Pliés sur les avirons, les hommes peinaient. Cependant, le hunier et les focs commençaient à se gonfler, à tirer. Puis un violent coup de vent arriva subitement des collines dominant la ville, et le *Merry Fortune* donna de la bande.

— Il met le cap sur la mer! hurla Rasleigh. Par Dieu, il l'emmène vers la mer!

A ce moment, Godolphin se retourna et ses gros yeux en boule tombèrent sur Dona qui, dans son excitation, s'était avancée sur le quai. « Ha! Voilà notre garnement! » s'écria-t-il. « C'est lui le coupable! Attrapez-le! Vite, attrapez ce garçon! » Mais, pirouettant sur les talons, Dona avait déjà plongé sous le bras d'un vieux bonhomme qui, ahuri, la dévisageait, et, enfilant la rue où se trouvait la maison de Rasleigh, détalait loin de l'église, de la ville, vers le couvert des collines, poursuivie par un bruit de pas courant derrière elle, et une voix d'homme qui criait : « Revenez! Mais, revenez donc! »

Un sentier partait sur la gauche, serpentant parmi les ajoncs et les jeunes fougères; elle s'y jeta, trébuchant sur les inégalités du sol, dans ses lourdes chaussures, la pluie ruisselant sur son visage. Au-dessous d'elle, soudain, elle vit luire l'eau de la rade et entendit la marée battre contre les falaises.

Une seule pensée la préoccupait : s'échapper, fuir les yeux bulbeux, investigateurs, de Godolphin. Elle n'espérait plus rejoindre Pierre Blanc; quant au *Merry Fortune*, il avait son propre combat à livrer avant de gagner la sortie de la rade.

Dans le vent et l'obscurité, Dona continuait à courir. Le sentier longeait la colline, à flanc de coteau, dans la direction de la mer, et, tandis qu'elle avançait, elle croyait entendre les horribles battements de la cloche, là-bas, sur le quai, en train de réveiller les habitants de la ville, elle revoyait le visage furieux de Philip Rasleigh, vociférant des malédictions à l'adresse des hommes occupés à détacher les embarcations. Enfin, le sentier se mit à descendre; s'étant arrêtée un instant pour essuyer son visage trempé, elle constata qu'il aboutissait à une anse, à l'entrée de la rade, puis remontait en zigzag vers le fort situé sur le promontoire. L'oreille tendue, elle écoutait le bruit des brisants au-dessous d'elle, scrutait l'obscurité, dans l'espoir d'apercevoir le *Merry Fortune*, quand, tournant la tête, elle vit la lueur d'une lanterne, venant dans sa direction.

Vivement, elle se jeta dans les fougères au bord du sentier et, bientôt, un homme, marchant d'un pas rapide, la dépassa. Il descendit jusqu'à l'anse, puis remonta vers le promontoire et, suivant des yeux la clarté de sa lanterne, elle devina qu'il allait alerter le fort. Rasleigh avait-il enfin eu quelques soupçons, ou croyait-il toujours que son maître d'équipage avait perdu la tête et menait le bateau à sa perte? Peu importait; les soldats, postés là-haut, allaient sans doute tirer.

En courant, elle descendit vers l'anse, mais, au lieu de remonter vers le fort, elle prit à gauche et, s'empêtrant dans les varechs, s'aidant des pieds et des mains pour franchir les rocs glissants, elle se dirigea vers l'entrée de l'estuaire. Elle revoyait le plan de Port Fowey, que lui avait montré le Français : l'étroit goulet, le fort, l'arête rocheuse avançant en saillant à l'extrémité de l'anse où elle se trouvait. Et elle n'avait plus qu'une idée : atteindre ces roches et, d'une façon ou de l'autre, au moment où passerait le navire, avertir le Français que l'alarme avait été donnée au fort.

Abritée par le promontoire, elle sentait moins le vent et la pluie, mais, glissant, trébuchant, sur les rochers visqueux, que venait à peine de quitter la marée, elle s'était écorché le menton, les mains, et ses cheveux, mal retenus par l'écharpe, voltigeaient devant ses yeux.

Quelque part, une mouette criait. Et cette plainte persistante, répercutée par les falaises, la mit hors d'elle. Car, dans chaque mouette, il lui semblait reconnaître une sentinelle hostile à ses compagnons et à elle-même. Cet oiseau, se lamentant dans les ténèbres, paraissait se moquer d'elle, lui répéter que ses efforts étaient vains, qu'elle ne pourrait prévenir le navire à temps.

Enfin, elle se trouva au pied de l'arête rocheuse, au-delà de laquelle elle entendait battre et se briser les vagues. Se hissant au sommet, à la force des poignets, elle aperçut le *Merry Fortune* qui, le cap sur l'entrée de l'estuaire, fendait les courtes lames, dans un rejaillissement d'écume. Les embarcations qui la remorquaient tout à l'heure avaient été hissées à bord, ainsi que les hommes qui les manœuvraient. Car, comme par miracle, le vent avait brusquement sauté de quelques lignes vers l'ouest, et entraîné par la forte marée, le *Merry Fortune* filait à pleines voiles, en direction de la mer. Plusieurs petits bâtiments, chargés d'hommes, sacrant et hurlant, le poursuivaient. Dans l'un d'eux, Dona crut reconnaître Godolphin et Rasleigh. Alors, chassant les cheveux de devant son visage, elle éclata de rire. Plus rien n'importait, ni la rage de Rasleigh, ni le risque d'être identifiée par Godolphin. Gagnant de vitesse sur eux, le *Merry Fortune* s'éloignait, insouciant, joyeux, dans la bourrasque d'été.

De nouveau, le cri de la mouette retentit, tout près, cette fois. Comme du regard Dona cherchait un caillou à lui jeter, elle aperçut une embarcation en train de longer l'arête rocheuse, dans laquelle elle reconnut Pierre Blanc qui, les yeux levés vers la falaise, imitait par intermittence, le cri de cet oiseau.

Riant toujours, Dona escalada un bloc et, agitant les bras, l'appela. Il la vit et accosta. S'aidant des pieds et des mains, elle descendit jusqu'à lui et sauta dans le bateau. Immédiatement, il repartit à travers les courtes vagues, dans la direction du navire. Ils ne se posèrent aucune question. Le menton de Dona saignait, elle était trempée, mais ne s'en préoccupait pas. Puis, tandis que le petit canot dansait sur la forte houle et que l'écume salée lui éclaboussait le visage, mêlée de pluie que chassait la bourrasque, un éclair jaillit, suivi d'une détonation, et un boulet vint frapper l'eau à quelques pieds devant eux. Mais Pierre Blanc, grimaçant comme un singe, poursuivit sa route à la rencontre du *Merry Fortune* qui, fendant les flots, arrivait sur eux, le vent grondant dans ses voiles.

Un second éclair fusa, accompagné d'un coup assourdissant et d'un fort craquement de bois. Mais Dona ne put rien discerner. A ce moment, du navire, quelqu'un lança une corde dans le canot... Au-dessus d'elle, elle aperçut des visages rieurs et, tout en bas, sous elle, ne vit plus que l'eau noire où, la quille en l'air, leur petit bateau s'enfonçait dans les ténèbres.

Le Français se tenait à la barre du *Merry Fortune*. Lui aussi avait le menton écorché. Le vent chassait ses cheveux devant son visage, l'eau ruisselait de ses vêtements mais, un instant, leurs yeux se rencontrèrent et ils se sourirent.

— Jetez-vous à plat ventre, Dona, dit-il rapidement. Ils vont encore tirer.

Harassée, endolorie, frissonnante sous la pluie et les embruns, mais rassurée, elle s'étendit à ses pieds sur le pont. A ce moment, un nouveau coup partit; trop court, il les manqua. « Hé, là-bas, économisez votre poudre! » cria-t-il en riant. « Ce n'est pas cette fois-ci que vous nous aurez! »

Trempé, se secouant comme un chien, Pierre Blanc s'approcha du bastingage et fit un pied-de-nez au fort.

Cependant, le *Merry Fortune* se cabrait, plongeait entre les hautes vagues; rauque, le vent sifflait et tonnait dans sa voilure, dominant les vociférations qui montaient des embarcations à leur poursuite.

De l'une d'elles partit un coup de feu, mais la balle dut s'égarer dans le gréement. « C'est votre ami, Dona! » s'écria le Français. « Savez-vous s'il tire bien? »

Rampant vers l'arrière, elle regarda par-dessus bord et aperçut, à quelques coudées, dans le bateau le plus proche, Rasleigh, les yeux levés vers eux, le visage décomposé par la fureur, et Godolphin, épaulant son mousquet.

— Il y a une femme à bord! hurla Rasleigh. Regardez donc!

A ce moment, Godolphin fit de nouveau feu. La balle siffla tout près de sa tête. Puis, comme sous un subit coup de vent, le *Merry Fortune* donnait de la bande, Dona vit le Français confier la barre à Pierre Blanc, enjamber en riant le bastingage du côté où penchait le bateau et, se retenant d'une main, tirer son épée.

— Je vous salue, messieurs, cria-t-il. Et vous souhaite bon retour à Fowey. Mais avant, permettez-moi de vous dérober un petit souvenir. Du plat de son épée il fit alors tomber à l'eau le chapeau de Godolphin, puis, de la pointe, lui enleva sa superbe perruque bouclée que, triomphalement, il agita en l'air. Godolphin, aussi chauve qu'un genou, le visage ponceau, les yeux hors de la tête, s'affaissa à la renverse dans le bateau, entraînant avec lui son mousquet.

A ce moment, le rideau d'une soudaine averse s'interposa, et une vague, plus haute que les autres, passant par-dessus le bastingage, frappa Dona et la jeta contre le dalot. Quand, s'étant relevée, elle eut retrouvé son souffle et chassé les cheveux collés sur son visage, elle constata qu'ils avaient laissé loin derrière eux le fort, le promontoire, et que les embarcations à leur poursuite avaient disparu. Debout, la main sur la roue du gouvernail, le Français la regardait en riant. Suspendue à l'un des rayons, elle aperçut la perruque de Godolphin, se balançant.

CHAPITRE XIV

Deux navires voguaient à quelques milles l'un de l'autre, en pleine Manche. Celui de tête, avec son air hardi, ses couleurs vives, ses mâts de guingois, semblait conduire gaîment vers les mers libres, au-delà du lointain horizon, le sévère bateau marchand, qui le suivait.

La tempête estivale qui, pendant vingt-quatre heures, avait fouetté les flots, s'était épuisée; le ciel, d'un bleu intense, était sans nuages. Sur l'eau, étrangement tranquille, voiles flottant mollement aux vergues, les deux bateaux, que n'effleurait qu'un léger souffle du nord, semblaient presque immobiles. Un savoureux fumet de poulet grillé, croustillant, montait des cuisines du *Merry Fortune* et entrait par le sabord de la cabine, mêlé au chaud soleil et à l'air marin. Dona ouvrit les yeux et constata qu'enfin, le voilier ne roulait ni ne tanguait plus sur les vagues profondes de l'Atlantique. Le mal de mer qui l'avait terrassée s'était dissipé; une faim vorace la tenaillait. Elle bâilla, s'étira, et sourit de se sentir de nouveau à son aise. Puis un juron — le meilleur du répertoire de Harry — lui échappa, car elle venait de se souvenir qu'à cause de son malaise, elle avait perdu son pari. A contrecœur, elle porta la main à ses oreilles, tâta ses rubis. Mais, en faisant ce geste, elle s'aperçut qu'elle était complètement nue sous les couvertures, et qu'il n'y avait nulle trace de ses vêtements dans la cabine.

Il lui semblait qu'une éternité s'était écoulée depuis que, ruisselante, épuisée, se sentant mal, elle était descendue, trébuchant dans l'obscurité, jusqu'à la cabine où, arrachant hauts-de-chausses, chemise, et les lourdes et torturantes chaussures, elle s'était glissée dans le confort des chaudes couvertures, ne souhaitant plus que la tranquillité et le sommeil.

Quelqu'un avait dû s'introduire dans la cabine pendant qu'elle dormait, car le sabord, fermé à cause de la tempête, était maintenant largement ouvert, et ses vêtements avaient disparu, remplacés par une aiguière d'eau bouillante et une serviette.

Quittant la molle couchette ou depuis un jour et une nuit, elle gisait endormie, elle alla faire sa toilette. A voir la luxueuse cabine, elle se dit que le maître du *Merry Fortune* devait certainement préférer ses aises à sa sécurité. Puis, tout en se recoiffant, elle alla à la fenêtre et, à quelques milles à tribord, aperçut les mâts effilés, écarlates, de *La Mouette*, scintillant au soleil. De nouveau, le fumet du poulet vint chatouiller ses narines mais, comme un bruit de pas résonnait sur le pont, elle regrimpa dans la couchette et tira les couvertures jusqu'à son menton.

— Êtes-vous réveillée? cria le Français.

Elle l'invita à entrer. Appuyée à l'oreiller, elle sentit son cœur battre avec violence quand, un plateau à la main, elle le vit entrer et lui sourire.

— Ma foi, je crois bien qu'il faudra que je vous donne mes boucles d'oreilles! dit-elle.

— Oui, je le crains! répondit-il.

— Comment savez-vous que j'ai perdu?

— Parce que je suis descendu voir comment vous alliez, et que vous m'avez lancé un oreiller au visage et envoyé au diable! répondit-il.

Elle se mit à rire et secoua la tête. « Vous mentez,

dit-elle. Vous n'êtes pas venu, je ne vous ai pas vu. Personne n'est entré ici.

— Vous étiez trop embrouillée pour vous souvenir de quoi que ce soit, dit-il. Mais, ne parlons pas de ça. Avez-vous faim?

— Oui.

— Moi aussi. J'ai pensé que nous pourrions dîner ensemble. »

Et, tandis qu'il disposait le couvert, de sous ses couvertures, elle le regarda.

— Quelle heure est-il? demanda-t-elle.

— Environ trois heures, répondit-il.

— Quel jour sommes-nous?

— Dimanche. Votre ami Godolphin a dû manquer le prêche, ce matin, à moins qu'il n'ait déniché un bon perruquier à Fowey.

Il leva les yeux vers la cloison; suivant son regard, elle aperçut la perruque bouclée, suspendue à un clou au-dessus de sa tête.

— Quand l'avez-vous accrochée là? demanda-t-elle en riant.

— Pendant que vous souffriez du mal de mer.

Elle resta silencieuse. La pensée qu'il l'avait vue dans cet état la remplissait de honte, de confusion, et serrant plus étroitement la couverture autour d'elle, elle contempla ses mains, en train de dépecer le poulet.

— Voulez-vous une aile? dit-il.

— Oui, répondit-elle, se demandant comment elle s'y prendrait pour manger, puïsqu'elle était nue. A ce moment, il tourna le dos pour déboucher la bouteille de vin; vivement, elle s'assit et drapa la couverture autour de ses épaules.

— Nous avons mieux que ça pour vous, dit-il, lui tendant l'assiette de poulet et la dévisageant. « N'oubliez pas que le *Merry Fortune* arrive des Indes. Attendez. » Rapidement, il alla fouiller dans un grand coffre de bois qui se trouvait non loin, et en sortit un châle chatoyant, cramoisi et or, bordé d'une longue frange de soie, qu'il lui donna. « Peut-être Godolphin le destinait-il à sa femme », dit-il. « Il y en a une quantité d'autres, encore, en bas. Si vous les voulez! »

Il s'assit et, ayant arraché une cuisse au poulet, il se mit à la manger, la tenant entre ses doigts.

— En ce moment, nous pourrions être pendus à un arbre du parc de Godolphin, dit Dona, le regardant par-dessus son verre.

— Sans cette saute de vent, c'était fatal! répondit-il.

— Et maintenant, quels sont vos projets?

— Je n'en fais jamais le dimanche.

Comme lui, elle mangeait son poulet avec les doigts. De l'avant du navire, montaient les sons du luth de Pierre Blanc et la voix des hommes qui, doucement, chantaient.

— Avez-vous toujours une pareille chance? demanda-t-elle.

— Toujours! répondit-il, lançant par le sabord l'os du poulet et arrachant la seconde cuisse.

Le soleil inondait la table; contre le navire, l'eau clapotait paresseusement. Conscients de la présence l'un de l'autre et des heures de loisir qu'ils avaient devant eux, ils continuaient à manger.

— Les hommes de Rasleigh sont bien logés ici, dit-il, jetant un regard à la ronde. Sans doute est-ce pourquoi ils dormaient tous quand nous avons grimpé à bord.

— Combien étaient-ils?

— Une demi-douzaine, à peine.

— Qu'en avez-vous fait?

— Nous les avons ligotés dos à dos, bâillonnés, puis descendus dans une chaloupe que nous avons laissée aller à la dérive. Rasleigh les a lui-même recueillis, je crois.

— Va-t-il encore faire mauvais temps?

— Non, c'est fini.

Elle s'appuya sur l'oreiller, les yeux fixés sur les arabesques que dessinait le soleil sur la paroi.

— Je suis contente d'avoir passé par cette excitante aventure, mais heureuse d'en être sortie, dit-elle. Ça ne me dirait rien du tout de me retrouver devant la porte de Rasleigh, de recommencer cette fuite éperdue jusqu'à l'anse, quand je croyais que mon cœur allait éclater.

— Pour un mousse, vous ne vous en êtes pas trop mal tirée, dit-il.

Un instant, il la regarda, puis se détourna, tandis que, baissant les yeux, elle se mettait à tresser les franges de son châle de soie. Par le sabord arrivait la joyeuse petite chanson de Pierre Blanc que, pour la première fois, elle avait entendue le jour où elle avait découvert *La Mouette,* mouillée dans la crique, au-dessous de Navron.

— Pensez-vous rester longtemps à bord du *Merry Fortune?* demanda-t-elle.

— Pourquoi me posez-vous cette question? Aimeriez-vous rentrer à la maison?

— Non, non, dit-elle. Je voulais savoir, simplement.

Se levant, il s'approcha du sabord et contempla *La Mouette,* presque immobile, à quelque deux milles de distance.

— C'est toujours ainsi, en mer, dit-il. Tantôt trop de vent, tantôt trop peu. La moindre brise nous aurait déjà amenés en vue des côtes françaises. Peut-être y serons-nous cette nuit.

Debout, le dos tourné, les mains enfoncées dans les poches de son pantalon, il se mit à siffloter l'air que Pierre Blanc jouait sur son luth.

— Que comptez-vous faire quand le vent se lèvera? demanda-t-elle.

— Mettre le cap sur la côte bretonne, confier le *Merry Fortune* à quelques-uns de mes hommes pour qu'ils l'amènent au port, et repartir sur *La Mouette.*

Elle continuait à jouer avec la frange du châle.

— Où irons-nous? demanda-t-elle.

— A Helford, cela va sans dire. N'avez-vous pas envie de revoir vos enfants?

Elle ne répondit pas; le regard fixe, elle contemplait sa nuque et ses larges épaules.

— Peut-être entendrons-nous de nouveau l'engoulevent, pendant la nuit, sur la crique, et découvrirons-nous sa cachette, dit-il. Nous retrouverons aussi le héron... Au fait, je crois que je n'ai pas terminé mon dessin.

— Je ne sais pas.

— Dans la rivière, il y aura une multitude de poissons n'attendant que d'être attrapés, reprit-il.

La chanson de Pierre Blanc s'affaiblit, puis s'éteignit. On n'entendit plus que le clapotis de l'eau contre les flancs du bateau. L'horloge du *Merry Fortune* sonna la demie, puis celle de *La Mouette,* comme un lointain écho. Le soleil flambait sur la mer étale. Tout n'était que calme, silence.

Il quitta le sabord et, sifflotant doucement, vint s'asseoir près d'elle, sur la couchette.

— Voilà le meilleur moment, dit-il. Quand les plans élaborés ont été exécutés avec succès. On ne se souvient plus que des côtés agréables de l'aventure; les autres sont oubliés, jusqu'à la fois suivante... Le vent ne se lèvera pas avant le crépuscule, nous sommes donc libres de faire ce qui nous plaira.

Dona écouta le clapotis de la mer contre le bateau.

— Nous pourrions nager, dit-elle. Ce soir, avant le coucher du soleil, quand il fera frais.

— Oui, répondit-il.

Il y eut un silence. Dona se remit à contempler les reflets du soleil au-dessus de sa tête.

— Je ne pourrai me lever que lorsque mes habits seront secs, dit-elle.

— Oui, je le sais.

— Croyez-vous que ce sera très long, avec ce soleil?

— Trois heures, au moins, si ce n'est plus.

Dona poussa un soupir et s'appuya à l'oreiller.

— Peut-être pourriez-vous faire mettre un canot à la mer et envoyer Pierre Blanc chercher ma robe sur *La Mouette*.

— Il dort, en ce moment, répondit-il. Ils dorment tous. Ne savez-vous donc pas que les Français aiment faire la sieste après le repas?

— Non, dit-elle. Je l'ignorais.

Croisant les bras derrière la tête, elle ferma les yeux.

— En Angleterre, dit-elle, les gens ne dorment jamais l'après-midi. Ça doit être une coutume de chez vous. Alors, jusqu'à ce que mes habits soient secs, qu'allons-nous faire?

Il la considéra, un vague sourire aux lèvres.

— En France, on vous répondrait que nous n'avons qu'une seule chose à faire, dit-il. Mais, peut-être, est-ce aussi une coutume de chez nous?

Elle ne répondit pas. Se penchant vers elle, avec une extrême délicatesse, il se mit à détacher le rubis de son oreille gauche.

CHAPITRE XV

Dona tenait la barre et *La Mouette* plongeait dans les longues vagues vertes, avec des rejaillissements d'écume, qui venaient l'asperger jusque sur le pont. Au-dessus de sa tête, les voiles blanches, tendues, gonflées, chantaient, et tous les sons du navire, qu'elle avait appris à aimer, lui parvenaient dans leur puissance, leur beauté : grincement des grandes poulies, tension des cordages, bruit sourd du vent dans les gréements; et, d'en bas, de l'entrepont, la voix des hommes, en train de rire, de plaisanter. De temps à autre, ils lui lançaient un coup d'œil dans l'espoir qu'elle les regardait et, comme des enfants espiègles, s'efforçaient d'attirer son attention. Sur sa tête nue, elle sentait la brûlante caresse du soleil, sur ses lèvres, l'amère saveur des embruns, tandis que, du pont, montait à ses narines une âcre et chaude odeur de goudron, de cordages, d'eau salée et bleue.

« Tout ceci n'est qu'éphémère », songeait-elle. « Un fugitif instant, qui jamais ne reviendra. Car hier est déjà entré dans le passé, il n'est plus à nous, et demain, encore inconnu, nous sera peut-être hostile. Mais, cette journée-ci est à nous, elle est notre bien; le soleil nous appartient, et le vent, et la mer, et les hommes, en train de chanter, là en bas, sur le pont. Oui, cette journée demeurera toujours en moi; sans cesse, je la chérirai car, tandis qu'elle s'écoulait, nous aurons vécu, nous aurons aimé; et rien d'autre ne compte, dans ce monde de notre création où nous nous sommes évadés. » Elle le regarda, étendu sur le pont, au soleil, contre la cloison, les mains derrière la tête, la pipe aux lèvres. De temps à autre, il souriait dans son sommeil. Elle évoqua la sensation de son dos contre le sien, pendant la nuit précédente, quand il était couché auprès d'elle, et songea avec pitié à tous les hommes, à toutes les femmes, qui ne sont pas joyeux quand ils aiment, qui restent froids, réticents, timides, s'imaginent que la passion et la tendresse sont deux choses séparées, et non pas une, glorieusement mêlées, si bien que la violence n'y est qu'une forme de la délicatesse, et le silence, une façon de se mieux parler. Car, elle le savait maintenant, l'amour est un sentiment sans vergogne, sans réserve, la possession de deux êtres qu'aucune barrière, aucune fausse honte, ne séparent. Tout ce qui lui arriverait, elle le partagerait; tout ce qu'il éprouverait, dans son corps, dans son âme, elle le ressentirait.

Entre ses mains, la roue du gouvernail trépida et, sous la brise fraîchissante, le navire se mit à donner de la bande. « Tout ceci », songeait-elle, « enrichit notre sentiment, ajoute à la beauté de vivre : la force contenue dans la coque de ce bateau, la splendeur des voiles, les flots houleux, la saveur marine, le frôlement du vent sur nos visages, même les simples plaisirs comme de manger, boire, dormir; tout cela, nous le partageons avec joie, le comprenant de même, à cause du bonheur que nous trouvons l'un dans l'autre. »

Il ouvrit les yeux, la regarda et, retirant sa pipe, en secoua les cendres que le vent emporta. Puis, s'étant levé, il s'étira, bâilla, avec une paisible, une heureuse nonchalance et, la rejoignant, posa ses mains sur les siennes, toujours fixées à la roue; et ils restèrent ainsi, à contempler le ciel, la mer, les voiles, sans parler.

La côte de Cornouailles apparut, bande étroite posée au loin sur l'horizon; les premières mouettes arrivèrent, tournoyant et criant au-dessus des mâts. Bientôt, ils le savaient, le parfum de la terre leur parviendrait des lointaines collines, le soleil perdrait de sa force. Un peu plus tard, le large estuaire de l'Helford s'ouvrirait devant eux, ses eaux teintées d'or et de pourpre, sous les rayons du couchant. Les grèves seraient chaudes de la longue caresse du jour, et la rivière, limpide, envahie par la marée. Des sanderlings passeraient, effleurant les roches, debout sur une patte, au bord des mares, des huîtriers rêveraient et, en amont, aux abords de la crique, ils retrouveraient le héron solitaire, immobile, comme endormi qui, à leur approche, s'envolerait à grands coups d'ailes silencieux pour aller planer au-dessus des hautes frondaisons.

Après la mobilité des vagues et l'éclatant soleil marin, la crique leur semblerait singulièrement tranquille, silencieuse, et la fraîcheur des arbres, dont la masse descendait jusqu'à l'eau, leur serait accueillante et douce. Comme il l'avait dit, l'engoulevent lancerait son appel, les poissons feraient de brusques sauts hors de l'eau; tous les parfums, tous les sons de la mi-été viendraient à eux, tandis qu'ils marcheraient dans le demi-jour des ombrages, parmi les jeunes fougères et la mousse.

— Construirons-nous un feu et préparerons-nous notre souper au bord de l'eau? dit-il, lisant sa pensée.

— Oui, répondit-elle. Sur le quai; comme la dernière fois. Et, s'appuyant à lui, le regard tourné vers la côte qui, lentement, se rapprochait, elle évoqua leur premier repas dans la crique, la légère timidité, la contrainte, qui les retenaient alors et qui, jamais plus, ne pourraient exister entre eux, car l'amour partagé, reconnu, vécu — toute joie intensifiée et toute fièvre apaisée — est la chose la plus simple au monde.

Comme ce premier soir, déjà si lointain semblait-il, où Dona, debout sur le promontoire, le cœur ému d'un étrange pressentiment le suivait du regard, le navire, une fois de plus, glissait silencieusement vers la côte.

Le soleil se coucha; par bandes, les mouettes arrivèrent, tandis que la marée et la brise du soir entraînaient doucement le bateau le long du chenal de l'estuaire. Bien qu'ils n'eussent fait qu'une courte absence, les frondaisons avaient pris une teinte plus profonde, le vert des collines semblait plus riche, plus intense et, dans l'air, comme une caresse, flottait le tranquille et chaud parfum de la mi-été. Tandis que *La Mouette*, emportée par le courant, s'engageait dans la crique, un courlis s'envola en sifflant et partit à tire-d'aile vers l'amont de la rivière. Cependant, à mesure qu'elle avançait à l'intérieur des terres, le vent faiblissant, elle perdait de la vitesse. Aussi, comme les premières ombres s'étendaient sur l'eau, les chaloupes furent-elles descendues, pour la haler jusqu'à son mouillage.

Dans l'eau profonde, à l'abri des arbres, l'ancre s'enfonça avec un bruit sourd et lentement, le bateau oscilla, sous les dernières poussées de la marée. Tels deux barques blanches, naviguant côte à côte, venant de nulle part, un cygne et sa compagne, apparurent, suivis de trois petits, au tendre duvet brun. Ils s'éloignèrent en amont de la crique, laissant derrière eux, un long sillage d'argent.

Tout fut arrangé pour la nuit. Bientôt, sur les ponts déserts, arriva des cuisines le fumet du repas, mêlé aux rires et aux voix des hommes rassemblés sur le gaillard d'avant. Sortant de sa cabine, le capitaine appela Dona, appuyée à la lisse de la dunette, en train de contempler la première étoile, scintillant au-dessus des sombres frondaisons. Ensemble, ils descendirent dans le canot amarré au bas de l'échelle de bord et remontèrent la crique, dans la direction prise par les cygnes. Pétillantes, claires, les flammes de leur feu ne tardèrent pas à s'élever sur la grève.

Cette nuit-là, ils firent griller du pain et de fines tranches de lard croustillant, qui se brisaient entre leurs doigts, et qu'ils dégustèrent avec du café amer et fort, confectionné dans une casserole sur le brasier. Puis, il bourra sa pipe et Dona s'appuya à ses genoux, les mains derrière la tête.

— Si nous le voulions, nous pourrions continuer ainsi pour toujours, dit-elle, le regard fixé sur le feu. Demain, après-demain, tous les jours de l'année. Non seulement ici, mais dans d'autres pays, sur tous les rivages que nous choisirions.

— Oui, répondit-il. Si nous le voulions. Mais, Dona St. Columb n'est pas Dona le mousse; sa vie évolue dans un autre monde. Ainsi, en ce moment, sa fièvre dissipée, elle est en train de se réveiller, dans sa chambre de Navron, et c'est à peine si elle se souvient du rêve qu'elle vient de vivre. Elle se lève, s'habille, prête à s'occuper de sa maison, de ses enfants.

— Non, dit-elle. Elle n'est pas réveillée. Sa fièvre dure encore; dans ses rêves, elle goûte une beauté que, de sa vie, elle n'avait imaginée.

— Oui, peut-être rêve-t-elle encore, dit-il. Mais, demain matin, elle se réveillera.

— Non, dit-elle. Non, non. Toujours comme maintenant; toujours le feu, la nuit, l'ombre, le souper préparé par nous, et votre main, là, contre mon cœur.

— Vous oubliez, dit-il, que les femmes sont plus primitives que les hommes. Pendant un temps, elles peuvent vagabonder, jouer avec l'amour, avec l'aventure. Mais, comme les oiseaux, un instinct impérieux les force, un jour, à construire un nid douillet et sûr, pour y avoir leurs petits.

— Les petits grandissent et s'envolent, dit-elle. Et les parents oiseaux, de nouveau libres, s'en vont de leur côté.

Il se mit à rire, tandis que, pensive, elle contemplait les flammes.

— Que vous répondre, Dona? dit-il. Si, maintenant je partais sur *La Mouette*, pour ne revenir que dans vingt ans, au lieu de mon mousse, ne retrouverais-je pas une femme placide, confortable, ayant depuis longtemps oublié ses rêves? Et moi-même, ne serais-je pas un vieux loup de mer, au visage tanné, barbu, aux jointures ankylosées, ayant perdu, au cours des années, mon goût pour la piraterie?

— Quel triste tableau mon Français brosse de l'avenir! dit-elle.

— Votre Français est un réaliste, répondit-il.

— Si je partais maintenant avec vous et ne revenais jamais à Navron?

— Qui sait? Peut-être auriez-vous des regrets, des désillusions.

— Pas avec vous, dit-elle. Jamais, avec vous.

— Alors, pas de regrets, mais probablement, un nouveau nid, une nouvelle nichée, et moi, repartant seul sur mer, et vous privée de l'aventure. Vous voyez, ma Dona, il n'y a point d'évasion pour la femme. Un jour, une nuit, peut-être; c'est tout.

— Vous avez raison, dit-elle. C'est pourquoi, si je repars avec vous, je ne serai que le mousse. Une fois pour toutes, j'adopterai les hauts-de-chausses de Pierre Blanc. Il n'y aura donc pas de complications de sentiments entre nous; nos cœurs, nos esprits seront à l'aise, et vous pourrez, sans arrière-pensée, vous emparer de navires, opérer des débarquements. Pendant ce temps, moi, l'humble mousse, je préparerai votre souper dans votre cabine. Je ne vous poserai aucune question, ne vous ferai pas la conversation.

— Combien de temps, croyez-vous, supporterions-nous ce régime, vous et moi?

— Aussi longtemps qu'il nous plaira.

— Vous voulez dire, qu'il me plaira. C'est-à-dire, ni une nuit, ni même une heure, et certainement pas cette nuit-ci, ni cette heure-ci, ma Dona.

Le feu baissait et, peu à peu, s'éteignit.

— Savez-vous quel jour nous sommes? dit-elle, un moment plus tard.

— Oui, c'est la Saint-Jean, la mi-été, le jour le plus long de l'année, répondit-il.

— C'est pourquoi, au lieu de remonter sur le bateau, nous devrions passer la nuit ici, reprit-elle. Elle est unique; plus jamais, il n'y en aura de semblable, du moins pour nous, ici, comme nous sommes, dans cette crique.

— Je le sais, dit-il. Aussi, ai-je apporté des couvertures dans le canot, et un oreiller pour votre tête. Ne les avez-vous donc pas vus?

Elle tourna son regard vers lui, mais le feu était éteint; elle ne put distinguer son visage. Sans un mot, il se leva, descendit au bateau, d'où il rapporta couvertures et oreiller qu'il disposa sous les arbres, tout près de l'eau. La marée commençait à baisser, laissant à sec les bancs de boue. Par intermittence, une brise légère frissonnait dans les hautes frondaisons. Les engoulevents s'étaient tus, les oiseaux de mer dormaient. La nuit était sans lune, le ciel obscur; tout près d'eux clapotaient les eaux noires de la crique.

— Demain, à l'aube, avant votre réveil, j'irai à Navron, dit-elle.

— Oui, dit-il.

— Je verrai William. Si les enfants vont bien et s'il n'est pas nécessaire que je reste, je reviendrai ici.

— Et alors?

— Alors, je ne sais; c'est à vous de décider. Il est dangereux de faire des projets; ils risquent de ne pas se réaliser.

— Nous nous bornerons donc à imaginer que vous reviendrez déjeuner avec moi, dit-il. Après quoi, nous descendrons la rivière en canot, et vous pêcherez; avec plus de succès que la dernière fois, j'espère.

— Attraperons-nous beaucoup de poissons?

— Nous verrons ça, le moment venu.

— Quand nous aurons assez pêché, reprit-elle, nous nagerons, à midi, quand le soleil est le plus chaud sur l'eau. Puis, nous mangerons; ensuite, nous dormirons, étendus sur le dos, tout près de l'eau. Avec le retour de la marée, le héron viendra chercher sa nourriture et vous pourrez le dessiner.

— Non, ce n'est pas lui que je dessinerai, dit-il. Il est temps que je refasse le portrait du mousse de *La Mouette*.

— Ainsi passera la journée; puis, une autre, et une autre encore, dit-elle. Il n'y aura ni passé, ni avenir; seulement le présent.

— Mais, aujourd'hui, c'est la mi-été, dit-il. Le jour le plus long de l'année. L'avez-vous oublié?

— Non, répondit-elle. Je ne l'ai pas oublié.

« Quelque part, à Londres, dans un grand lit à baldaquin, une Dona solitaire se tourmente », songea-t-elle encore, avant de s'endormir. « Elle ne connaît ni cette nuit au bord de la crique, ni *La Mouette* à l'ancre, là-bas, dans l'anse, ni la sensation de son dos, ici, tout près, contre le mien. Cette Dona-là appartient au passé; tout ceci lui est étranger. Quelque part aussi, il y a la Dona de demain, la Dona de l'avenir, celle qui sera dans dix ans, pour laquelle tout ceci ne sera plus qu'un souvenir à conserver, à chérir. Alors, sans doute, beaucoup de détails seront oubliés : le bruissement de la marée sur les bancs de boue, l'obscurité du ciel, l'eau noire, le frisson des arbres sous la brise, l'ombre dont ils nous enveloppent, l'odeur des jeunes fougères, de la mousse. Nos paroles, aussi, seront oubliées, et l'attouchement de nos mains, et la douce chaleur, et la beauté de cet instant; mais, jamais, la paix que l'un par l'autre nous avons connue, ni cette tranquillité, ni ce silence. »

Lorsqu'elle se réveilla, une clarté grise nimbait les

arbres; les deux cygnes remontaient la crique, tels les spectres du matin. Sur le foyer, les cendres étaient blanches comme de la poussière. Elle le regarda, sommeillant à son côté, et se demanda pourquoi les hommes ont l'air d'enfants lorsqu'ils dorment. Les traits adoucis, toute connaissance abolie, ils semblent redevenus les petits garçons de leurs premières années. Frissonnante dans la fraîcheur de l'aube, elle rejeta les couvertures, posa ses pieds nus sur les cendres du feu et, debout, regarda les cygnes disparaître dans la brume.

Puis, prenant son manteau, elle s'en enveloppa et quitta la grève, pour gagner, sous les arbres, l'étroit et tortueux sentier conduisant à Navron.

Tout en marchant, elle s'efforçait de renouer les fils de sa vie habituelle. Elle évoquait les enfants : James, dans son berceau, le visage tout rose, ses petits poings serrés; Henrietta, comme toujours, à plat ventre dans son lit, ses boucles blondes éparpillées sur l'oreiller; Prue, la bouche ouverte, dormant à côté d'eux; cependant que William, le fidèle William, veillait sur la demeure et mentait, pour l'amour d'elle et de son maître.

Bientôt, la brume allait se dissiper, le soleil se lever, là-bas, derrière les arbres au-delà de la rivière. Déjà, comme elle sortait du bois et débouchait sur la pelouse, les premières lueurs du matin caressaient Navron. Un instant, elle s'arrêta et contempla la demeure silencieuse, endormie derrière ses volets clos. Puis, à pas furtifs, elle traversa les gazons argentés de rosee et se dirigea vers la porte d'entrée. Elle la trouva fermée, comme elle s'y attendait. Passant par la cour, elle se rendit sous la fenêtre de William, se disant que, sans doute, il l'entendrait. La croisée était ouverte, et aussi ses rideaux. « William! » appela-t-elle doucement. « William, êtes-vous là? »

Comme il ne répondait pas, elle ramassa un petit caillou et le lança contre la vitre. L'instant d'après, blême, hagard, l'air de quelqu'un qui n'a pas dormi, le visage de William apparut. Une seconde, il la dévisagea, comme s'il croyait voir un fantôme puis, mettant un doigt sur ses lèvres, il disparut. Le cœur soudain rempli d'angoisse, elle retourna vers la porte et attendit. « James est malade! » songea-t-elle. « James est mort! Il va m'annoncer que James est mort! » A ce moment, elle l'entendit tirer avec précaution les verrous, et le battant s'entrouvrit, juste assez pour la laisser passer.

— Qu'y a-t-il? demanda-t-elle, posant la main sur le bras de William. Les enfants sont-ils malades?

Il secoua négativement la tête puis, s'étant retourné pour jeter un regard vers l'escalier, il lui fit signe de ne plus parler.

Alors, étant entrée, Dona comprit, et son cœur se mit à battre avec violence : sur une chaise, jetés pêle-mêle, dans le désordre habituel aux arrivées, elle venait d'apercevoir un manteau de voyage, une cravache et, par terre, sur les dalles, un chapeau, une seconde cravache et une couverture de voyage.

— Sir Harry est arrivé à cheval de Londres, hier à la fin de l'après-midi, Milady, chuchota William. Lord Rockingham l'accompagne.

Elle ne répondit pas. Et, tandis que, bouleversée, elle continuait à fixer le grand manteau étalé sur la chaise, là-haut, à l'étage supérieur, l'aigre jappement d'un épagneul retentit.

CHAPITRE XVI

Ses petits yeux luisant dans son visage blême, de nouveau William lança un regard vers l'escalier, mais, secouant silencieusement la tête, Dona traversa le vestibule sur la pointe des pieds, et entra au salon. William la suivit, alluma deux chandelles, puis attendit qu'elle parlât.

— Pourquoi sont-ils venus? Quelle raison ont-ils donnée? demanda-t-elle.

— D'après leur conversation, hier soir, à souper, j'ai cru comprendre que sir Harry commençait à s'ennuyer à Londres sans vous, Milady, et qu'un mot de lord Rockingham l'a décidé, répondit William. Sa Seigneurie, paraît-il, a rencontré un parent de lord Godolphin, à Whitehall, qui lui a dit que la présence de sir Harry était désirable d'urgence en Cornouailles.

— Cela va sans dire, murmura Dona, comme se parlant à elle-même. C'est Rockingham qui l'a poussé. Harry est bien trop indolent pour avoir pris cette décision tout seul.

Immobile, une chandelle à la main, William l'écoutait.

— Et qu'avez-vous dit à sir Harry? reprit-elle. Comment l'avez-vous empêché d'entrer dans ma chambre?

Pour la première fois, un vague sourire apparut sur le visage de William, et il regarda sa maîtresse d'un air entendu. « Sir Harry aurait dû passer sur mon corps, avant d'entrer chez vous, Milady, dit-il. Dès que ces messieurs sont arrivés, je leur ai expliqué qu'une forte fièvre vous tenait alitée depuis plusieurs jours; qu'enfin, vous veniez de vous endormir, qu'il serait donc extrêmement préjudiciable à votre santé de vous réveiller, le plus parfait repos vous étant indispensable. »

— Et il a cru votre histoire?

— Comme un agneau. Après avoir proféré quelques jurons, il m'a vertement reproché de ne pas l'avoir fait appeler, mais je lui ai expliqué que je m'étais strictement conformé aux ordres de Votre Seigneurie, qui étaient de ne rien lui dire. Sur ces entrefaites, miss Henrietta et master James sont arrivés en courant et lui ont fait le même récit, confirmé par Prue, fort offusquée que Votre Seigneurie eût refusé ses soins. De sorte qu'après avoir joué un moment avec eux, soupé, et fait un tour au jardin, sir Harry et lord Rockingham se sont retirés. Sir Harry est dans la chambre bleue, Milady.

Dona lui adressa un sourire et posa la main sur son bras.

— Merci, William, dit-elle. Je savais que je pouvais compter sur vous. Mais, après ça, je suppose, vous n'avez pas fermé l'œil de la nuit, vous tourmentant et vous demandant ce qui allait arriver? Et si je n'étais pas revenue?

— Sans doute aurais-je trouvé une solution, Milady. Mais, le problème n'était pas facile.

— Qu'a dit lord Rockingham?

— Il a paru désappointé que Votre Seigneurie ne fût pas là pour les recevoir, mais il n'a pas dit grand-chose. Pourtant, lorsque Prue a raconté à sir Harry que j'étais seul à vous soigner, Milady, j'ai remarqué qu'il me considérait avec une certaine curiosité; comme avec de nouveaux yeux, si je puis m'exprimer ainsi.

— Cela ne m'étonne pas, William; c'est bien son genre d'esprit. Il faut se méfier de lui; il a le nez long, et le fourre volontiers partout.

— Oui, Milady.

— William, j'ai eu tort de faire des projets. Je pensais déjeuner ce matin avec votre maître, aller à la pêche avec lui, puis nager, et préparer notre souper sous les étoiles, comme nous l'avons fait hier soir. Il faut renoncer à tout ça, maintenant.

— Pas pour longtemps, Milady.

— Qu'en savons-nous! La première chose à faire, c'est d'avertir *La Mouette*. Il faut qu'elle quitte la crique à la prochaine marée.

— Ne serait-il pas plus prudent qu'elle attendît la tombée de la nuit, Milady?

— Ma foi, ce sera votre maître qui décidera... Oh, William!

— Milady?

Elle eut un haussement d'épaules, et secoua la tête; mais, dans son regard, il lut le secret de son cœur et, s'approchant d'elle, sa drôle de petite bouche soudain toute tordue, il lui tapota doucement l'épaule comme il eût fait à Henrietta. « Je sais, Milady », dit-il. « Je sais. Mais, tout finira bien. Vous vous retrouverez. » Alors — était-ce la déception du retour, la fatigue, ou parce que, comique et bon, il lui tapotait l'épaule? — elle sentit les larmes monter à ses yeux et, sans qu'elle pût les retenir, couler sur son visage. « Je vous demande pardon, William, dit-elle.

— Milady.

— Je suis vraiment très sotte de me laisser aller ainsi. Sans doute, est-ce parce que j'ai été si heureuse.

— C'est certain, Milady.

— Si vous saviez comme nous avons été heureux, William... avec ce soleil, ce vent, cette mer; toute cette beauté.

— Oui, Milady, je puis imaginer.

— Pareil bonheur n'arrive pas souvent, n'est-ce pas?

— Une fois dans un million d'années, Milady.

— Aussi ne dois-je plus pleurer comme un enfant gâté. Quoi qu'il arrive, personne ne pourra nous prendre ce que nous avons eu. Pour la première fois dans ma vie, William, j'ai réellement vécu... Maintenant, je vais monter dans ma chambre et me coucher. Dans la matinée, vous m'apporterez mon déjeuner et, quand je me sentirai prête pour cette épreuve, je recevrai sir Harry et lui demanderai combien de temps il compte rester ici.

— Très bien, Milady.

— Quant à vous, arrangez-vous à avertir votre maître.

— Oui, Milady. »

Et, comme le jour commençait à filtrer entre les fentes des volets, ils quittèrent le salon. Ses souliers à la main, son manteau sur les épaules, Dona gravit à pas de loup l'escalier. N'y avait-il vraiment que cinq jours qu'elle l'avait descendu? Il lui semblait qu'une année, qu'une vie entière, s'étaient écoulées depuis. Un instant, elle s'arrêta derrière la porte de Harry, l'oreille tendue, et reconnut les ronflements rauques des deux épagneuls, la lente et lourde respiration de son époux. « Comme ces bruits m'irritaient, autrefois », songea-t-elle. « Ils faisaient partie de cette insupportable ambiance qui m'incitait aux pires extravagances. Maintenant, ils n'ont plus de pouvoir sur moi; mon monde est ailleurs; je leur ai échappé! »

Elle entra dans sa chambre et en ferma la porte. La fenêtre était ouverte, il y faisait frais et le doux parfum d'un bouquet de muguet, posé par William près de son lit, y régnait. S'étant déshabillée, elle se coucha, et les mains sur les yeux, se mit à songer. « Il est maintenant en train de se réveiller, là-bas au bord de la crique. Il tâte à côté de lui, s'aperçoit que je ne suis plus là. Alors, il se rappelle, se met à sourire. Puis il s'étire, bâille, regarde le soleil qui filtre à travers les arbres. Il va bientôt se lever; il humera l'air, comme je l'ai vu faire, en sifflotant et se grattant l'oreille. Puis il sautera à l'eau et nagera jusqu'au bateau. Il appellera les hommes, occupés à laver les ponts de *La Mouette;* l'un d'eux lui lancera l'échelle de corde, pour qu'il puisse monter à bord. Il enverra Pierre Blanc chercher le canot et les couvertures, puis se rendra dans sa cabine et, tout en se frictionnant avec une serviette, regardera par le sabord, comme il a l'habitude de le faire. Un peu plus tard, on lui apportera son déjeuner et, pendant un moment, il m'attendra. Mais, comme il aura faim, il finira par manger sans moi. Ensuite, il montera sur le pont, me cherchera des yeux, entre les arbres, sur le sentier. »

Puis, il bourrerait sa pipe, s'accouderait au bastingage, contemplerait le paysage. Peut-être, les deux cygnes repasseraient-ils sur l'eau. Il leur lancerait du pain, insouciant, heureux, rempli d'une douce langueur par son bain. Il penserait à la journée en perspective, à leur partie de pêche, au soleil brûlant, à la mer. Elle savait exactement comme il la regarderait si, descendant entre les arbres, elle apparaissait soudain sur la rive; comment il sourirait, sans rien dire, sans quitter le bastingage, et continuerait à donner du pain aux cygnes, comme s'il ne la voyait pas.

« Tout cela est fini », songea Dona. « A quoi bon l'évoquer? Jamais ce temps ne reviendra. Il faut que *La Mouette* parte, avant qu'on ne la découvre. Et me voici ici, dans mon lit, à Navron; et il est là-bas, dans la crique. Qui sait, si nous nous reverrons? Ce que je suis en train de vivre, c'est l'enfer, l'enfer qui vient avec l'amour, et la damnation. Après la beauté et le ravissement, l'intolérable souffrance, l'atroce déchirement de la séparation. » Et, tandis qu'étendue, les bras croisés devant les yeux, elle s'affligeait, sans pouvoir dormir, le soleil se leva et inonda la pièce.

Vers neuf heures, William lui apporta son déjeuner. « Êtes-vous un peu reposée, Milady? dit-il, en posant le plateau sur la table près du lit.

— Oui, William, répondit-elle, en détachant un grain à une grappe de raisin.

— Ces messieurs sont en bas, en train de déjeuner, Milady, dit-il. Sir Harry m'a demandé de m'informer si vous étiez assez bien pour le recevoir.

— Il faut que je m'y résigne, William.

— Si je puis me permettre une remarque, Milady, il serait prudent de tirer un peu les rideaux, de façon à ce que sir Harry ne voie pas que vous avez si bonne mine; il pourrait s'en étonner.

— Ai-je donc bonne mine, William?

— Étonnamment.

— Pourtant, j'ai un mal de tête fou.

— Peut-être y a-t-il une raison pour cela.

— Mes yeux sont cernés, et je me sens infiniment lasse.

— Je ne saurais m'en étonner.

— William, par prudence, allez-vous-en, avant que je ne vous lance quelque objet à la tête!

— Je me retire, Milady. »

Il sortit et, doucement, referma la porte sur lui. Dona se leva, fit sa toilette, se coiffa, puis, ayant tiré les rideaux comme il le lui avait conseillé, se remit au lit. Elle s'y trouvait à peine, quand elle entendit les chiens aboyer dans le corridor et gratter derrière sa porte, suivis du pas pesant de Harry. L'instant d'après, il entra, tandis que, frétillants, jappant, Duc et Duchesse sautaient sur son lit.

— Ici, Duc! Ici, Duchesse! Descendez vite, petits démons! Ne voyez-vous pas que votre maîtresse est malade! Allez coucher! Allez! cria Harry, faisant à lui seul plus de tapage que les deux chiens réunis.

Puis, pesamment, il s'assit sur le bord du lit et, de son mouchoir parfumé, effaça la trace de leurs pattes.

« Quelle sacrée chaleur, ce matin! dit-il. Ma chemise est déjà trempée, et il n'est pas dix heures! Vous sentez-vous mieux? Où diable avez-vous attrapé cette fièvre? Alors, on ne s'embrasse pas? » Parfumé à outrance, grattant de sa perruque bouclée le menton de Dona, il se pencha vers elle et lui tapota gauchement la joue. « Malgré la pénombre, vous n'avez pas l'air si mal, poursuivit-il. A entendre ce valet je croyais presque vous trouver à l'article de la mort. Est-il au moins bon domestique? Vous n'avez qu'un mot à dire, vous savez, et je le congédierai.

— William est le meilleur valet que j'aie jamais eu, dit-elle. C'est une perle.

— Tant mieux. L'essentiel, c'est qu'il vous convienne. Alors, vous avez été malade? Aussi pourquoi quitter Londres? Vous vous y portez toujours à ravir. Sans vous, pourtant, c'était diablement ennuyeux; rien d'intéressant, pas un spectacle convenable. L'autre nuit, au piquet, j'ai perdu une vraie fortune. A propos, le Roi a une nouvelle maîtresse, dit-on, une actrice. Je ne l'ai pas encore vue. Rockingham est ici, vous savez? En fait, c'est lui qui m'a décidé à venir. « Nom de Dieu, m'a-t-il dit, si nous allions à Navron, voir ce que fait Dona! » Il est tout excité à l'idée de vous revoir. Quelle sacrée déveine vraiment de vous trouver malade, au lit!

— Je me sens beaucoup mieux, Harry. Ce n'était qu'un malaise passager.

— Ma foi, j'aime autant ça! Du reste, comme je vous le disais, vous n'avez pas l'air mal du tout. Vous avez bruni, n'est-ce pas? Vous avez un vrai teint de bohémienne.

— Sans doute est-ce ma fièvre.

— Que je sois damné, si vos yeux ne sont pas plus grands qu'avant!

— C'est ma maladie qui a fait ça, Harry.

— Drôle de maladie, vraiment! Probablement est-ce une affaire de climat. N'aimeriez-vous pas avoir un moment les chiens sur votre lit?

— Non, merci. Je préfère pas.

— Ici, Duc! Viens vite donner un petit baiser à ta maîtresse. Toi aussi, Duchesse! Mais, pas rester sur le lit! Regardez, Dona, Duchesse a un bobo sur le dos; cette vilaine s'est grattée jusqu'au sang. Que faut-il lui mettre? J'ai essayé de la pommade; ça ne lui a fait aucun bien. Ah, au fait, j'ai oublié de vous dire que j'ai acheté un nouveau cheval; une jument alezane; vous la verrez, elle est en bas, à l'écurie; un tempérament du diable; avec ça, beaucoup de fond. Rockingham m'en a offert mille guinées; je lui ai répondu : « Quand vous serez à cinq mille, peut-être que j'y réfléchirai! » Mais, il n'a pas voulu marcher. A propos, est-il vrai que le comté soit infesté de pirates? Que le vol, le rapt, la violence ravagent le pays?

— D'où tenez-vous ça?

— C'est Rockingham qui me l'a rapporté. Il le tenait d'un cousin de George Godolphin, qu'il venait de rencontrer. Au fait, comment va Godolphin?

— D'humeur plutôt massacrante, la dernière fois que je l'ai vu.

— Ça ne m'étonne pas! Voilà une ou deux semaines qu'il m'a écrit, et j'ai oublié de lui répondre. Son beau-frère, Philip Rasleigh, vient de perdre un navire, je crois? Le connaissez-vous?

— Il ne m'a pas été présenté.

— Eh bien, vous allez faire sa connaissance. Nous l'avons rencontré hier, à Helston, et je l'ai invité à venir ici. Il était avec Eustick; tous deux étaient d'une humeur de chien. Il paraît que ce diable de Français a fait sortir, à sa barbe, son navire de la rade de Fowey. Godolphin a assisté à la chose. Quelle sacrée impudence, pourtant! Sans doute, l'a-t-il emmené sur la côte française; et pas un bateau ne l'a poursuivi! Dieu sait ce qu'il valait! Il arrivait des Indes!

— Pourquoi avez-vous invité Philip Rasleigh?

— Ma foi, à vrai dire, c'est Rockingham qui a eu l'idée. « Si nous prenions part au jeu? » m'a-t-il dit. « Dans ce coin de pays, vous faites autorité. Ce sera peut-être du bon sport. » « Du sport! » s'est écrié Rasleigh. « Vous n'appelleriez plus ça du sport si, comme à moi, on venait de vous voler une fortune! » « Vous dormez tous, ici », a répondu Rockingham. « Vous allez voir, nous allons attraper votre individu, et alors, vous aurez vraiment du sport, je vous le garantis! » Je l'ai donc convoqué ici, avec Godolphin et quelques autres, pour tenir conseil et dresser nos plans. Quand nous aurons mis la main sur ce sacré Français, nous le pendrons quelque part, et vous vous amuserez.

— Vous pensez donc réussir, Harry, quand tous les autres ont échoué?

— Ma foi, je m'en remets à Rockingham; il aura certainement une idée; il a assez d'esprit pour ça. C'est exactement l'homme à mener cette affaire. Quant à moi, Dieu merci, j'en serais bien incapable. Mais, dites donc, Dona, quand comptez-vous vous lever?

— Dès que vous aurez quitté ma chambre.

— Toujours distante? Toujours renfermée? Piètre plaisir vraiment que je goûte avec ma femme! Qu'en penses-tu, Duc? Va, cherche la pantoufle, cherche! » Et, lançant la chaussure de Dona à l'autre bout de la pièce, il excita les chiens à la rapporter. Se bousculant, jappant, ils s'élancèrent à la poursuite du soulier et sautèrent sur le lit en le rapportant.

— Allons, les chiens, retirons-nous, maintenant, dit Harry en se levant. Vous voyez bien que notre présence importune! Je vais annoncer à Rockingham que vous vous levez; il sera dans le ravissement. Voulez-vous que je vous envoie les enfants?

Chantant à tue-tête, les chiens aboyant sur ses talons, il quitta la chambre avec fracas.

« Philip Rasleigh était donc hier à Helston, songea Dona. Eustick était avec lui. Quant à Godolphin sans doute est-il de retour. » Elle repensa au visage de Rasleigh quand, du bateau, elle l'avait vu, ponceau de rage et d'impuissance, en train de crier : « Il y a une femme à bord! Regardez donc! » Échevelée, ayant perdu l'écharpe qui retenait ses boucles, elle s'était moquée de lui, l'avait nargué. Mais non, il ne pourrait la reconnaître; c'était impossible. N'était-elle pas habillée en garçon, les cheveux et la figure trempés par la pluie?

Préoccupée par les nouvelles que venait de lui donner Harry, elle sortit du lit et s'habilla. La pensée de la présence de Rockingham à Navron, méditant un mauvais coup contre le Français, ne cessait de l'irriter, car Rockingham n'était pas un sot. De plus, il appartenait à Londres, à ses rues pavées, ses tripots, cette atmosphère suffocante, trop parfumée de Saint-James, et son arrivée à Navron, — son Navron — semblait une insupportable intrusion. Déjà, il en avait détruit la paix, troublé la sérénité. Sous sa fenêtre, au jardin, elle entendait sa voix, en train de rire avec Harry, de jouer avec les chiens. Oui, tout était fini; plus d'évasion possible. *La Mouette* n'aurait-elle pas mieux fait de ne jamais revenir? Elle aurait pu rester là-bas, tranquille, calme, sur les côtes de France, tandis que son équipage conduisait le *Merry Fortune* au port. Blanches et paisibles plages caressées par les vagues, mer verte, eau froide, transparente sur son corps nu, puis, après le bain, pont sec, chaud, sous son dos, tandis que vers le ciel, se dressaient les mâts effilés et hardis de *La Mouette*.

A ce moment, des coups furent frappés à la porte et les enfants — Henrietta tenant la poupée que lui avait donnée Harry, et James suçant un lapin de feutre, — se précipitèrent vers elle, avec de petites mains chaudes, et la couvrirent de baisers, tandis que Prue, à respectueuse distance, lui faisait une révérence et s'informait de sa santé. « Quelque part », songea Dona, « il existe une femme, indifférente à ces choses et qui, couchée sur le pont d'un navire, rit avec son amant. Un goût de sel imprègne ses lèvres; autour d'elle, il n'y a que l'éclat du soleil et la mer. »

— Ma poupée est plus jolie que le lapin de James, dit Henrietta.

James, en train de sautiller sur les genoux de Dona, sa joue potelée pressée contre celle de sa mère, arracha le lapin de sa bouche et, le lançant à la tête de Henrietta, s'écria : « Non, non, mon lapin plus joli! »

Des larmes, des réprimandes, une réconciliation, de nouveaux baisers s'ensuivirent; puis une distribution de chocolat, des éclats de rire, un joyeux babillage; et, le navire, la mer, s'évanouirent. Un moment plus tard, lady St. Columb de Navron, les cheveux relevés très haut sur le front, vêtue d'une robe d'un bleu tendre, descendit l'escalier, un enfant à chaque main et sortit au jardin.

— Alors, vous avez eu un accès de fièvre, Dona? dit Rockingham, s'avançant à sa rencontre et lui baisant la main. Puis, reculant d'un pas, il l'examina et ajouta : « Ma foi, c'est une fièvre fort seyante que vous avez eue là.

— C'est aussi mon avis, remarqua Harry. Je viens de lui dire qu'elle a un vrai teint de bohémienne. »

Soulevant les enfants, il les posa sur ses épaules, et ce furent des rires, des cris de joie, auxquels se mêlèrent les jappements et les aboiements des deux chiens. Dona alla s'asseoir sur le banc de la terrasse; Rockingham la suivit.

— Vous n'avez pas l'air enchantée de me voir, dit-il, debout devant elle, jouant avec la dentelle de ses manchettes.

— Pourquoi le serais-je?

— Qu'un chalutier du Mont-Saint-Michel avait aperçu, hier, à l'aube, un voilier cinglant vers les côtes anglaises.

— C'est mince comme renseignement. Probablement quelque marchand, rentrant de l'étranger.

— Le pêcheur prétendait que non.

— Comment savoir où il abordera? La côte est longue du cap Land's End à l'île de Wight. Impossible de surveiller tout ça.

— D'après Rasleigh, le Français ne semble s'intéresser qu'à cette côte-ci. Il prétend même que son bateau s'est aventuré jusque dans l'Helford.

— Je l'aurais pourtant vu; à moins qu'il n'ait passé de nuit, quand je dormais.

— C'est possible. En tout cas, il ne recommencera plus souvent. Ça va être fort amusant d'arrêter ses menées. La côte semble très découpée par ici; elle doit être pleine de criques et d'anses secrètes.

— C'est probable; Harry vous renseignerait mieux que moi.

— La contrée, alentour, semble assez déserte. Au fond, si j'ai bien compris, Navron est la seule grande habitation de la région?

— Oui, je crois.

— Quel lieu de rêve pour un pirate! Réellement, cela me donne envie de me faire bandit. Si, pardessus le marché, je savais la maison sans protection masculine et la dame du manoir aussi belle que vous, Dona...

— Eh bien?

— Si j'étais pirate, sachant toutes ces choses, je le répète, je serais fort tenté de revenir sans cesse sur ces rives.

Jetant au loin la fleur mutilée, Dona, de nouveau, bâilla.

— Oui, si vous étiez pirate, mon cher Rockingham! Mais vous n'êtes qu'un membre très décadent de l'aristocratie, trop gâté, trop élégant, trop épris de femmes et de boisson. Si nous parlions d'autre chose; ce sujet m'ennuie.

Se levant, elle se dirigea avec nonchalance vers la maison.

— Il fut un temps, dit Rockingham, l'accompagnant, où ni ma présence ni ma conversation ne semblaient à ce point vous ennuyer.

— Vous vous flattez.

— Vous souvenez-vous d'un certain soir à Vauxhall? reprit-il d'un ton détaché.

— Je me rappelle de nombreuses soirées à Vauxhall, répondit-elle, l'une d'elles en particulier. Je venais de boire deux verres de vin et tombais littéralement de sommeil, quand vous avez eu l'audace de m'embrasser. Trop lasse, je n'ai pas protesté mais, depuis lors, vous m'inspirez autant d'aversion que j'éprouve de dégoût pour moi-même.

Comme ils s'arrêtaient devant la haute porte-fenêtre, le visage empourpré, il la dévisagea.

— Charmant accueil, vraiment! dit-il. L'air de Cornouailles semble vous avoir remplie de venin; à moins que ce ne soit votre accès de fièvre!

— C'est possible.

— Traitez-vous avec aussi peu d'aménité le curieux domestique qui vous a soignée?

— Vous pourriez le lui demander.

— Je le ferai, peut-être. En tout cas, si j'étais Harry, je lui poserais une ou deux questions, d'ordre très personnel.

— Que se passe-t-il? De quoi s'agit-il? demanda Harry en les rejoignant. Puis, s'étant laissé tomber dans un des fauteuils du salon, il s'épongea le front avec un mouchoir de dentelle, et ajouta : « Qu'avez-vous à discuter ainsi, tous les deux?

— Nous parlions de votre domestique, dit Rockingham, avec un radieux sourire. Je m'étonnais que Dona n'eût permis qu'à lui seul de la soigner, pendant qu'elle était malade.

— Par ma foi, vous avez raison! Drôle de corps que cet individu. A votre place, Dona, je ne m'y fierais pas. Que lui trouvez-vous donc de si remarquable?

— Il est tranquille, discret, marche sans faire de bruit. C'est le seul dans la maison. Aussi est-ce lui, de préférence aux autres, que j'ai choisi pour me soigner.

— L'heureux valet! murmura Rockingham, en polissant ses ongles.

— Par Dieu! En effet! grommela Harry. Savez-vous, Dona, que Rock a parfaitement raison; le drôle aurait pu se permettre d'intolérables libertés, faible, alitée, sans défense, comme vous l'étiez! C'était vraiment risqué. D'autant plus qu'il n'est pas comme un de ces vieux serviteurs qu'on connaît depuis toujours. Je ne sais positivement rien de lui.

— Ah, il n'est donc pas depuis longtemps à votre service? dit Rockingham.

— Non. Vous savez bien, Rock, que nous ne mettons jamais les pieds à Navron et, avec l'incurable insouciance qui me caractérise, j'ignore, la plupart du temps, d'où sortent mes domestiques. J'ai pourtant idée que celui-ci, je vais le congédier.

— Vous n'en ferez rien, dit vivement Dona. William restera à mon service, aussi longtemps que cela me plaira.

— Bon, bon, calmez-vous, dit Harry, prenant Duchesse sur ses genoux et la caressant. Mais je continue à trouver étrange que cet individu ait ainsi ses petites entrées dans votre chambre. Du reste, le voici justement, qui apporte une lettre. Lui, non plus, n'a pas l'air dans son assiette. »

Dona leva les yeux vers la porte et aperçut William, une lettre à la main, le visage plus pâle qu'à l'ordinaire, l'expression tendue.

— Qu'est-ce que c'est? demanda Harry.

— Un message de lord Godolphin, sir Harry,

répondit William. Un de ses valets vient de l'apporter; il attend la réponse.

Harry décacheta l'enveloppe, parcourut la missive, et, riant, la lança à Rockingham.

— La meute se rassemble, Rock, dit-il. Nous allons nous amuser.

Rockingham lut le billet, sourit, puis le déchira en menus morceaux.

— Qu'allez-vous lui répondre? demanda-t-il.

— Tonnerre! Il a une seconde plaque d'eczéma! dit Harry, en train d'écarter le poil de l'épagneul blotti sur ses genoux et d'examiner son dos. Cette pommade ne vaut décidément rien! Ah, oui, la réponse pour Godolphin. William, dites à cet homme, je vous prie, que lady St. Columb et moi serons ravis de recevoir lord Godolphin et ces autres messieurs à dîner, ce soir.

— Oui, sir Harry, dit William, et il se retira.

— Quelle est cette invitation, et qui donc serai-je si ravie de recevoir ce soir? demanda Dona, tout en arrangeant ses bouclettes devant le miroir.

— George Godolphin, Tommy Eustick, Philip Rasleigh et quelques autres, répondit Harry, jetant le chien à terre. Le renard va être pris dans son terrier, et nous assisterons à la curée! Hé, Duchesse!

Dona ne dit rien mais, dans le miroir, elle vit que Rockingham l'observait.

— La soirée pourra être amusante, dit-il. Ne le croyez-vous pas?

— J'en doute, répondit Dona. Connaissant Harry, je parie que vous serez tous sous la table avant minuit.

Elle quitta la pièce, ferma la porte sur elle, puis, à voix basse, appela William. Il arriva aussitôt.

— Qu'y a-t-il? Vous avez l'air inquiet? dit-elle. Lord Godolphin et ses amis ne pourront rien faire... *La Mouette* sera loin.

— Non, Milady, elle ne le sera pas, répondit William. En descendant prévenir mon maître, il y a un moment, je les ai tous trouvés en train de la radouber. La marée de ce matin l'a fait échouer contre un rocher. Elle ne sera pas prête à appareiller avant vingt-quatre heures.

Baissant les yeux, il s'éloigna et, comme Dona se retournait, elle vit que la porte qu'elle venait de fermer avait été rouverte et que Rockingham, jouant avec la dentelle de ses manchettes, debout sur le seuil, la regardait.

CHAPITRE XVII

La journée s'allongeait, interminable. Sur le cadran de l'horloge de l'écurie, les aiguilles ne semblaient avancer qu'à regret, et le carillon, à chaque demi-heure, résonnait lugubrement. L'après-midi était suffocant, avec ce ciel gris, pesant, d'orage qui ne se décide pas à éclater.

Harry, étendu sur la pelouse, le visage couvert d'un mouchoir, ronflait avec bruit, ses deux chiens couchés, reniflant à côté de lui. Rockingham, assis sur le banc, tenait un livre à la main, mais, il n'en tournait que rarement les pages et quand, de temps à autre, Dona levait les yeux vers lui, elle apercevait son regard fixé sur elle, curieux, affamé.

Bien entendu, il ne savait rien, mais son intuition, inquiétante, presque féminine, lui décelait les changements survenus en Dona et, soupçonneux, il se demandait ce qu'elle avait fait pendant ces semaines passées seule à Navron. Il s'étonnait aussi de sa familiarité avec William, de l'air, plus que jamais distant qu'elle avait à l'égard de Harry et de lui-même et qui n'avait pas l'ennui pour cause — il l'aurait juré, — mais une raison plus essentielle, plus alarmante. Elle parlait moins, aussi, ne bavardait plus avec Harry, ne le taquinait plus comme auparavant, ne le tournait plus en ridicule. Les paupières mi-closes elle arrachait machinalement de petits brins d'herbe au gazon, comme si, secrètement, elle savourait un rêve.

Tandis qu'il détaillait ces choses, Dona savait qu'il l'observait et, entre eux, la tension grandissait à mesure que les heures passaient. Avec l'attention concentrée du chat tapi sous un arbre, il l'épiait, et Dona se sentait comme l'oiseau, silencieux, fasciné, n'attendant que l'occasion de s'échapper.

Pendant ce temps, insensible aux atmosphères, Harry dormait et geignait.

Là-bas, dans la crique, l'équipage travaillait avec ardeur à réparer le navire blessé; Dona le savait. Elle voyait les hommes, à marée basse, pieds nus, torse nu, le dos inondé de sueur; et *La Mouette*, échouée, un trou béant dans sa coque grise de boue, qui, lentement, se cicatrisait.

Sourcils froncés, lèvres serrées, lui aussi travaillait, avec ses hommes; sur son visage, il y avait cette expression concentrée qu'elle avait appris à aimer et à respecter. Le radoub du navire était une question de vie ou de mort; comme pendant l'expédition de Port Fowey, il n'y avait plus de temps, ni pour l'indolence ni pour le rêve.

Il fallait qu'avant la nuit, elle se rendît à la crique, pour le supplier de partir avec la prochaine marée, même si la réparation n'était pas complètement terminée, car, autour de lui, le filet se resserrait; tarder davantage, risquerait de lui être fatal ainsi qu'à son équipage.

La Mouette avait été vue se dirigeant vers la côte, prétendait Rockingham, et depuis, près de vingt-quatre heures s'étaient écoulées. Ses ennemis avaient donc eu tout loisir de se préparer, de mettre à exécution leur plan de campagne. Peut-être des guetteurs avaient-ils été postés sur les promontoires, des espions dans les bois et sur les collines. Ce soir même, Rasleigh, Eustick, Godolphin, se trouveraient réunis à Navron, et Dieu sait quels projets ils avaient en tête!

— Comme vous semblez pensive, Dona, dit Rockingham.

Il avait posé son livre; la tête légèrement inclinée de côté, les yeux en fente, sans sourire, il la considérait.

— Sans doute est-ce votre accès de fièvre qui vous a ainsi changée, poursuivit-il. Jamais à Londres, vous ne restiez même cinq minutes silencieuse.

— Je vieillis, répondit-elle avec légèreté, tout en mâchonnant un brin d'herbe. Dans quelques semaines j'aurai trente ans.

— Étrange fièvre, qui vous laisse avec un teint de bohémienne et des yeux deux fois plus grands! reprit-il, comme s'il n'avait pas entendu sa réponse. Vous n'avez pas vu de médecin, m'a-t-on dit.

— Non, je me suis soignée moi-même.

— Sur les conseils de cet excellent William! Quel extraordinaire accent il a! On le dirait presque étranger.

— Tous les gens de Cornouailles ont le même.

— J'ai cru comprendre qu'il n'était pas du tout d'ici. Du moins, c'est ce que le groom m'a dit, ce matin, à l'écurie.

— Alors, sans doute, est-il du Devonshire. J'avoue que je ne l'ai jamais questionné sur ses antécédents.

— Il paraît également que cet étrange William était seul à assumer la responsabilité de Navron jusqu'à votre arrivée. Il n'avait pris aucun autre domestique pour l'aider.

— Je ne savais pas, Rockingham, que vous écoutiez volontiers les bavardages d'écurie.

— Pas possible, Dona! Mais, c'est un de mes passe-temps favoris! Qui donc, sinon les domestiques de mes amis, m'apprendrait les derniers scandales de la ville? Les bavardages des escaliers de service sont toujours vrais, partant, fort instructifs et divertissants.

— Et qu'avez-vous appris dans celui de Navron?

— Suffisamment de choses, chère Dona, pour piquer ma curiosité.

— Vraiment?

— Milady, m'a-t-on dit, adore faire des promenades pendant les heures les plus chaudes du jour. Elle semble prendre plaisir à s'affubler de ses plus vieux vêtements, et revient souvent souillée de boue de la rivière.

— C'est parfaitement exact.

— Milady, paraît-il, a excellent appétit. Parfois, elle dort jusqu'à midi, et ne demande son déjeuner qu'à ce moment. Parfois aussi, elle ne mange rien jusqu'à dix heures du soir et, quand tous les domestiques sont couchés, elle se fait apporter par le fidèle William, son souper.

— Également vrai.

— Puis subitement, après avoir joui de la meilleure des santés, elle s'alite, condamne sa porte à tous, même à ses enfants car, bien qu'elle ne fasse appeler aucun médecin, elle souffre, paraît-il, d'un dangereux accès de fièvre. Seul, de nouveau, le singulier William est admis dans sa chambre.

— Et quoi encore, Rockingham?

— C'est tout, chère Dona. Sinon que vous semblez vous être très rapidement remise de votre maladie et n'éprouver aucun plaisir à revoir votre mari, ni son meilleur ami.

Poussant un soupir, bâillant, s'étirant, Harry, à ce moment, enleva le mouchoir de sur son visage et gratta sa perruque.

— Dieu sait à quel point votre dernière remarque est vraie! dit-il. Mais, Dona a toujours été un bloc de glace; je ne suis pas marié depuis près de six ans sans l'avoir appris. Sacrées mouches, vraiment! Ici, Duchesse, attrape-les! Ne vois-tu pas qu'elles tourmentent ton maître?

Se dressant sur son séant, il agita son mouchoir et

les chiens, réveillés, se mirent à gambader et à japper; puis, les enfants parurent au coin de la terrasse, pour jouer un moment, avant d'aller se coucher.

Six heures venaient de sonner, quand une brusque averse les força tous à rentrer. Harry, bâillant encore, pestant contre la chaleur, proposa à Rockingham une partie de piquet. Il restait trois heures et demie jusqu'au souper et, sans doute, là-bas, dans la crique, *La Mouette* n'était pas partie.

Debout près de la fenêtre, Dona tapotait la vitre et regardait tomber la violente averse d'été. Déjà, dans la pièce close, l'odeur des chiens et du parfum dont Harry aspergeait ses vêtements, alourdissait l'atmosphère. Assis en face de Rockingham, Harry éclatait parfois de rire ou raillait quelque distraction de son adversaire. Rattrapant leur lenteur de la journée, les aiguilles de la pendule semblaient maintenant galoper, et Dona, incapable de dominer ses sinistres pressentiments, se mit à arpenter la pièce.

— Notre Dona paraît bien agitée, dit Rockingham, en lui lançant un regard par-dessus ses cartes. Se peut-il que sa mystérieuse fièvre ne l'ait pas complètement abandonnée?

Sans répondre, elle alla de nouveau regarder par la haute fenêtre.

— Pouvez-vous battre mon valet? railla Harry, jetant sa carte sur la table. Ou bien, une fois de plus, avez-vous perdu? Ne vous occupez donc pas de ma femme, Rock, mais intéressez-vous au jeu. C'est encore un louis que j'empoche! Pour l'amour du ciel, venez vous asseoir ici, Dona, vous inquiétez les chiens en faisant ainsi les cent pas!

— Suivez donc le jeu de Harry, et voyez s'il triche, dit Rockingham. Il fut un temps où vous nous battiez tous les deux au piquet.

Dona les regarda : Harry, exubérant, joyeux, déjà un peu gris, tout à ses cartes, oublieux du reste; Rockingham, doucement ironique à son habitude, mais éveillé comme un chat, les yeux mi-clos, fixés sur elle, avides, curieux.

Connaissant Harry, elle savait que la partie durerait une heure au moins; aussi, bâillant, se dirigea-t-elle vers la porte.

— Je vais m'étendre jusqu'au souper, dit-elle. J'ai mal à la tête. Il y a de l'orage dans l'air.

— Jouez donc, Rock, mon vieux, dit Harry, se renversant dans son fauteuil. Je parie que vous n'avez pas de cœur! Augmentez-vous votre mise? Voilà un valet pour vous! Dona, pendant que vous êtes debout, remplissez mon verre, je vous prie. J'ai une soif de corbeau.

— N'oubliez pas, remarqua Rockingham, avec un sourire, que nous aurons peut-être fort à faire avant minuit.

— Non, par Dieu, je ne l'oublie pas! Enfin nous allons prendre ce maudit mangeur de grenouilles! Pourquoi, ma toute belle, me fixez-vous ainsi?

La perruque légèrement de travers, ses yeux bleus embués dans son beau visage épanoui, il regarda Dona.

— J'étais en train de me dire, Harry, que dans dix ans vous serez le portrait de Godolphin.

— Vraiment! Et alors? Par l'enfer, George est un solide gaillard, un de mes plus vieux amis... Est-ce l'as de pique que vous tenez là, sous mon nez? Que le diable vous emporte, sacré tricheur! Canaille, va!

S'esquivant, Dona monta dans sa chambre, où elle tira le lourd cordon de sonnette pendu près de la cheminée. L'instant d'après, une jeune servante se présenta.

— Envoyez-moi William, je vous prie, lui dit Dona.

— Je regrette, Milady, William n'est pas à la maison, répondit-elle en faisant un petit plongeon. Il est sorti peu après cinq heures et n'est pas encore de retour.

— Où a-t-il été?

— Je ne sais pas, Milady.

— Tant pis. Merci.

La servante se retira et Dona se jeta sur son lit, les mains derrière la tête. Comme elle, sans doute, William était inquiet. Sûrement s'était-il rendu à la crique, voir si *La Mouette* pourrait partir et avertir son maître que George Godolphin et les autres soupaient à Navron. Mais, pourquoi tardait-il à revenir? Il était déjà sept heures; il aurait dû être là.

Les yeux clos, dans le calme de sa chambre silencieuse, elle s'aperçut que son cœur battait comme le soir de l'expédition à Port Fowey, quand, sur le pont de *La Mouette*, elle regardait les côtes se rapprocher. Elle se rappelait la peur, l'angoisse qu'alors elle éprouvait, et comment elles s'étaient dissipées dès que, descendue dans la cabine, elle avait bu et mangé, comment aussi, le glorieux esprit d'aventure s'était soudain emparé d'elle, l'avait enflammée. Mais, ce soir, c'était différent; son compagnon d'alors n'était plus là; il ne lui tenait plus la main, ses yeux ne lui avaient point parlé. Elle était seule; c'était seule que, maîtresse de maison, elle devait faire les honneurs de sa table à ses ennemis.

Et, tandis qu'elle restait étendue sur son lit, l'averse devint ondée, puis cessa, et les oiseaux se mirent à chanter. Mais, William n'arrivait toujours pas. Se levant, elle alla entrouvrir la porte et écouta. Du salon, comme un bourdonnement, montait la voix des hommes; puis, elle reconnut le rire de Harry, suivi de celui de Rockingham et, de nouveau, le murmure de leur conversation, où parfois éclatait un juron de Harry, à l'adresse des chiens qui se grattaient. N'y tenant plus, Dona jeta une mante sur ses épaules. A pas de loup, elle descendit l'escalier, traversa le grand vestibule et, par la porte de service, se rendit au jardin.

L'herbe humide de pluie semblait pailletée d'argent; une chaude moiteur imprégnait l'air, comme une brume d'automne.

Dans le bois, de grosses gouttes d'eau tombaient des arbres détrempés et le vague sentier conduisant à la crique, n'était plus qu'une ornière de boue. Le ciel restait couvert; sous le dôme épais du feuillage estival, il faisait sombre. Dona atteignit l'endroit où commençait la pente et où cessait le sentier. Comme d'habitude, elle allait obliquer vers la gauche, quand un bruit insolite la cloua sur place. Hésitante, la main appuyée à la branche basse d'un arbre, elle tendit l'oreille. Le bruit se répéta; on eût dit le craquement de brindilles sous un pas, comme si quelqu'un marchait dans les fougères. Immobile, elle attendit. Puis, comme le silence s'était rétabli, elle risqua un regard par-dessus les ramures qui la cachaient et aperçut, à une jetée de pierre, un homme, adossé à un arbre, un mousquet à la main.

Sous le tricorne, elle distinguait son profil, mais ne reconnaissait pas ses traits. Attentif, l'œil au guet, il regardait dans la direction de la crique.

De l'arbre sous lequel il se tenait, une grosse goutte de pluie tomba sur son visage. Comme il s'essuyait avec son mouchoir et lui tournait le dos, elle s'esquiva et reprit en courant le sentier de Navron. Ses mains étaient glacées et elle s'enveloppa plus étroitement dans sa mante. « Voilà pourquoi William n'est pas rentré », se dit-elle. « Il a été attrapé, ou bien il se cache quelque part dans le bois! Ce guetteur que j'ai vu, ne doit pas être le seul. Mais je ne le connais pas, il n'est pas d'Helford; sans doute est-il des gens de Godolphin, de Rasleigh ou d'Eustick. Je n'ai donc rien de mieux à faire que de rentrer, m'habiller, mettre ma parure de rubis, et, le sourire aux lèvres, de descendre dans la grande salle à manger, pour m'asseoir entre Godolphin et Rasleigh, et présider le repas pendant que leurs hommes montent la garde dans la forêt. »

Elle pressa le pas. Des gouttes de pluie tombaient encore des épaisses frondaisons, les merles s'étaient tus; la soirée était étrangement tranquille.

Arrivée à l'orée du bois, au moment où elle allait traverser la verte pelouse, elle aperçut Rockingham, debout devant la porte-fenêtre du salon, en train d'examiner le ciel, les chiens gambadant autour de lui. Dona recula sous le couvert des arbres, mais à ce moment, Duchesse, qui flairait le gazon, tomba sur la trace de ses pas, et agitant la queue, se mit à la suivre. Un instant, Rockingham la regarda puis, lançant un coup d'œil à la fenêtre au-dessus de lui et ne se voyant pas observé, il partit à sa suite à travers l'herbe humide où les empreintes révélatrices le conduisirent jusqu'à la forêt.

Dona obliqua sur la droite, à travers le fourré. Elle entendit Rockingham appeler doucement : « Duchesse... Duchesse », tandis que l'animal reniflait parmi les fougères. Faisant un détour entre les arbres, elle gagna l'avenue qui la ramènerait à la maison. Cependant, Duchesse devait avoir suivi ses premières traces, allant vers la crique, car elle ne l'entendait plus. Elle atteignit la cour d'honneur sans être vue.

Par la grande entrée, elle se faufila dans la maison. Par bonheur, les candélabres n'étaient pas encore allumés dans la vaste salle à manger, au fond de laquelle une servante apportait de la vaisselle, que le valet de Harry, venu de Londres, empilait sur le dressoir. William n'était toujours pas là.

Dona attendit, dissimulée dans l'ombre. Bientôt, les domestiques se retirèrent par la porte conduisant aux cuisines. Vivement, elle gravit l'escalier, enfila le corridor, se dirigea vers sa chambre.

— Qui va là? cria la voix de Harry.

Mais elle ne s'arrêta pas et se glissa chez elle. L'instant d'après, elle entendit son pas derrière la porte et n'eut que le temps d'enlever sa mante, de se jeter sur son lit, de recouvrir ses pieds avec la courtepointe. Sans frapper, comme à son ordinaire, il entra en ouragan, n'ayant sur lui que sa chemise et son pantalon.

— Où diable a passé ce sacré William? cria-t-il. C'est lui qui a la clef de la cave, et on ne le trouve nulle part. Thomas ne sait pas ce qu'il doit faire pour le vin.

Étendue, les yeux clos, Dona se retourna et regarda Harry en bâillant, comme s'il venait de la réveiller.

— Comment voulez-vous que je sache où est William? dit-elle. Sans doute est-il en train de bavarder avec les valets à l'écurie. Il n'y a qu'à le chercher.

— On l'a cherché partout, tempêta Harry. Le drôle a simplement disparu, pas moyen de le trouver. Nous voilà bien arrangés pour le souper! Pas de vin à offrir à Godolphin et aux autres. Avouez, c'est inadmissible, Dona. Je le flanquerai à la porte, je vous préviens.

— Sûrement, il va rentrer, dit Dona, avec lassitude. Il y a encore tout le temps.

— Sacré sans-gêne! dit Harry. Voilà les manières des domestiques quand il n'y a pas d'homme dans la maison. Vous le laissez faire tout ce qui lui plaît.

— Dites, plutôt, ce qui me plaît, Harry.

— Eh bien, à moi, cela me déplaît... Rock a raison, et il s'y connaît; la familiarité de ce drôle frise l'impudence.

Debout au milieu de la chambre, le teint allumé, ses yeux bleus pleins de courroux, il fixait Dona, de cet air qu'il avait lorsque, pris de boisson, il s'apprêtait à devenir pressant.

— Avez-vous gagné au piquet? demanda Dona, pour faire une diversion.

Il eut un haussement d'épaules et, se dirigeant vers le miroir, s'y regarda fixement en tapotant doucement les boursouflures qu'il avait sous les yeux.

— M'est-il jamais arrivé de gagner dix minutes de

— Il y a des semaines que je ne vous ai vue, reprit-il. Après notre escapade de Hampton Court, vous avez disparu de si extraordinaire façon; vous ai-je offensée, Dona?

— Nullement, dit-elle.

Il lui lança un regard de biais et haussa les épaules.

— Le temps ne vous a pas paru trop long, depuis que vous êtes ici?

— J'ai été très heureuse, répondit Dona, le regard tourné vers les ébats de Harry et des enfants, en train de jouer sur la pelouse avec les chiens, et, étouffant un bâillement, elle ajouta : « C'était très bon de me trouver ici, seule avec les enfants. En quittant Londres, j'avais prévenu Harry que j'avais besoin de solitude; je vous en veux donc à tous deux d'être venus troubler la paix de ma retraite.

— Nous ne sommes pas ici seulement pour notre plaisir, répondit Rockingham. Nous avons aussi à faire; nous nous proposons d'attraper ce satané pirate qui, paraît-il, met le comté sens dessus dessous.

— Comment vous proposez-vous donc de l'attraper?

— Ma foi... vous le verrez bien. Harry est très emballé à l'idée de l'aventure. Il commençait à s'ennuyer à Londres. Il faut dire que l'air y empestait, même pour moi. La campagne va nous faire le plus grand bien à tous deux.

— Vous comptez rester longtemps ici?

— Le temps d'attraper ce Français.

Dona rit et, cueillant une marguerite, se mit à l'effeuiller.

— Il est reparti pour la France, sans doute, dit-elle.

— Je ne le crois pas, répliqua Rockingham.

— Qu'est-ce qui vous fait penser ça?

— Une phrase qu'Eustick m'a dite, hier.

— Qu'a-t-il bien pu vous raconter, ce sinistre bavard? demanda Dona.

suite avec Rock? bougonna-t-il. Il finit toujours par empocher ses vingt ou trente louis, ce qui, à la longue, commence à me gêner... Mais, dites donc, Dona, vous n'allez pas me fermer votre porte, cette nuit?

— Je croyais que vous deviez pourchasser des pirates.

— L'affaire sera terminée vers minuit, en tout cas. Si, comme Godolphin et Eustick le pensent, l'individu se cache dans une des anses de la rivière, il n'a aucune chance de nous échapper. Partout jusqu'au promontoire, des hommes ont été postés; cette fois, il ne passera pas entre les mailles de notre filet.

— Quel rôle vous proposez-vous de jouer?

— Oh! moi, je resterai spectateur; je n'entrerai dans le jeu qu'au moment de la curée. Alors, nous boirons un coup et nous nous amuserons... Mais, Dona, vous n'avez pas répondu à ma question.

— Il sera temps cette nuit. Vous connaissant, je présume qu'il vous sera probablement indifférent d'être couché dans ma chambre ou sous la table de la salle à manger.

— Si je bois trop, Dona, c'est que, toujours, vous me traitez avec dureté. Vous avez quitté Londres, comme si je n'existais pas et, quand j'arrive ici, vous inventez une fièvre pour me tenir éloigné. Vous allez un peu fort, vraiment!

— Fermez cette porte, Harry, j'ai envie de dormir.

— Oui, vous avez toujours envie de dormir! Sacré tonnerre! C'est la seule réponse que vous sachiez me faire. Depuis Dieu sait quand, je n'ai rien obtenu d'autre de vous!

Furieux, il sortit et claqua la porte sur lui. Elle l'entendit s'arrêter au haut de l'escalier, interpeller violemment le domestique qui se trouvait en bas et lui demander si William était rentré.

Sautant de son lit, Dona regarda par la fenêtre

et vit Rockinguam rentrant vers la maison à travers la pelouse, Duchesse trottinant à ses talons.

Elle s'habilla lentement, avec un soin particulier, lissa ses bouclettes sombres autour de ses doigts, les fixa derrière ses oreilles, puis mit sa parure de rubis. Dans sa robe de satin crème, avec ses cheveux relevés et ses bijoux, Dona St. Columb ne devait point ressembler au mousse dépenaillé qui, cinq jours à peine auparavant, se tenait grelottant dans sa chemise trempée, sous la fenêtre de Rasleigh.

Se regardant dans la glace, elle se compara au portrait suspendu au mur. Décidément, elle avait beaucoup changé; surtout depuis son arrivée à Navron : son visage s'était rempli, ses lèvres avaient perdu leur expression maussade et, comme Rockingham le lui avait dit, ses yeux semblaient démesurés. Quant au hâle de bohémienne qui couvrait son cou, ses mains, autant que son visage, impossible de le dissimuler. Qui donc le prendrait pour l'effet de sa fièvre, ou croirait qu'elle avait eu la jaunisse? Harry, peut-être, si totalement dépourvu d'imagination! Mais Rockingham, jamais.

Dans la cour, la cloche de l'écurie tinta. C'étaient les premiers invités. Elle entendit la voiture s'arrêter devant le perron. Peu après, de nouveau, la cloche sonna et des sabots de chevaux retentirent sur les pavés. Un brouhaha de voix montait de la grande salle à manger, où dominaient celle de Harry et le jappement des chiens. La nuit était presque tombée; dans le jardin plein d'ombre, tout n'était que silence et tranquillité. « Là-bas, dans le bois, le guetteur surveille les abords de la crique », songea-t-elle. « D'autres, peut-être, l'ont rejoint et, muets, adossés aux arbres, ils attendent que nous ayons fini de souper, que Eustick, regardant Godolphin, lui fasse un signe, que Godolphin, à son tour en fasse un à Harry, et Harry à Rockingham, puis que tous, reculant leur chaise, échangent un sourire, saisissent leur épée et se dirigent vers la forêt. Si nous étions il y a cent ans, je posséderais dans mon armoire, un élixir secret à verser dans leur vin pour les endormir ou, m'étant vendue au diable, je saurais les ensorceler par quelque maléfice. Mais, nous ne sommes plus au siècle passé; tout ce que je puis faire, c'est d'aller m'asseoir au milieu d'eux, leur sourire, les encourager à boire et essayer de les charmer.

Comme elle ouvrait la porte, le bruit de leurs voix lui parvint de la grande salle à manger; elle reconnut le timbre solennel de Godolphin, la toux rauque, maussade, de Rasleigh, le ton doux, soyeux, de Rockingham... Avant de descendre, elle entra chez les enfants. Ils dormaient. Elle les embrassa, écarta les rideaux de leur fenêtre, pour laisser entrer l'air frais de la nuit puis ressortit et se dirigea vers l'escalier. Au moment où elle allait l'atteindre, elle entendit dans le couloir, derrière elle, des pas lents, traînants, comme si quelqu'un connaissant mal les lieux, tâtonnait dans l'obscurité.

— Qui est là? murmura-t-elle.

On ne répondit pas. Frissonnante, elle attendit un instant, tandis que les voix bruyantes de ses hôtes lui parvenaient d'en bas. Puis, le bruit traînant se renouvela, accompagné d'un soupir et d'un faible chuchotement.

Retournant sur ses pas, elle alla prendre une chandelle dans la nursery et, l'élevant au-dessus de sa tête, parcourut des yeux le long corridor, dans la direction d'où venait le son. Affaissé contre le mur, le visage couleur de cendre, son bras gauche inerte, pendant, elle aperçut William. Vivement, elle le rejoignit, s'agenouilla près de lui, voulant l'aider, mais il la repoussa. « Ne me touchez pas, Milady, vous risquez de vous salir. J'ai du sang sur ma manche », murmura-t-il, sa bouche froncée, toute tordue par la douleur.

— William, cher William, êtes-vous gravement blessé? dit-elle.

Il secoua la tête et, de sa main valide, serra son épaule douloureuse.

— Ce n'est rien, Milady, répondit-il. Mais, quelle malchance que cela me soit arrivé justement cette nuit.

Pris d'une subite faiblesse, il ferma les yeux, et Dona se rendit compte qu'il mentait.

— Comment avez-vous été frappé? demanda-t-elle.

— En rentrant de la crique, j'ai rencontré dans la forêt un des hommes de lord Godolphin, dit-il avec effort. Il a voulu m'arrêter; j'ai réussi à lui échapper, mais il m'a fait cette égratignure.

— Venez dans ma chambre, dit-elle à voix basse. Je vais laver votre blessure et la bander.

Prêt à s'évanouir, William ne protesta plus. Soutenu par Dona, il se traîna le long du corridor jusqu'à la chambre de celle-ci. Ayant poussé le verrou, elle le fit étendre sur son lit, chercha de l'eau, une serviette, nettoya la plaie qu'il avait à l'épaule, la pansa.

— Vous ne devriez pas me soigner ainsi, Milady, dit-il levant les yeux vers elle.

— Restez tranquille, reposez-vous, répondit-elle doucement.

Le visage de William restait mortellement pâle et, ignorant la profondeur de sa blessure ou que faire pour le soulager, une détresse soudaine envahit Dona. Il dut s'en apercevoir car, non sans peine, il murmura : « Ne vous tourmentez pas, Milady. Tout ira bien. J'ai pu voir mon maître et lui faire votre message.

— Vous lui avez dit que Godolphin, Eustick et les autres soupent ici ce soir?

— Oui, Milady. Alors, avec son sourire si particulier, il m'a répondu : « Dites à votre maîtresse que je ne suis point troublé et que *La Mouette* a besoin d'un mousse. »

A ce moment, des pas retentirent dans le corridor et quelqu'un frappa à la porte.

— Qu'est-ce que c'est? cria Dona.

— Sir Harry fait dire que ces messieurs et lui attendent Votre Seigneurie pour se mettre à table, répondit la voix d'une des jeunes servantes.

— Dites à sir Harry qu'ils commencent sans moi; je descends à l'instant, cria Dona, puis, se penchant sur William, elle murmura : « Le navire est-il réparé? Pourra-t-il partir cette nuit? »

Mais les yeux de William étaient vagues, ils fixaient Dona sans la reconnaître; puis il les ferma, et elle vit qu'il s'était évanoui.

A peine consciente de ses gestes, elle ramena sur lui la couverture, lava ses mains tachées de sang et, ayant constaté dans la glace qu'elle était livide, mit du rouge sur ses joues avec des doigts tremblants.

Laissant William sans connaissance sur son lit, elle quitta sa chambre et gagna l'escalier. Comme elle le descendait, elle entendit ses hôtes reculer leur chaise sur les dalles de pierre et se lever pour la saluer. Elle tenait haut la tête, les lèvres souriantes, mais elle ne distinguait rien, ni l'éclat des bougies, ni la longue table chargée de mets, ni Godolphin en redingote couleur prune, ni Rasleigh avec sa perruque grise, ni Eustick, la main sur la garde de son épée, ni les yeux de tous ces hommes qui la dévisageaient et s'inclinaient très bas sur son passage. Elle ne voyait que *lui*, debout sur le pont de son bateau, dans la crique silencieuse, attendant la marée et, en pensée, lui disant adieu.

CHAPITRE XVIII

Ainsi, pour la première fois depuis des années, un banquet avait lieu dans la grande salle à manger du manoir de Navron. Sous l'éclat des hauts candélabres, la longue table resplendissait, chargée de cristaux, d'argenterie, du service à bord rose et de grandes coupes où des fruits magnifiques s'empilaient en pyramides. Les invités, au nombre de douze, s'alignaient de chaque côté. A l'un des bouts, le maître de maison, les yeux très bleus, le teint coloré, sa perruque blonde légèrement de travers, riait un peu trop fort à toutes les plaisanteries de ses hôtes. A l'autre, la maîtresse de maison, jouant avec les mets sur son assiette, froide, sereine, adressait de temps à autre de longs regards, tantôt à son voisin de droite, tantôt à celui de gauche, comme si elle ne voyait que lui au monde, se donnait à lui, pour la soirée ou pour plus longtemps, s'il le désirait. « Jamais », songeait Harry St. Columb, en lançant des coups de pied au chien sous la table, « Dona ne s'est montrée aussi outrageusement coquette, ni n'a adressé d'œillades aussi brûlantes. Si c'est ça le résultat de sa sacrée fièvre, que Dieu vienne en aide à tous les hommes ici présents! » « Jamais », se disait Rockingham, l'observant à travers la table, « Dona n'a eu un air aussi provocant. Que se passe-t-il dans sa tête en ce moment? Pourquoi a-t-elle traversé la forêt, dans la direction de la rivière, ce soir, à sept heures, tandis que je la croyais en train de dormir paisiblement dans son lit? »

« Voici donc la célèbre lady St. Columb! » songeait à part soi chacun des invités. « Celle dont on a tant parlé, si fameuse par ses scandales. Ne soupe-t-elle pas à Londres, dans les tavernes, en compagnie des courtisanes; ne parcourt-elle pas les rues à minuit, en hauts-de-chausses de son mari, sur un cheval sans selle; ne s'est-elle pas donnée à tous les libertins de Saint-James, sans compter au Roi lui-même? »

Aussi, au début, les invités, un peu méfiants, se montrèrent-ils réservés, peu loquaces, mais, lorsqu'elle se mit à leur parler, les regardant et souriant, les questionna sur leur demeure, leurs préférences, leurs occupations, leur passe-temps favori, leurs aspirations, s'informa, tour à tour, s'ils étaient mariés ou non, et leur fit entendre qu'elle s'intéressait à eux, que ce qu'ils disaient la charmait, que si l'occasion s'en présentait, elle saurait les comprendre comme personne encore ne l'avait fait, ils commencèrent à se détendre, à fondre, à s'épanouir. « Au diable tous ces gens qui disent du mal d'elle », songeait le jeune Penrose. « Tout ça ce ne sont que des ragots inventés par des laiderons! » « Dieu du ciel, voilà une femme dont il ne doit pas être facile d'être le mari! » se disait Eustick. « Si j'étais lui, je la mettrais sous clef, et, pas une minute, ne la perdrais de vue. » Il y avait aussi Tremayne, qui venait d'au-delà de Probus, et Carnethick, à la perruque rouge, qui possédait tout le pays à l'ouest de la côte. Tremayne n'avait ni épouse, ni maîtresse et, en silence, considérait Dona, avec une sombre adoration. Carnethick, lui, avait une femme de dix ans son aînée, et il se demanda, lorsque à travers la table Dona lui adressa une œillade enflammée, si, plus tard, après le souper, il réussirait à la voir en aparté. Godolphin lui-même, le solennel Godolphin, avec ses yeux en billes de loto et son nez bulbeux, se surprenait à penser que la femme de Harry avait du charme, bien qu'il n'approuvât pas ses façons, qu'il ne l'eût pas choisie comme compagne pour Lucy et que dans son regard il y eût une téméraire impudence qui le troublait. Quant à Philip Rasleigh, invariablement taciturne, renfrogné, peu aimable avec les femmes, il se mit soudain à lui raconter son enfance et le chagrin qu'il avait éprouvé à la mort de sa mère adorée, lorsqu'il avait dix ans.

« Il sera bientôt onze heures », songeait Dona. « Nous sommes encore en train de boire, de manger, de causer. Si je puis continuer ainsi, encore un moment, ça lui donnera le temps de partir; la marée doit commencer à baisser. Tant pis si *La Mouette* n'est pas complètement radoubée; ce qu'ils ont fait aujourd'hui doit suffire. Il faut qu'ils s'en aillent. »

Du regard, elle fit un signe aux domestiques qui, de nouveau, remplirent les verres. Et, tandis que le ronron des conversations bourdonnait à ses oreilles, qu'elle adressait un sourire à son voisin de gauche, elle se demanda si William avait repris connaissance, ou si, couleur cendre, paupières closes, cette tache rouge foncé à l'épaule, il se trouvait encore étendu sur son lit.

— Nous devrions avoir de la musique, là-haut, comme du temps de mon grand-père, dit Harry, levant un regard lourd vers la galerie. Que diable, pourquoi n'y a-t-il plus de ménestrels de nos jours? Sans doute, ces sacrés Puritains les ont-ils tous tués!

« Il est bien parti; il ne viendra pas m'ennuyer cette nuit », songea Dona qui, de loin, l'observait.

— A mon avis, leur disparition est un bon débarras, répliqua Eustick, les sourcils froncés, piqué par cette boutade sur les Puritains, son père s'étant battu pour le Parlement.

— Y a-t-il souvent des bals à la Cour? demanda le jeune Tremayne, rougissant, adressant à Dona un regard de muette adoration.

— Très souvent, répondit-elle. Pourquoi ne viendriez-vous pas à Londres quand nous y retournerons, mon mari et moi? Je vous trouverais une gentille femme.

Secouant la tête, posant sur elle des yeux suppliants de chien, il bafouilla un refus.

« Dans vingt ans, James aura son âge », songea Dona. « Aux petites heures du matin, il se faufilera dans ma chambre pour me conter ses dernières frasques! Alors, soudain, ses yeux brillants, son expression ardente, me rappelleront cette soirée, depuis longtemps oubliée; et je lui raconterai comment j'ai gardé douze hommes à table jusqu'à minuit, afin de permettre au seul que j'aie jamais aimé, — renonçant ainsi à lui pour toujours, — de partir sain et sauf pour la France. »

Que chuchotait donc Rockingham à l'oreille de Harry?

— Mille tonnerres, Dona! s'écria ce dernier, en frappant du poing sur la table, si fort que les verres en tremblèrent et que Godolphin renversa du vin sur son jabot de dentelle. Savez-vous que votre gredin de valet n'est jamais revenu?

— Je le sais, répondit Dona, avec un délicieux sourire. Qu'importe? Il me semble que nous nous sommes fort bien passés de lui.

— Que feriez-vous, George, si un de vos domestiques s'esquivait, le soir où son maître reçoit des amis à souper? reprit d'une voix de stentor Harry, décidé à exposer ses griefs.

— Naturellement, mon cher Harry, je le mettrais à la porte, répondit Godolphin.

— Et avant, je le cravacherais! dit Eustick.

— Vous en parlez à votre aise! hoqueta Harry. Hélas! Dona a une prédilection pour ce drôle! C'est lui qui la servait durant sa maladie; de jour comme de nuit, il avait ses entrées dans sa chambre. Toléreriez-vous ça, George? Votre femme a-t-elle un valet sans cesse fourré dans ses appartements, hé?

— Vous ne voudriez pas! répondit Godolphin. Ma femme, en ce moment, est dans un état intéressant; elle ne souffre auprès d'elle que sa vieille nourrice, et moi-même, bien entendu.

— Charmant! dit Rockingham. Voilà qui est rustique et touchant. Lady St. Columb, par contre, semble préférer les valets aux servantes. Souriant à Dona à travers la table, il leva son verre et ajouta : « Avez-vous fait une agréable promenade, Dona? N'avez-vous pas trouvé qu'il faisait très humide dans le bois? »

Dona ne répondit pas. Godolphin la considéra avec suspicion. Harry tolérait-il réellement qu'elle s'amusât avec les domestiques? Si c'était le cas, il ne tarderait pas à être la risée du pays. Maintenant qu'il y songeait, il se rappelait effectivement un insolent valet qui conduisait sa voiture, le jour où elle était venue prendre le thé chez lui.

— Comment votre femme supporte-t-elle cette chaleur? lui demanda à cet instant Dona. Si souvent, je pense à elle.

Dona n'entendit pas la réponse de Godolphin car, à ce moment, Rasleigh, assis à sa gauche, murmura à son oreille : « Je jurerais que je vous ai déjà vue quelque part, chère lady St. Columb. Mais, sur ma vie, je ne puis me rappeler ni où, ni quand. »

Les sourcils froncés, fixant son assiette, il s'efforçait, par la concentration, de localiser son souvenir.

— Servez du vin à Mr. Rasleigh, dit-elle au domestique, puis, se tournant vers lui, souriante, elle répondit : « Oui, moi aussi, j'ai l'impression de vous avoir rencontré. Probablement était-ce quand je suis venue ici, peu après mon mariage, il y a six ans.

— Non, dit Rasleigh, secouant la tête. Ça doit être plus récent; une intonation de votre voix aussi... Il me semble l'avoir entendue, il n'y a pas longtemps.

— Dona produit cet effet sur tous les hommes,

remarqua Rockingham. Il suffit qu'ils la voient, pour qu'ils aient l'impression de la connaître déjà. Vous n'en dormirez pas, mon cher Rasleigh, c'est certain!

— Vous semblez parler d'expérience », répliqua Rasleigh, le toisant du regard.

Rockingham se borna à sourire, tout en ajustant les dentelles de ses manchettes.

« Comme je le déteste! » songeait Dona. « Avec ses yeux de chat et son sourire entendu, il voudrait faire croire à tous ces hommes qu'il est mon amant. »

— Avez-vous jamais été à Fowey? lui demanda Philip Rasleigh.

— Pas à ma connaissance, répondit-elle.

Hochant la tête d'un air dubitatif, il vida son verre.

— Vous a-t-on dit comment j'avais été volé? reprit-il.

— Certainement. Quel désastre pour vous! Vous ne savez pas du tout ce qu'est devenu votre bateau?

— Non, répondit-il, amer. Sans doute est-il caché dans quelque port de France. Mais, comment l'en sortir? Il n'existe aucun règlement entre nos pays à ce sujet. Aussi, voilà ce qui arrive, quand on a une Cour peuplée d'étrangers, et un Roi qui, au dire de tous, parle mieux le français que l'anglais! Quoi qu'il en soit, cette nuit, je réglerai une fois pour toutes son compte à mon voleur.

Dona jeta un regard à la pendule, au-dessus de l'escalier. Elle marquait minuit moins vingt.

— Et vous, Milord, dit-elle, adressant un sourire à Godolphin. Avez-vous aussi été touché par ce vol?

— Oui, madame, répondit-il avec raideur.

— J'espère que vous n'avez eu à souffrir d'aucune blessure?

— Heureusement pas. Les bandits étaient trop pressés de déguerpir. Comme tous les Français, ils ont préféré tourner les talons que d'affronter un loyal combat.

— Leur chef est-il vraiment l'homme sans aveu que vous m'avez décrit?

— Cent fois pire, madame! C'est le coquin le plus impudent, le plus sanguinaire, le plus repoussant qu'il m'ait jamais été donné de contempler! Depuis, nous avons entendu dire qu'il emportait dans son navire une cargaison de malheureuses femmes, la plupart enlevées à nos villages. Il va de soi que je n'en ai pas soufflé mot à Lucy.

— Vous avez eu raison, cela eût risqué de précipiter les événements, murmura Dona.

— Il en avait même emmené une à bord du *Merry Fortune*! dit Philip Rasleigh. Je l'ai vue, comme je vous vois, — sur le pont, au-dessus de moi; une créature au visage effronté, une blessure au menton, des mèches de cheveux sur les yeux. Sans doute, une prostituée de quelque port de France.

— Et aussi un misérable voyou, qui est venu frapper à la porte de Rasleigh, dit Godolphin. Pour moi, il n'y a pas de doute, ce garnement faisait partie de la bande. Il avait un ton de fausset et un air efféminé des moins plaisants.

— Ces Français sont si dégénérés! remarqua Dona.

— Si le vent n'avait tourné, jamais ils ne nous auraient échappé, bougonna Rasleigh. C'est le diable en personne, aurait-on dit, qui lui a envoyé ce coup de norois qui lui a permis de filer. George, ici présent, tenait le drôle au bout de son mousquet; malheureusement, il l'a raté.

— J'ai peine à le croire, dit Dona.

— J'étais, accidentellement, en état d'infériorité, madame, répliqua Godolphin, la pourpre lui montant au visage.

— Nous connaissons l'histoire, George! s'écria Harry, de l'autre bout de la table, en se claquant le genou. Inutile d'inventer. Vous aviez perdu votre perruque, n'est-ce pas? Le bandit vous l'avait escamotée?

Tous les regards se tournèrent vers Godolphin qui, raide comme un piquet, fixait son assiette.

— Ne prenez pas la chose trop à cœur, cher lord Godolphin, dit en souriant Dona. Remplissez plutôt votre verre. Qu'est-ce, après tout, que perdre sa perruque? Vous auriez pu laisser dans l'aventure, quelque bien autrement plus précieux, et que ferait alors lady Godolphin?

A ce moment, Carnethick, assis à côté de Rasleigh, s'étrangla avec son vin.

Minuit moins le quart. Minuit moins dix. Minuit moins cinq.

Le jeune Tremayne discutait combats de coqs avec Penrose de Tregony, tandis que son voisin, qui venait de Bodmin, et dont elle avait oublié le nom, chuchotait derrière sa main à l'oreille de Rockingham quelque anecdote scabreuse. A travers la table, Carnethick lui lançait des œillades, cependant que, d'une main velue, Philip Rasleigh se servait du raisin, et que Harry, étalé sur son siège, fredonnait un petit air, caressait d'une main son verre et de l'autre l'épagneul installé sur ses genoux.

Puis Eustick regarda la pendule et, se levant d'un bond, s'écria d'une voix de stentor : « Messieurs, avez-vous oublié pourquoi nous sommes réunis ici ce soir? Nous n'avons déjà perdu que trop de temps! »

Brusquement, le silence s'établit. Tremayne, rougissant, baissa les yeux vers son assiette, Carnethick fixant droit devant lui, tamponna ses lèvres avec un mouchoir de dentelle. Un des convives toussa avec embarras, un autre frotta ses pieds sous la table; seul, Harry, fredonnant sa petite chanson d'ivrogne, continuait à sourire. Dehors, dans la cour, l'horloge de l'écurie sonna minuit. Eustick adressa un regard significatif à Dona qui, immédiatement se leva. « Sans doute, désirez-vous que je me retire? dit-elle.

— Quelle absurdité! s'écria Harry, entrouvrant un

œil. Vous n'allez pas prétendre que ma femme quitte sa propre table, que diantre! Notre soirée sera gâchée, si elle s'en va; c'est toujours ce qui arrive. A votre santé, ma toute belle, et au diable les impudents valets!

— Harry, il n'est plus temps de badiner, dit Godolphin et, s'adressant à Dona, il ajouta : « Nous serions plus à notre aise pour parler, madame, si vous n'étiez pas là. Comme Eustick vient de nous le rappeler, nous ne sommes pas ici uniquement pour nous amuser.

— Cela va sans dire, répondit Dona. Je vous comprends parfaitement. Pour rien au monde, je ne voudrais vous distraire de vos projets. »

Comme elle s'apprêtait à se retirer et que tous les convives s'étaient levés, la grande cloche de la cour retentit.

— Qui diable peut bien venir à cette heure? dit Harry en bâillant. C'est un peu tard pour le souper. Débouchons pourtant une bouteille.

— Nous sommes au complet, dit Eustick. Personne d'autre n'a été convoqué, n'est-ce pas, Godolphin?

— Non, répondit Godolphin, les sourcils froncés. Cette réunion était secrète.

De nouveau, la cloche résonna.

— Que l'un de vous aille ouvrir la porte, s'écria Harry. Où diable ont donc passé tous les domestiques?

Sautant de ses genoux, le chien s'élança vers la grande porte en aboyant.

— Thomas! Holà! Quelqu'un! appela Harry, en se retournant, tandis que Rockingham, allant ouvrir la porte de service, criait : « Hé, là-bas, réveillez-vous! »

Mais personne ne répondit. Le couloir menant aux cuisines était plongé dans l'obscurité et parfaitement silencieux.

— On a éteint les chandelles dans le couloir, dit-il.

car j'ai fait à leur sujet, un pari avec mon mousse.

Jouant avec son épée, il s'approcha d'elle et s'inclina, tandis que, le regard empreint de haine et de frayeur, douze hommes ne le quittaient pas des yeux.

CHAPITRE XIX

Immobiles, pétrifiés à leur place, on eût dit des morts. Aucun d'eux ne parlait, mais tous fixaient le Français qui, souriant, la main tendue, se tenait devant Dona, attendant qu'elle lui remît ses bijoux.

Cinq contre douze! Mais, les premiers étaient armés, tandis que les autres avaient trop bien, trop copieusement soupé. Eustick avait encore la main posée sur le loquet de la porte, mais Luc Dumont, debout à côté de lui, tenait un pistolet braqué contre ses côtes. Lentement Eustick ferma le battant et remit les verrous. Quittant la galerie, Pierre Blanc et Edmond Vacquier descendirent l'escalier pour aller se poster aux deux extrémités de la grande salle. De sorte que, si par aventure, une main s'était glissée vers la garde d'une épée, ils auraient tiré, comme leur chef l'avait dit. Rockingham, adossé au mur, muet, passait la langue sur ses lèvres et surveillait la pointe du poignard de William. Seul, le maître de maison, qui s'était lourdement rassis, considérait la scène avec un aimable ahurissement, son verre à demi plein à la main.

Enlevant les rubis de ses oreilles, Dona les déposa dans la paume du Français.

— Est-ce tout? demanda-t-elle.

De la pointe de son épée, il désigna le pendentif de rubis qu'elle portait à son cou.

— Donnez-moi aussi ça, dit-il, un de ses sourcils relevé. Sinon mon mousse me maudira. Et également, ces deux bracelets que vous avez aux bras, je vous prie.

Elle défit bracelets et pendentif et, sans un mot, sans un sourire, les lui tendit.

— Merci, dit-il. J'espère que votre fièvre est passée?

— Je le croyais, répondit-elle. Mais sans doute votre présence ici va-t-elle la faire recommencer.

— J'en serais désolé, dit-il avec gravité. Ma conscience ne me le pardonnerait pas. Mon mousse aussi a parfois des accès de fièvre, mais l'air marin semble lui faire un bien miraculeux. C'est un remède que vous devriez essayer.

S'inclinant, il mit la parure dans sa poche et la quitta.

— Lord Godolphin, je présume? dit-il en s'approchant de l'ami de Harry. Lors de notre dernière rencontre, je me suis permis de vous dérober votre perruque; un pari était également la cause de ce larcin. Ce soir, je vous prendrai quelque chose d'un peu plus substantiel. Soulevant sur la poitrine de Godolphin, la brillante étoile d'une décoration, il en trancha le ruban avec la lame de son épée. « Votre arme également! A mon regret, je ne puis vous la laisser. »

D'un coup sec, il fit sauter l'épée de Godolphin, qui tomba sur les dalles avec fracas. Après quoi, s'étant incliné, il passa à Philip Rasleigh.

— Bonsoir, monsieur, dit-il. La dernière fois que je vous ai vu, vous aviez l'air d'avoir plus chaud. Il faut que je vous remercie pour le *Merry Fortune*, c'est un splendide bateau. Je doute cependant qu'aujourd'hui vous le reconnaissiez. Depuis que je lui ai fait traverser la Manche, on a changé son gréement et repeint toute sa coque. Votre épée, monsieur, je vous prie. Qu'avez-vous dans vos poches?

— Que Dieu vous damne! Vous me le payerez!

riposta Rasleigh, le souffle oppressé, les veines de son front toutes gonflées.

— C'est possible, dit le Français. Mais, pour l'instant, c'est vous qui payez.

Et, prenant la bourse de Rasleigh, il en fit couler les pièces d'or dans un sac suspendu à sa ceinture.

Lentement, il fit le tour de la table, s'arrêtant auprès de chaque convive. L'un après l'autre, ils durent livrer leur épée, vider leurs poches, donner bagues, sautoirs, épingles de cravate. Sifflotant un petit air entre les dents, il s'interrompait parfois pour cueillir une grappe de raisin à l'une des coupes. Un des invités, venant de Bodmin, très corpulent, ayant de la peine à retirer de ses doigts enflés par la goutte, ses innombrables bagues, il s'assit sur le bord de la table, parmi la vaisselle et l'argenterie, pour attendre, et prenant un carafon, se servit un verre de vin.

— Vous avez une bonne cave, sir Harry, dit-il. Mais, si je puis me permettre un conseil, vous devriez garder ce cru encore un an ou deux; il y gagnerait énormément. J'avais chez moi, en Bretagne, quelques bouteilles de ce même vin; comme un sot, je les ai bues beaucoup trop tôt.

— Par l'enfer! bafouilla Harry. Si jamais ce damné...

— Ne craignez rien, dit le Français, avec un sourire. Je n'aurais qu'à demander la clef de votre cave à William, si je le désirais. Mais je ne voudrais pas vous priver du plaisir de déguster ce vin dans quatre ou cinq ans. Puis, se grattant l'oreille, il considéra la bague que Harry portait à l'index. « La belle émeraude que vous avez là! » ajouta-t-il.

En guise de réponse, Harry l'arracha de son doigt et la lui jeta au visage. Il l'attrapa au vol et, l'approchant de la flamme d'une bougie, l'examina en transparence.

— Admirable! Pas un défaut! dit-il. C'est très rare pour une émeraude. Pourtant, je ne vous la prendrai pas. En y réfléchissant, j'estime que je vous ai déjà assez volé comme ça!

S'inclinant, il rendit sa bague au mari de Dona.

— Maintenant, messieurs, poursuivit-il. J'ai une dernière requête à vous adresser. Vous la trouverez, sans doute, un peu brutale, mais, étant donné les circonstances, je m'y vois obligé. Vous comprendrez, j'en suis certain, mon désir de regagner sans ennuis mon bateau? Or, si, rejoignant vos hommes dans les bois, vous me donniez la chasse, je crains que mes plans n'en soient dérangés. Bref, il faut que je vous prie de bien vouloir vous déculotter, puis de remettre cette partie de votre vêtement à mes hommes, ici présents. Vous enlèverez également vos bas et vos chaussures.

Blêmes de rage, tous le dévisagèrent.

— Par Dieu! Je n'en ferai rien! s'écria Eustick. Vous vous êtes déjà assez moqué de nous!

— Je regrette de me voir forcé d'insister, répondit le Français en souriant. Vous ne risquez rien; la nuit est chaude. Hier, c'était la mi-été... Lady St. Columb, ayez la bonté de passer au salon. Sans doute, ces messieurs ne tiennent-ils pas à se déshabiller publiquement devant vous, même si, peut-être, ils souhaitent le faire en privé. Poussant la porte, il la tint ouverte pour la laisser passer, puis, se retournant, il ajouta à l'adresse des invités : « Messieurs, je vous donne cinq minutes pour vous exécuter. Pierre Blanc, Jules, Luc, Edmond, William, gardez à vue ces messieurs. Pendant ce temps, j'irai discuter avez lady St. Columb les derniers problèmes de la saison. »

Puis, suivant Dona dans le salon, il referma la porte sur eux.

— Et vous, mon mousse, qui présidiez la table avec votre sourire hautain, vous demanderai-je de faire de même! dit-il en riant.

Jetant son épée sur un fauteuil, il lui tendit les bras. Elle posa les mains sur ses épaules et le regarda.

— Pourquoi êtes-vous si téméraire, si éhonté, si mordant? dit-elle. Ne savez-vous donc pas que les collines et les bois sont infestés d'hommes armés?

— Je le sais, répondit-il.

— Alors, pourquoi êtes-vous venu ici?

— Parce que les tentatives les plus dangereuses sont en général celles qui me captivent le plus et me réussissent le mieux. Mais, surtout, parce que, depuis près de vingt-quatre heures, je ne vous avais pas embrassée.

Baissant la tête, il prit le visage de Dona entre ses mains.

— Qu'avez-vous cru, quand, ce matin, vous ne m'avez pas vue arriver pour le déjeuner? demanda-t-elle.

— Je n'ai guère eu le temps de penser, répondit-il. Le soleil se levait à peine, quand Pierre Blanc est venu me réveiller et m'avertir que *La Mouette* s'était échouée sur un rocher. Immédiatement, nous nous sommes mis au travail, mais elle nous a donné un mal du diable, comme vous pouvez l'imaginer. Puis, pendant que le torse nu, sous le soleil, nous étions en train de la radouber, William est arrivé et m'a fait votre message.

— Je ne connaissais pas encore les projets de cette nuit, il n'a donc pas pu vous les dire.

— Non. Mais je n'ai pas tardé à m'en méfier. Vacquier a découvert un de leurs hommes, aux aguets sur la berge, en amont de la rivière, un autre dans le bois, sur la colline. J'ai compris qu'il s'agissait de ne plus lambiner. Heureusement, ils ne gardaient que la rivière et la forêt, mais pas la crique. Ils n'avaient pas découvert *La Mouette*.

— William est revenu une seconde fois, n'est-ce pas?

— Oui, entre cinq et six heures, cet après-midi. Il m'a mis au courant du souper de ce soir; c'est ce qui m'a décidé à venir à Navron. Bien entendu, je lui ai fait part de mon projet, mais, à cause de la blessure qu'il a reçue au retour, il n'a pu, comme j'y comptais, préparer notre arrivée.

— Pendant tout le souper, je n'ai cessé de penser à lui, évanoui sur mon lit.

— Il a réussi pourtant à se traîner jusqu'à la fenêtre et à l'ouvrir pour nous, comme je le lui avais demandé... A propos, vos domestiques sont enfermés dans la cave à gibier, ligotés dos à dos, comme les hommes du *Merry Fortune*... Aimeriez-vous que je vous rende vos joyaux?

Il plongea la main dans sa poche et les sortit. Mais, elle secoua la tête. « Gardez-les, dit-elle. En souvenir de moi. »

Un instant, il resta silencieux, le regard perdu, caressant les cheveux bouclés de Dona.

— Si tout va bien, *La Mouette* appareillera dans deux heures, dit-il lentement. L'avarie est plus ou moins réparée; en tout cas, elle tiendra jusqu'à la côte française.

— Quel temps fait-il? demanda-t-elle.

— Le vent est frais, assez régulier, répondit-il. En dix-huit heures, ou même moins, nous devrions atteindre la Bretagne.

Dona resta silencieuse. Il continuait à lui caresser la tête.

— Je n'ai plus de mousse, reprit-il. Connaîtriez-vous un garçon qui voudrait s'embarquer avec moi?

Dona leva les yeux vers lui, mais il ne souriait pas. S'écartant d'elle, il alla prendre son épée.

— Il faudra, je le crains, que j'emmène William, dit-il. Son rôle est terminé, à Navron. Il vous a bien servie, n'est-ce pas?

— Très bien, répondit-elle.

— S'il n'avait pas reçu cette estafilade au bras, je vous l'aurais peut-être laissé, reprit-il. Mais, on n'aurait pas tardé à le reconnaître, et Eustick ne se serait fait aucun scrupule de le pendre. De plus, je doute qu'il eût consenti à servir votre mari.

Il promena son regard dans la pièce. Un instant, ses yeux s'attardèrent sur le portrait de Harry. Puis, gagnant la porte-fenêtre, il tira les rideaux et l'ouvrit.

— Vous rappelez-vous la nuit, où pour la première fois, j'ai soupé avec vous? dit-il. Et le portrait que j'ai fait de vous, pendant que vous regardiez le feu? Comme je vous ai irritée, ce soir-là!

— Je n'étais pas irritée, répondit-elle, mais humiliée. J'avais honte que vous m'ayez ainsi devinée.

— Je vais vous dire une chose, reprit-il. Jamais vous ne serez un bon pêcheur; vous êtes trop impatiente. Vous embrouillerez toujours votre ligne.

A ce moment, on frappa à la porte.

— Est-ce vous, William? cria-t-il. Ces messieurs se sont-ils exécutés?

— Oui, monsieur, répondit William, à travers la cloison.

— Bon. Dites à Pierre Blanc de leur lier les mains dans le dos. Après quoi, vous irez les enfermer à clef, en haut, dans les chambres à coucher. Cela nous donnera le temps de nous retirer.

— Très bien, monsieur.

— Hé, William!

— Oui, monsieur.

— Comment va votre bras?

— Il me fait encore un peu mal, monsieur, mais pas trop.

— C'est bien. Je voudrais que vous preniez la voiture et conduisiez lady St. Columb, à cette pointe de sable qui se trouve à environ une lieue, en deçà de Coverack. Vous voyez ce que j'entends?

— Oui, monsieur.

— Une fois là-bas, vous attendrez mes ordres.

— Bien monsieur.

Étonnée, elle le regardait. L'épée à la main, il la rejoignit.

— Que vous proposez-vous de faire? dit-elle.

Il tarda à répondre. Ses yeux étaient sombres; il ne souriait plus.

— Vous souvenez-vous de notre conversation, hier soir, au bord de la crique? demanda-t-il enfin.

— Oui, dit-elle.

— Ne sommes-nous pas arrivés à la conclusion qu'une femme ne peut s'évader plus d'une heure, plus d'un jour?

— Oui.

— Ce matin, lorsque William m'a annoncé que vous n'étiez plus seule à Navron, j'ai réalisé que notre rêve ne peut se prolonger, que la crique va cesser d'être notre sanctuaire. Désormais, *La Mouette* devra naviguer dans d'autres eaux, se chercher d'autres cachettes; mais si elle-même et son équipage restent libres son capitaine, lui, demeurera captif.

— Que voulez-vous dire? demanda Dona.

— Que, comme vous êtes liée à moi, je suis lié à vous. Dès le début, j'ai su que ce serait ainsi. Quand, pendant l'hiver, je regardais votre maussade portrait, là-haut, dans votre chambre, je me disais : « Ce sera elle, et point d'autre. » Et, j'attendais, sans impatience, car je savais qu'un jour, notre temps viendrait.

— Et que saviez-vous encore?

— Que vous aussi, mon insouciante, mon indifférente Dona, si dure, si désabusée, qui vous amusiez à jouer au voyou avec votre mari et ses amis, dans les rues de Londres, vous aussi vous saviez que, quelque part dans le vaste monde, existait un être qui vous appartenait, dont l'âme et le corps ne formaient qu'un avec les vôtres, que sans lui, vous étiez aussi perdue qu'un fétu de paille emporté par le vent.

Doucement, elle posa la main sur ses yeux.

— Tout ce que vous ressentez, je l'éprouve, dit-elle.

Vos moindres désirs, vos pensées, vos divers états d'âme. Mais, que faire? Il est trop tard. Vous-même me l'avez dit.

— Oui, la nuit dernière, quand, réunis, insouciants, nous pouvions croire que le matin était encore très loin. A ces instants de bonheur, on se permet parfois de se moquer de l'avenir, la cruelle pensée de la séparation, ne faisant qu'ajouter une sorte d'intensité désespérée à la joie du moment. Pendant qu'il se donne à l'amour, ma Dona, l'homme échappe au fardeau de son amour, en même temps qu'à lui-même.

— Oui, je le sais, dit-elle. Je l'ai toujours su. Mais, souvent, les femmes l'ignorent.

— Oui, souvent, dit-il tout en sortant les bracelets de sa poche et les fixant à ses poignets. Aussi, lorsque ce matin, j'ai vu la brume sur la crique et ne vous ai plus trouvée à mon côté, j'ai compris que désormais, pour moi aussi, l'évasion serait impossible. Prisonnier! Le donjon où je me trouve enchaîné, est sans issue.

Lui prenant la main, elle la pressa contre sa joue.

— Et, pendant tout le jour, en silence, vous avez peiné, transpiré, vous acharnant à l'ouvrage, votre front marqué de ces lignes dures, concentrées que j'ai appris à comprendre et, quand la réparation de *La Mouette* a été achevée, quelle a été votre réponse?

Se détournant, il regarda au loin, par la fenêtre ouverte.

— Quelle a été ma réponse? répéta-t-il lentement. La même. N'êtes-vous pas lady St. Columb, épouse d'un baronet anglais, mère de deux enfants? Et moi, ne suis-je pas un pirate, un Français, spoliateur de votre pays, ennemi de vos amis? S'il y a une réponse, Dona, c'est à vous de la donner, pas à moi. Se dégageant, il se dirigea vers la porte-fenêtre. Quand il y fut, il se retourna et la regarda : « C'est pour cette raison que j'ai demandé à William de vous conduire là-bas, près de Coverack. Ainsi vous aurez le temps de décider librement ce que vous voulez faire. Si nous parvenons à franchir sains et saufs le cordon de sentinelles qui gardent les bois, et pouvons sans retard mettre à la voile, je compte que nous serons en vue de Coverack au lever du jour. J'enverrai un canot chercher votre réponse. Si, à l'aube, *La Mouette* n'a point paru, vous saurez que quelque chose a contrecarré mes projets. Peut-être, alors, Godolphin aura-t-il la suprême satisfaction de faire pendre au plus grand arbre de son parc, ce satané Français. »

Il lui sourit, fit un pas sur la terrasse et ajouta : « Je vous ai aimée, ma Dona, en toutes circonstances, de toutes les façons, mais c'est, je crois, sur le pont du *Merry Fortune* quand, en hauts-de-chausses de Pierre Blanc, le visage ensanglanté, votre chemise déchirée, trempée par l'averse torrentielle, je vous regardais et riais, et qu'une balle a sifflé tout près de votre tête, oui, je crois que c'est à ce moment-là que je vous ai le plus aimée. »

Puis, pirouettant sur les talons, il disparut dans les ténèbres.

Un long moment, Dona resta immobile, les mains jointes, anéantie. Enfin, comme quelqu'un qui se réveille, elle réalisa qu'elle était seule, que la demeure était silencieuse et qu'entre ses mains elle tenait ses boucles d'oreilles et son pendentif. La brise entrait par la fenêtre ouverte, chassant la flamme des candélabres vers la paroi. A peine consciente de ses mouvements, elle alla fermer la porte-fenêtre, en tira les verrous, puis se rendit à la salle du banquet.

Sur la longue table, plats, assiettes, pyramides de fruits dans leurs coupes de cristal, gobelets d'argent, verres et carafes, avaient un air étrangement abandonnés, comme si, reculant leurs chaises, les convives étaient partis avant d'avoir achevé leur repas. On eût dit quelque nature morte, peinte par un amateur où fruits, mets, vin répandu, manquaient de vie, de réalité. Blottis par terre, les deux épagneuls tremblaient. A l'entrée de Dona, Duchesse sortit son museau d'entre ses pattes, la regarda et gémit faiblement. A l'une des appliques, trois bougies brûlaient encore — sans doute avant de s'en aller un des hommes de *La Mouette* avait-il hâtivement soufflé les autres. Leur cire coulait en cascade jusque sur les dalles; leur clarté avait quelque chose d'inquiétant, de sinistre.

Immobile, Dona suivait sa pensée. L'une des bougies s'éteignit, tandis que la flamme des deux autres dansait et vacillait sur les murs. Leur besogne accomplie, les hommes de *La Mouette* étaient partis. En ce moment, se faufilant à travers bois, ils regagnaient la crique et le bateau. Leur maître, l'épée à la main, les avait rejoints.

Dans la cour, tout près, l'horloge de l'écurie sonna une heure; un son grêle, aigu, comme l'écho d'une cloche lointaine. Là-haut, ligotés, sans chaussures ni culottes, les convives de Navron gisaient à terre, furieux, impuissants. Quant à Harry, sans doute était-il en train de dormir, couché sur le dos, la bouche ouverte, la perruque de travers, ronflant, car rien au monde, pas même les pires traitements, ne l'aurait empêché de se mettre au lit, lorsqu'il avait trop bien soupé. Dans sa petite chambre, William devait probablement panser sa blessure. Songeant à lui, Dona s'en voulut de l'avoir oublié si longtemps et se dirigea vers le grand escalier. Comme elle posait la main sur la rampe, un bruit venant de la galerie, lui fit lever la tête. Debout, le visage traversé d'une balafre, le regard sec entre ses paupières rapprochées, Rockingham la fixait, un poignard à la main.

CHAPITRE XX

Pendant une éternité, sembla-t-il à Dona, il resta là, la dévisageant. Puis, lentement, sans jamais la quitter du regard, il descendit. Reculant, elle tâtonna pour trouver la table, s'assit à sa place et l'observa. Il n'était vêtu que d'une chemise et d'une culotte. Sur la chemise, il y avait du sang, ainsi que sur le poignard qu'il tenait à la main.

Dans un éclair, elle devina ce qui avait dû se passer. Là-haut, quelque part au fond du couloir obscur, sans doute gisait un homme, agonisant, ou déjà mort. Était-ce un membre de l'équipage de *La Mouette*? Ou bien, William? En silence, ils avaient lutté, tandis que, seule, au salon, elle rêvait, tenant sa parure de rubis entre les mains.

Il atteignit le bas de l'escalier, toujours sans parler, ses yeux étroits de félin rivés sur elle. A pas lents, il gagna le bout opposé de la table, s'assit à la place de Harry, posa le poignard sur l'assiette devant lui.

Lorsque enfin il lui adressa la parole, le timbre familier de sa voix parut étrange à Dona, tant il contrastait avec l'altération de ses traits. L'homme assis en face d'elle n'était pas le Rockingham avec lequel elle avait folâtré à Londres, le compagnon de sa chevauchée masquée à Hampton Court, le dégénéré, le roué, qu'elle avait méprisé. Froid, mauvais, ne lui souhaitant que douleur et souffrance, c'était désormais un ennemi.

— Je vois, dit-il, qu'on vous a rendu vos bijoux.

Elle haussa les épaules, mais ne répondit pas. Ce qu'il avait pu deviner était sans conséquence. La seule chose importante était de savoir quelles étaient ses intentions, ce qu'il allait faire.

— Et qu'avez-vous donné en retour? poursuivit-il.

Levant les bras, mais sans le quitter des yeux, elle fixa les pendants de rubis à ses oreilles. Puis, comme son regard commençait à lui faire horreur, qu'il l'effrayait même, elle rompit le silence.

— Nous voilà subitement bien graves, Rockingham, dit-elle. J'aurais cru que la facétie de tout à l'heure vous avait beaucoup amusé.

— Vous n'avez pas tort, répondit-il. Je l'ai trouvée divertissante. En effet, ces cinq mauvais plaisants désarmant et déculottant en un tour de main, douze hommes, m'ont curieusement rappelé nos propres facéties à Hampton Court. Mais que Dona St. Columb ait adressé pareil regard — regard qui ne pouvait avoir qu'un sens — au chef de la bande, non, cela ne m'a pas amusé.

Mettant les coudes sur la table, elle appuya son menton dans ses mains.

— Et alors? dit-elle.

— J'ai brusquement compris beaucoup de choses qui m'intriguaient depuis mon arrivée ici. Votre valet, William, un espion du Français, cela va sans dire. Votre familiarité réciproque, la preuve que vous n'ignoriez pas son identité. Vos promenades, vos randonnées dans la forêt, ce regard insaisissable que vous aviez, et que je ne vous connaissais pas, oui, en vérité, cette façon dont vous évitiez de rencontrer mes yeux, ceux de Harry ou de n'importe quel homme, excepté ceux d'un seul, tout cela, subitement, s'est éclairé pour moi. Et cet homme, cette nuit, je l'ai vu. » Il parlait d'une voix basse, à peine

Il y fait noir comme dans un four. Holà! Thomas!

— Quels ordres avez-vous donnés à vos gens, Harry? Sont-ils allés se coucher? demanda Godolphin en reculant sa chaise.

— Se coucher? Mais, pas du tout, répondit Harry qui, titubant, se leva. Sans doute les drôles attendent-ils, quelque part dans les cuisines. Appelez-les donc encore une fois, Rock, je vous prie.

— Puisque je vous dis qu'ils ne répondent pas, répliqua Rockingham. Toutes les lumières sont éteintes et la cuisine, là au bout, est aussi sombre qu'un puits.

Pour la troisième fois, la cloche retentit. Avec un juron, Eustick se dirigea vers la porte d'entrée et se mit à tirer les verrous.

— Probablement est-ce un de nos hommes qui vient faire un rapport, dit Rasleigh, un de ceux que nous avons postés dans les bois. Quelqu'un nous aura trahis et la chasse a commencé.

A ce moment, Eustick ouvrit tout grand le battant et cria dans les ténèbres : « Qui va là?

— Jean-Benoît Aubéry! messieurs, votre serviteur! répondit le Français. L'épée à la main, le sourire aux lèvres, il pénétra dans la salle du banquet. Ne bougez pas, Eustick, poursuivit-il. Ni aucun de vous, messieurs. Restez où vous êtes. On vous tient tous en joue; le premier qui bouge recevra une balle dans la tête. »

Levant les yeux vers la galerie, Dona aperçut Pierre Blanc, un pistolet à la main, et Edmond Vacquier, au haut de l'escalier. En bas, à la porte de service, se tenait William, livide, indéchiffrable, le bras gauche pendant, inerte, à la main droite un poignard dirigé contre la gorge de Rockingham.

— Asseyez-vous, messieurs, je vous prie, dit le Français. Je ne vous retiendrai pas longtemps. Quant à lady St. Columb, elle peut se retirer. Mais avant, elle me remettra les rubis qu'elle porte à ses oreilles, plus forte qu'un murmure, et ne cessait de la dévisager avec une expression de haine. « Eh bien, osez-vous nier?

— Je ne nie rien », dit-elle.

Prenant le poignard sur l'assiette, il se mit à tracer distraitement de la pointe des lignes sur la table.

— Savez-vous, dit-il, que si l'on découvre la vérité, vous risquez la prison, ou même d'être pendue?

De nouveau, elle haussa les épaules et ne répondit pas.

— Quelle triste fin pour Dona St. Columb! reprit-il. Êtes-vous jamais entrée dans un cachot? En connaissez-vous la chaleur, la crasse? En avez-vous goûté le pain sec, noir, l'eau saumâtre, fangeuse? Sentir une corde autour de votre cou, qui vous étrangle, cela vous plairait-il, Dona?

— Mon pauvre Rockingham, dit-elle lentement. Je conçois toutes ces choses bien mieux que vous ne sauriez les décrire. Mais quel est votre but? Croyez-vous m'effrayer? Vous n'y réussissez pas, en tout cas.

— J'ai pensé simplement qu'il était sage de vous rappeler ce qui pourrait vous arriver.

— Tout ceci, dit-elle, parce que lord Rockingham se plaît à imaginer que j'ai souri à un pirate lorsque celui-ci m'a demandé de lui donner mes bijoux. Allez donc raconter votre fable à Godolphin, à Rasleigh, à Eustick, ou même à Harry; vous verrez s'ils ne vous traitent pas de fou!

— Si vous savez votre Français en sécurité, que vous-même êtes tranquillement à Navron, c'est possible, dit-il. Mais, si nous l'attrapons et que, devant vous, nous jouons avec lui comme, il y a cent ans encore, on jouait avec les prisonniers? Je crois vraiment, Dona, qu'alors, vous vous trahiriez.

De nouveau, il la fit songer au chat perfide, si doux, si ouaté, qui se glisse parmi les hautes herbes, un oiseau entre les dents. Et, repensant au passé, elle se rendit compte, que toujours, elle avait soupçonné en lui cette nuance de sadisme, cruel, délibéré, à laquelle l'époque insouciante et légère où ils vivaient, avait sans doute permis de rester cachée.

— Vous vous plaisez à dramatiser, dit-elle. Le temps de l'estrapade et du garrot est passé. Nous ne brûlons plus nos hérétiques sur le bûcher.

— Peut-être ne brûlons-nous plus nos hérétiques, répliqua-t-il. Mais nos pirates, nous les pendons, nous les écartelons. Et le même sort est réservé à leurs complices.

— Très bien, dit-elle. Si vous me considérez comme complice, faites ce qui vous plaît. Allez là-haut délier nos convives, réveiller Harry de son sommeil d'ivrogne, appeler les domestiques. Procurez-vous des chevaux, des soldats, des armes. Quand vous aurez attrapé votre pirate, vous n'aurez qu'à nous pendre tous deux au même arbre.

Il tarda à répondre. Le regard braqué sur elle à travers la longue table, il faisait lentement osciller le poignard.

— Oui, dit-il, d'une voix sourde, vous supporteriez cela avec fierté, avec bonheur sans doute. Cela vous est égal de mourir maintenant. N'avez-vous pas enfin trouvé ce que, toute votre vie, vous avez cherché? Est-ce vrai ou non, Dona?

Un instant, elle le considéra, puis elle se mit à rire.

— Oui, dit-elle. C'est vrai.

Il blêmit; sur sa joue, l'estafilade qui déformait sa bouche comme une étrange grimace, parut plus rouge encore.

— Dire que cela aurait pu être moi! gémit-il. Oui, moi!

— Ça, non, jamais! dit-elle. Je le jure. De ma vie! Jamais!

— Si vous étiez restée à Londres et n'étiez pas venue à Navron, cela aurait été moi. Oui, par lassitude, par ennui, par indifférence, par dégoût peut-être, mais cela aurait été moi.

— Non, Rockingham... jamais.

Balançant toujours son poignard, lentement il se leva, écarta d'un coup de pied l'épagneul blotti contre sa chaise, roula les manches de sa chemise au-dessus de ses coudes. La lueur vacillante des bougies, tombant sur son visage, l'éclairait sinistrement.

Les mains crispées sur les accoudoirs, Dona se leva, elle aussi.

— Qu'y a-t-il, Rockingham? dit-elle.

Alors, pour la première fois, il sourit et, repoussant sa chaise, il posa une de ses mains sur le coin de la table.

— Je crois, chuchota-t-il, que je vais vous tuer.

Plus vive que l'éclair, elle saisit un verre de vin à portée de sa main et le lui lança au visage. Une seconde, tandis que les débris dégringolaient en tintant sur les dalles, il resta aveuglé. Puis, à travers la table, il essaya de la frapper, mais évitant le coup, elle saisit une des lourdes chaises qui se trouvaient près d'elle, la souleva et l'envoya s'écraser parmi l'argenterie et les coupes de fruits. Une des jambes du meuble frappa le dos de Rockingham qui, haletant de douleur, le fit rouler sur le sol. Alors, balançant un instant le poignard au-dessus de sa tête, il visa la gorge de Dona et le lança à toute volée. La pointe atteignit le rubis suspendu à son cou, puis elle sentit la froide lame d'acier dévier, glisser contre sa peau, l'érafler et s'égarer dans les plis de sa robe. Écœurée par l'horreur, par la souffrance, elle tâtonna dans l'espoir de la trouver, mais déjà Rockingham s'était jeté sur elle et, lui tordant d'une main le poignet derrière le dos, il pressa l'autre sur sa bouche, cherchant à l'étouffer. Perdant l'équilibre, elle tomba à la renverse contre la table, tandis que verres et assiettes dégringolaient sur les dalles. À ce moment, sous elle, elle sentit l'arrête dure du poignard. Cependant, excités, imaginant que c'était un nouveau jeu destiné à leur amusement, les chiens aboyaient furieusement, sautaient contre Rockingham, l'écorchaient de leurs pattes, si bien que, voulant les éloigner d'un coup de pied, il se détourna une seconde et relâcha la pression de sa main sur la bouche de Dona.

Elle en profita pour mordre profondément sa paume, et, de son poing gauche, lui frapper les yeux. Lâchant son poignet qu'il maintenait tordu, il prit alors entre ses mains le cou de Dona, et le serra. Elle sentit ses pouces écraser sa trachée, l'étouffer. De sa main droite elle tâtonna pour trouver le poignard; soudain ses doigts le rencontrèrent et, s'agrippant au manche froid, elle remonta la lame sous l'aisselle de Rockingham. Avec une horrible facilité l'acier pénétra dans la chair molle, cependant que le sang, étonnamment chaud, coulait à flots épais sur son bras. Il poussa un profond, un étrange soupir et, relâchant son étreinte, s'affaissa de côté sur la table, parmi la vaisselle et l'argenterie. Se dégageant, elle le repoussa et se redressa, les genoux tremblants, les chiens aboyant follement autour d'elle. Mais, déjà, avec effort, il se relevait et, son regard vitreux fixé sur elle, pressant d'une main la blessure sous son bras, il saisit de l'autre une lourde carafe d'argent demeurée sur la table. Il allait lui en assener un coup sur le visage, quand avec un crépitement la dernière bougie s'éteignit, les laissant plongés dans les ténèbres.

Instinctivement, elle chercha le rebord de la table, afin de la contourner et s'éloigner de lui. Puis, silencieusement, elle obliqua vers l'escalier. Elle l'entendait tâtonner à sa recherche dans la salle obscure, buter contre des meubles, les renverser. Comme elle atteignait les premières marches, elle aperçut une pâle lueur venant de la fenêtre de la galerie. S'accrochant à la rampe, elle se mit à monter, les chiens aboyant à ses talons. Quelque part, là-haut retentissaient des cris, des vociférations, le bruit sourd de poings frappant contre des portes; mais tout cela, embrouillé, confus, comme un rêve, sans rapport avec le combat que, seule, elle devait livrer.

La gorge contractée par les sanglots, elle tourna la tête et aperçut Rockingham au bas de l'escalier. Plié en deux, il montait lentement vers elle, à quatre pattes, comme un chien blessé. Enfin elle se trouva sur le palier. Derrière les portes closes, clameurs et coups semblaient redoubler, dominés par les aboiements de Duc et Duchesse affolés. Elle reconnut la voix de Godolphin, celle de Harry; puis, venant de la chambre des enfants, un cri aigu retentit; le cri d'un petit être terrifié, réveillé dans son sommeil. Alors, chassant la peur qui l'étreignait, la colère la saisit, et, subitement, elle se sentit calme, froide, résolue.

La lumière grise tombant de la fenêtre où, entre les nuages, par instants, apparaissait la lune, luisait faiblement sur un bouclier poussiéreux suspendu au mur, ancien trophée ayant appartenu à quelque St. Columb. Elle l'arracha de son crochet; sous son poids, ses genoux fléchirent. Cependant, Rockingham continuait à monter. Elle devinait son dos, appuyé à la rampe, quand il s'arrêtait pour respirer, entendait le frottement de ses mains sur les marches, le bruit oppressé de sa respiration. Alors, comme il arrivait au haut de l'escalier, se relevait et tournait la tête, la cherchant dans les ténèbres, elle lança le bouclier sur lui, le visant au visage. Il vacilla, s'affaissa et, roulant sur lui-même, accompagné du bouclier, il dégringola le long des degrés jusque sur les dalles du vestibule. Les chiens, aboyant, jouant, bondissant, se bousculèrent à sa suite. Arrivés au bas, ils s'arrêtèrent et se mirent à flairer son corps, gisant inanimé sur le sol.

Figée, toute sensation abolie, Dona demeura sans bouger, une douleur lancinante derrière les yeux, le cri de James toujours strident dans ses oreilles. Un bruit de pas retentit quelque part, puis un appel angoissé, terrorisé, un craquement de bois arraché. Était-ce Harry, ou peut-être Eustick, en train de démolir la porte de la chambre où ils étaient enfermés? Ces choses lui semblaient de peu d'importance; elle se sentait trop lasse pour s'en préoccuper. Elle n'avait qu'une envie : s'étendre dans l'obscurité, dormir, le visage entre les mains. Elle se souvint que, quelque part, le long du couloir, elle possédait une chambre, un lit, où elle pourrait se coucher, être oubliée. Là-bas, sur la rivière, se trouvait un navire, nommé *La Mouette,* et l'homme qu'elle aimait se tenait à la barre, pilotant le voilier vers le large. N'avait-elle pas promis, pour lui donner sa réponse, de l'attendre à l'aube sur la petite plage de sable, non loin de Coverack? William, le fidèle William, devait l'y conduire. Ils sauraient bien découvrir ce lieu, malgré l'obscurité. Quand ils l'auraient trouvé, un canot se détachant de *La Mouette* viendrait jusqu'à eux, comme il l'avait dit. Elle évoqua la côte de Bretagne, telle qu'elle l'avait vue un matin avec lui, dorée par les premiers feux du jour, avec ses roches déchiquetées, rouges, comme celles du Devon. Les vagues roulaient leur blanche écume sur les grèves sablonneuses et rejaillissaient en fin brouillard contre les falaises, mêlant leur parfum à celui de la terre chaude et de l'herbe.

Là-bas, se trouvait une demeure qu'elle n'avait jamais vue, mais où il l'emmènerait... En ce moment, elle avait envie de dormir, de rêver à ces choses, d'oublier les coulées de cire sur les dalles, en bas, dans la salle du banquet, les verres brisés, les chaises renversées, le visage de Rockingham au moment où le poignard avait pénétré dans sa chair. Elle souhaitait dormir. Subitement, elle eut l'impression qu'elle ne tenait plus debout, qu'elle s'affalait, comme Rockingham. Puis les ténèbres s'abattirent sur elle, l'enveloppèrent, tandis que dans ses oreilles semblait siffler le vent...

Ce ne fut que longtemps après, sans doute, que des gens arrivèrent, se penchèrent sur elle, que des mains la soulevèrent, l'emportèrent. Quelqu'un bassina son visage, sa gorge, disposa un oreiller sous sa tête. De nombreuses voix, des voix d'hommes, résonnaient au loin, des allées et venues, des pas pesants, puis, dans la cour, des sabots de chevaux sur les pavés. Une fois, elle entendit l'horloge de l'écurie sonner trois coups.

Obscurément, au fond de son esprit, quelque chose murmurait : « Il m'attend là-bas, sur la grève de sable, et je suis couchée ici, incapable de bouger, d'aller le rejoindre. » Vainement, elle essaya de se soulever, de sortir de son lit mais retomba anéantie. Il faisait encore nuit; dehors, elle entendait bruire doucement la pluie. Puis elle dut s'endormir, du lourd sommeil de l'épuisement car, lorsqu'elle ouvrit les yeux, il faisait grand jour, les rideaux étaient tirés et Harry, agenouillé à côté de son lit, lui caressait la tête de sa grosse main maladroite. Son regard bleu tout brouillé, il contemplait son visage et pleurait comme un enfant.

— Vous n'avez pas de mal, Dona? dit-il. Vous sentez-vous mieux?

Une douleur sourde derrière les yeux, elle le considéra, sans comprendre. N'était-il pas ridicule ainsi, à genoux, avec ces larmes coulant sur ses joues? Une sorte de honte l'envahit, à le voir dans cette posture.

— Rock est mort, dit-il. Nous l'avons trouvé gisant au bas de l'escalier dans le vestibule, sa pauvre nuque fracassée. Rock, le meilleur ami que j'aie jamais eu! Et ses larmes se remirent à ruisseler. Elle continuait à le fixer. « Il vous a sauvé la vie, vous savez, poursuivit-il. Il a dû se battre seul, dans l'obscurité, contre ce démon, pendant que, vous échappant, vous montiez nous avertir. Ma pauvre chérie, ma toute belle. »

Mais Dona ne l'écoutait plus. S'asseyant dans son lit, elle contempla le jour qui entrait à flots par la fenêtre. « Quelle heure est-il? demanda-t-elle. Depuis quand le soleil est-il levé?

— Le soleil? dit-il d'un air vague. Mais, il va être midi, je crois. Pourquoi? Vous allez vous reposer, n'est-ce pas? C'est indispensable, après la nuit que vous avez passée. »

La main sur les yeux, elle s'efforça de réfléchir. Il était donc midi. Ne pouvant s'attarder après le lever du jour, le navire devait être reparti. Et, tandis que la chaloupe se rendait à la plage de sable, elle dormait ici, étendue dans son lit!

— Tâchez de vous reposer, ma toute belle, disait Harry. Tâchez d'oublier cette nuit maudite. Jamais plus je ne boirai, j'en fais le serment. Tout ça, c'est ma faute; j'aurais dû l'empêcher. Mais, je vous le promets, vous serez vengée. Nous le tenons, vous savez! Nous avons attrapé ce sacré bandit!

— Que dites-vous? murmura-t-elle lentement. De qui parlez-vous?

— De ce damné Français, pardi! répondit-il. De ce démon qui a tué Rock, qui a bien failli vous tuer, vous aussi. Son navire est parti avec les survivants de son équipage. Mais lui, nous le tenons, leur chef, ce sacré pirate!

Elle continuait à le dévisager sans comprendre, étourdie, comme s'il l'avait frappée. Remarquant son regard, il en fut troublé et recommença à lui caresser les cheveux, à baiser le bout de ses doigts.

— Ma pauvre chérie, quelle sacrée aventure, murmura-t-il. Quelle nuit, quelle infernale affaire! Puis il s'interrompit, la scruta, rougit, vaguement confus, sans lâcher sa main, et comme dans les yeux de Dona il voyait un sombre désespoir, inconnu, qu'il ne comprenait pas, timide, gauche, comme un garçon maladroit, il demanda : « Ce pirate, ce Français, il ne vous a molestée d'aucune manière, n'est-ce pas, Dona? »

CHAPITRE XXI

Deux jours passèrent, sans durée appréciable. Elle s'habillait, mangeait, se rendait au jardin. Cependant, une étrange impression d'irréalité la possédait, comme si ce n'était pas elle qui faisait toutes ces choses, mais une autre femme, dont elle ne comprenait même pas les paroles. Son esprit restait vide, une partie d'elle-même semblait encore dormir. L'engourdissement de son esprit s'étendait à ses membres, si bien qu'elle ne sentait ni les rayons du soleil, lorsque par instants, il apparaissait entre deux nuages, ni le froid qu'apportait le petit vent aigre qui soufflait.

A un certain moment, les enfants arrivèrent en courant l'embrasser. James grimpa sur ses genoux et Henrietta, dansant sur un pied, s'écria : « Tu sais, maman, on a attrapé un méchant pirate! Prue dit qu'il sera pendu. » Elle remarqua la pâleur de Prue, son expression soumise et, avec effort, se rappela que la mort avait visité Navron, que Rockingham, étendu dans l'église obscurcie, attendait d'être enterré. Ces journées, teintées d'une morne grisaille, ressemblaient aux dimanches de son enfance, quand les Puritains défendaient qu'on dansât sur les pelouses. Le prêtre de Helston vint aussi lui dire gravement sa sympathie pour la perte d'un si cher ami. Il repartit à cheval et, de nouveau, Harry se trouva auprès d'elle, se mouchant, parlant d'une voix assourdie qui ne lui ressemblait pas. Il ne la quittait pas. Humble, prévenant, il s'occupait sans cesse de son bien-être, offrait de lui chercher un manteau, une couverture pour ses genoux et quand, secouant la tête, elle refusait, ne souhaitant que rester tranquille, ne penser à rien, il lui répétait combien il l'aimait, que plus jamais il ne boirait, que si durant cette fatale nuit, ils avaient été ainsi surpris, c'était sa faute, que sans son insouciance, sa paresse, le pauvre Rockingham serait encore vivant.

— Je cesserai aussi de jouer, disait-il. De ma vie, je ne toucherai plus une carte. Je vendrai notre hôtel de Saint-James; nous irons nous installer dans le Hampshire, Dona, près de votre demeure familiale où, pour la première fois, nous nous sommes rencontrés. Je mènerai là-bas l'existence d'un gentilhomme campagnard, avec vous et les enfants. J'enseignerai au petit James à monter à cheval, à chasser au faucon. Aimeriez-vous ça, Dona?

Mais, absente, le regard fixe, elle ne répondait pas.

— Navron a toujours eu quelque chose de funeste, poursuivit-il. Depuis ma plus tendre enfance, j'ai éprouvé cette impression. Jamais je ne me suis senti à l'aise ici. L'air est trop mou; il ne me convient pas, pas plus qu'à vous, du reste. Dès que cette affaire sera liquidée, nous partirons. Si seulement nous pouvions mettre la main sur ce sacré valet et le pendre en même temps que son chef. Bon Dieu, quand je pense au danger que vous avez couru, seule ici avec lui!

De nouveau, il se moucha, secoua la tête. Un des égagneuls vint frotter son museau contre la main de Dona, la lécher. Et, soudain, le souvenir des aboiements furieux, des jappements, de l'excitation des chiens pendant la sinistre nuit, lui revint. Brusquement, son esprit engourdi se ranima, se réveilla, terriblement conscient. Sans raison, son cœur se mit à battre à grands coups et la maison, les arbres, la silhouette de Harry, assis à côté d'elle, prirent forme et couleur. Il continuait à lui parler et, maintenant, elle se rendait compte que la plus insignifiante de ses paroles pouvait avoir de l'importance, qu'elle ne devait en perdre aucune, car elle devait faire des plans; le temps pressait de façon désespérée.

— Ce pauvre Rock, dès le début, il doit avoir suspecté ce faquin, disait Harry. On a retrouvé des traces de lutte dans sa chambre, vous savez, et une traînée de sang, brusquement interrompue, le long du corridor. Nous avons eu beau le chercher, nous ne l'avons découvert nulle part. D'une manière ou de l'autre, il a dû s'échapper. Peut-être a-t-il rejoint ses complices; mais j'en doute. Probablement se sont-ils souvent servis de la rivière pour s'y cacher. Par l'enfer, Dona, si seulement nous l'avions su!

Violent, il frappa son poing dans sa main puis, se rappelant que la mort avait visité Navron, que parler fort ou jurer était un manque de respect à l'égard du défunt, il soupira et, baissant la voix, ajouta : « Pauvre Rock! Je ne sais vraiment pas ce que nous allons faire sans lui. »

Enfin Dona parla, d'une voix qui lui parut étrange; elle s'exprimait comme si elle récitait une leçon.

— De quelle façon l'a-t-on attrapé? dit-elle, tandis que, de nouveau, le chien se mettait à lui lécher la main.

— Vous voulez parler de ce maudit Français? demanda Harry. Nous espérions, je vous dirais, avoir par vous quelques indications, puisque vous étiez la dernière à l'avoir vu au salon. Mais, vous aviez un air si ahuri, si bizarre, quand je vous ai interrogée, que j'ai dit à Eustick et aux autres que, par l'enfer, vous en aviez trop vu et qu'il fallait vous laisser tranquille. Aussi, maintenant, si vous préférez ne pas parler de ce sujet, je n'insiste pas. Ça n'a pas d'importance, vous savez.

— Il m'a rendu ma parure de rubis, puis il est parti, dit-elle, joignant les mains sur ses genoux.

— Ma foi, s'il n'a fait que ça! dit Harry. Mais, alors il a certainement dû revenir et essayer de vous suivre en haut. Peut-être avez-vous oublié que vous avez perdu connaissance, dans le couloir, près de la porte de votre chambre? Quoi qu'il en soit, Rock devait se trouver là, et, devinant sans doute ses criminels desseins, s'est jeté sur lui. C'est dans la lutte qui a suivi — pour vous défendre, Dona, souvenez-vous-en toujours, — qu'il a perdu la vie.

Un moment, Dona resta silencieuse, suivant des yeux la main de Harry en train de caresser le chien.

— Et alors? dit-elle, tournant son regard au loin vers la pelouse.

— Le reste, c'est aussi à Rock que nous le devons. Dès le début, ç'a été son plan. Il l'avait soumis à Eustick et à George Godolphin, quand nous les avons rencontrés à Helston. « Postez vos hommes le long des côtes », avait-il dit. « Ayez des bateaux prêts; si le navire se cache quelque part dans une anse de la rivière, vous l'attraperez lorsqu'il sortira avec la marée nocturne. » Au lieu du bateau, c'est le chef de la bande que nous avons capturé!

Il se mit à rire, tira l'oreille du chien, lui gratta le dos.

— Oui, Duchesse, nous le tenons et on le pendra, n'est-ce pas? Pour piraterie et pour meurtre! Enfin, les gens pourront de nouveau dormir tranquilles dans leur lit.

— Comment l'avez-vous pris? A-t-il été blessé? Je ne comprends pas? s'entendit dire Dona, d'une voix claire et froide.

— Blessé! Dieu nous préserve! Non! C'est sans une égratignure qu'il sera exécuté et apprendra ce qu'on éprouve quand on a la corde au cou! Sachant sans doute que leurs diableries d'ici les mettraient en retard, lui et ses trois compagnons, il devait avoir arrangé de rejoindre le navire en aval d'Helford, en pleine rivière. Le reste de l'équipage était probablement chargé de sortir le bateau pendant qu'il serait au manoir. Dieu sait comment ils ont pu s'en tirer; le fait est qu'ils ont réussi. Lorsque Eustick et les autres sont arrivés au lieu convenu, le voilier se trouvait au milieu du courant et les drôles nageaient déjà dans sa direction. Tous, sauf leur chef qui, debout sur la grève, aussi frais qu'une lame d'acier, se battit seul contre deux de nos hommes, couvrant ainsi la fuite de ses gens. Tout en ferraillant, il ne cessait de leur crier des choses dans leur sacré patois. Les canots ont été lancés à leur poursuite, mais ils sont arrivés trop tard et n'ont pu attraper ni ces bandits, ni le bateau qu'emportaient une forte marée et un vent violent. Sans laisser souffler ses adversaires, le Français le regardait partir et, Dieu le damne, il était en train de rire, m'a dit Eustick.

Tout en écoutant Harry, Dona évoquait la rivière, à l'endroit où elle s'élargit et rencontre la mer. Dans les gréements du navire, elle entendait chanter le vent. De nouveau, *La Mouette* s'échappait, mais cette fois, sans son capitaine, n'ayant à bord que son équipage, Pierre Blanc, Edmond Vacquier et les autres. Ce n'était que sur l'ordre formel de leur chef qu'ils l'avaient laissé seul sur la rive. Elle imaginait ce qu'il avait dû leur crier, tandis qu'ils s'éloignaient à la nage et que, l'épée à la main, il tenait en respect ses deux adversaires. Ainsi, il avait sauvé son équipage, son bateau, et, quel que fût le lieu où il se trouvait enfermé en ce moment, calme, l'esprit libre, il échafaudait sans doute un nouveau projet d'évasion. Cette pensée, subitement, la délivra de sa peur, de l'intolérable angoisse qui, depuis deux jours, la tenait paralysée.

— Où l'a-t-on conduit? demanda-t-elle, se levant et laissant tomber à terre l'écharpe dont Harry avait couvert ses épaules.

— George Godolphin l'a emmené chez lui, sous bonne garde, répondit-il. Probablement le conduira-t-on à Exeter ou à Bristol, quand l'escorte viendra le chercher.

— Et alors quoi?

— Mais, Dona, on le pendra! A moins que George, Eustick et nous autres, évitions cette peine aux serviteurs du Roi et ne le pendions nous-mêmes, à midi samedi, en guise de réjouissance pour la population.

Ils arrivaient vers la maison; comme ils passaient à la place où il lui avait dit adieu, elle demanda : « Serait-ce légal?

— Non, probablement pas, répondit Harry. Mais, je doute que Sa Majesté nous en tienne rigueur. »

« Il y a beaucoup à faire et pas de temps à perdre », songea-t-elle. Puis elle se rappela ses paroles : « Les tentatives les plus dangereuses sont en général celles qui réussissent le mieux », et se dit que c'était un conseil à ne pas oublier au cours des heures à venir car, si jamais situation avait paru désespérée, c'était bien la sienne en ce moment.

— Vous vous sentez tout à fait remise, n'est-ce pas, Dona? dit anxieusement Harry, l'enlaçant de son bras. Sans doute est-ce le choc de la mort du pauvre Rock qui vous a rendue si bizarre ces deux derniers jours. C'est bien cela, ne croyez-vous pas?

— C'est possible, répondit-elle. Je ne sais pas. Peu importe, du reste, puisque je me sens tout à fait bien maintenant. Inutile de vous faire du souci, Harry.

— Mais, sacré tonnerre, Dona, ne comprenez-vous pas que vous voir bien portante et heureuse, est la seule chose qui m'intéresse! s'écria Harry, lui prenant maladroitement la main et posant sur elle un regard débordant d'humble adoration. Nous irons ensemble vivre dans le Hampshire, n'est-ce pas?

— Oui, répondit-elle. Oui, Harry, nous irons vivre dans le Hamsphire.

Elle s'assit dans le profond fauteuil près de la cheminée que n'égayait aucune flamme, et se mit à réfléchir, tandis que Harry, oubliant le deuil de Navron, appelait : « Duc! Duchesse! Venez ici! Votre maîtresse dit qu'elle viendra avec nous dans le Hampshire! Là... cherchez... cherchez... allez chercher! »

A tout prix, elle devait s'arranger à parler à Godolphin, obtenir de lui qu'il lui permît de voir seule le prisonnier. Ce ne serait pas très difficile, Godolphin étant si borné, si fat, si sensible à la flatterie! Elle remettrait alors des armes au Français, un poignard ou un pistolet, si elle réussissait à s'en procurer un. Ce serait toujours ça d'acquis. L'évasion elle-même, elle ne pouvait la combiner.

Elle soupa tranquillement avec Harry, au salon, devant la fenêtre ouverte. Peu après, se disant lasse, elle se retira dans sa chambre. Il ne fit pas de remarque et la laissa monter seule.

Tandis que déshabillée, couchée, elle pensait à sa visite à Godolphin et se demandait comment elle s'y prendrait pour obtenir ce qu'elle voulait, quelqu'un frappa doucement à sa porte. « Ce ne peut pourtant pas être Harry, dans l'état de contrition, de repentir, où je l'ai laissé ce soir! » se dit-elle. Elle ne répondit pas, espérant qu'il la croirait endormie. Mais on frappa de nouveau, le loquet s'abaissa et Prue parut, en chemise de nuit, une chandelle à la main, les yeux rouges, enflés, comme si elle venait de pleurer.

— Qu'y a-t-il? demanda vivement Dona, se dressant, alarmée. Est-il arrivé quelque chose à James?

— Non, non, Milady, les enfants dorment, chuchota Prue. Mais, je voudrais vous parler...

Elle se remit à pleurer et se frotta gauchement les yeux.

— Entrez et fermez la porte, dit Dona. Qu'y a-t-il? Pourquoi pleurez-vous? Avez-vous cassé un objet? N'ayez pas peur, je ne vous gronderai pas.

La bonne continuait à sangloter. Puis, jetant un regard autour de la pièce, comme si elle craignait d'y découvrir Harry, elle murmura d'une voix étouffée par les larmes : « C'est au sujet de William, Milady. J'ai très mal agi... »

« O ciel! » songea Dona. « Sans doute s'est-elle laissée séduire par lui, pendant que j'étais sur *La Mouette*. Maintenant qu'il est parti, elle a honte. Peut-être croyant qu'elle va avoir un enfant, a-t-elle peur que je ne la chasse. »

— Ne craignez rien, Prue, dit-elle. Je ne me fâcherai pas. Vous pouvez tout me dire, vous savez. Qu'est-ce que William vous a fait? Je saurai comprendre, je vous le promets.

— Il a toujours été très bon pour moi, Milady, balbutia Prue. Pendant que vous étiez malade, il s'est montré plein d'attentions pour moi et les enfants. Jamais il n'en faisait assez pour nous. Quand les petits étaient endormis, et que je raccommodais, il venait me tenir compagnie, me parlait de tous les pays qu'il avait vus. C'était très agréable.

— Je vous comprends, dit Dona. Moi aussi, j'aurais trouvé ça très intéressant.

— Jamais je n'aurais pensé qu'il avait affaire avec ces redoutables pirates dont nous avions entendu parler! dit Prue, se remettant à pleurer. Ses manières avec moi n'avaient rien de rude.

— Cela m'eût étonnée, dit Dona.

— Je sais que c'est très mal de ma part, cette terrible nuit où le pauvre lord Rockingham a été tué, de n'avoir rien dit à sir Harry ni à ces autres messieurs, quand ils se sont mis à le chercher; mais, je n'ai pas eu le cœur de le dénoncer. Il était pâle comme un mort, si épuisé par tout le sang qu'il avait perdu, que je n'ai vraiment pas pu. Si on l'apprend, je serai battue, mise en prison, je le sais. Pourtant, il m'a fait jurer de tout vous raconter.

Le visage inondé de larmes, Prue se tut et se tordit les mains.

— Voyons, Prue, dit vivement Dona. Racontez-moi tout.

— Eh bien! voilà, Milady, dit la bonne. Ayant trouvé William étendu dans le couloir, une blessure au bras, une autre à la tête, je l'ai caché dans la nursery. Il me dit alors que si sir Harry et ces autres messieurs le trouvaient, ils le tueraient, que le pirate français était son maître, qu'un combat venait d'avoir lieu à Navron. Je n'ai donc pas eu le cœur de le livrer, Milady. J'ai commencé par laver et panser ses blessures; ensuite, je lui ai installé un lit dans la chambre des enfants, et après le déjeuner, le matin, quand tous ces messieurs sont repartis le chercher, je l'ai fait sortir par la petite porte. Personne ne sait rien de tout ça, Milady; excepté vous et moi.

Elle se moucha bruyamment, prête à pleurer de nouveau, mais Dona lui sourit, et, se penchant vers elle, lui tapota l'épaule.

— Ne pleurez plus, Prue, dit-elle. Vous êtes une bonne et loyale fille de m'avoir tout raconté. Je n'en soufflerai mot à âme qui vive. Moi aussi, j'ai de l'amitié pour William et serais désolée s'il lui arrivait du mal. Mais, dites-moi, savez-vous où il se cache maintenant?

— En se réveillant, il a parlé de Coverack, Milady; il vous a demandée. Mais, je lui ai répondu que vous étiez couchée, très ébranlée par la mort de lord Rockingham. Pendant que je refaisais le pansement de ses blessures, il a réfléchi, puis il m'a dit qu'il se rendrait à Gweek chez des amis très sûrs, que c'était là que vous le trouveriez si vous aviez quelque chose à lui faire dire.

— A Gweek? dit Dona. Bon. Je vous remercie, Prue. Maintenant allez vite vous coucher, oubliez tout ça, n'en parlez à personne, pas même à moi.

Faites comme si de rien n'était; occupez-vous des enfants et aimez-les bien.

— Oui, Milady, dit Prue, encore au bord des larmes. Puis, elle fit une petite révérence, et se retira.

Dans l'obscurité, Dona sourit. William, le fidèle William, son allié, son ami, n'était donc pas mort ni parti! Avec lui, l'évasion de son maître devenait possible!

L'esprit à l'aise, elle s'endormit; quand elle se réveilla, le ciel était bleu, tous les nuages avaient disparu. L'air avait cette même qualité particulière et éphémère, cette chaleur, ce brillant qu'il avait aux jours où, insouciante, pleine d'allégresse, elle allait avec lui pêcher dans la crique.

Elle fit son plan de campagne tout en s'habillant. Lorsqu'elle eut terminé son déjeuner, elle dit à une servante d'aller prier Harry de monter auprès d'elle. Déjà il avait presque retrouvé sa contenance habituelle, et c'est de sa voix sonore, cordiale, satisfaite, qu'il appela les chiens, lorsqu'il entra dans sa chambre. Comme elle se trouvait assise à son miroir il l'embrassa sur la nuque.

— Harry, dit-elle. Je voudrais que vous fassiez quelque chose pour moi.

— Tout ce que vous voudrez, ma belle, répondit-il avec empressement. De quoi s'agit-il?

— Je voudrais que vous quittiez Navron aujourd'hui, dit-elle, que vous emmeniez Prue et les enfants.

Le visage de Harry se rembrunit et il adressa à Dona un regard éperdu.

— Mais vous? dit-il. Ne partirez-vous pas avec nous?

— Je vous suivrai, répondit-elle. Demain.

Il se mit à arpenter la pièce.

— Je pensais que nous nous mettrions en route ensemble, dès que l'affaire serait terminée, protesta-t-il. C'est demain, probablement, que le pirate sera pendu. J'avais l'intention d'aller voir Godolphin et Eustick à ce sujet aujourd'hui. Nous pourrions arranger l'exécution pour neuf heures, et partir tout de suite après.

— Avez-vous jamais vu pendre un homme? demanda-t-elle.

— Oui. Pourquoi? répondit-il étonné. J'avoue qu'il n'y a pas grand-chose à voir. Cette fois, pourtant, ce sera différent, sacré tonnerre! Songez Dona, cet individu a assassiné le pauvre Rock, et a failli vous tuer, vous aussi. L'esprit de vengeance vous est-il donc complètement étranger?

Elle ne répondit pas et, comme elle lui tournait le dos, il ne put voir son expression.

— George Godolphin trouvera très peu amical de ma part, que je m'esquive ainsi, sans explication, reprit-il.

— J'ai l'intention d'aller lui rendre visite cet après-midi, quand vous serez parti, dit Dona. Je lui transmettrai vos excuses.

— Vous voulez donc que je parte sans vous, avec les enfants et la bonne? Que je vous laisse ici toute seule, avec une poignée de domestiques à moitié crétins?

— Oui, Harry, je le voudrais.

— Si les enfants prennent la calèche et moi mon cheval, comment voyagerez-vous, demain?

— Je louerai une chaise de poste à Helston.

— Et vous nous rejoindrez à Okehampton dans la soirée?

— Oui, dans la soirée.

Il se tenait près de la fenêtre, le regard tristement tourné vers le jardin.

— Bon Dieu, Dona, est-ce que jamais je vous comprendrai?

— Non, Harry, dit-elle. Mais ça n'a pas grande importance.

— Je vous demande pardon, ça a une importance

énorme, dit-il. Parce qu'ainsi notre vie à tous deux est un enfer.

Elle le regarda, debout près de la croisée, les mains dans le dos.

— Le pensez-vous réellement? dit-elle.

Il haussa les épaules.

— Que je sois damné, si je sais ce que je pense! dit-il. Pourtant je sais que je donnerais tout au monde pour pouvoir vous rendre heureuse; le malheur veut que j'ignore comment. Vous semblez plus éprise du petit doigt de James que de moi. Que peut faire un homme quand sa femme ne l'aime pas, dites-moi, sinon jouer et boire?

Elle s'approcha de lui, posa la main sur son épaule.

— J'aurai trente ans dans trois semaines, Harry, dit-elle. Peut-être qu'en vieillissant, je deviendrai plus raisonnable.

— Je ne désire pas vous voir plus raisonnable, dit-il, boudeur. Je vous veux telle que vous êtes. Comme elle ne disait rien, il se mit à jouer avec sa manche et reprit : « Vous souvenez-vous de ce que vous m'avez raconté au sujet de cet oiseau de chez votre père? C'était juste avant de partir pour ici. Je n'ai pas compris un mot à votre histoire; encore maintenant, je ne vois pas ce que vous vouliez dire. Je voudrais beaucoup que vous m'expliquiez.

— N'y pensons plus, répondit-elle, en lui caressant la joue. La linotte a trouvé son chemin vers le ciel... Harry, dites-moi, vous ferez ce que je vous demande, n'est-ce pas?

— Oui, je pense, répondit-il. Mais l'idée ne me plaît pas. Je vous préviens que je resterai à Okehampton jusqu'à ce que vous arriviez. Sous aucun prétexte vous ne retarderez votre départ, n'est-ce pas?

— Non, non, dit-elle. Je partirai demain. »

Il la quitta pour aller donner les ordres nécessaires à leur voyage. Dona appela Prue et lui fit part de sa décision. Aussitôt, tout le personnel se mit à l'œuvre, emballa la literie, les malles, prépara des provisions de voyage, cependant que les enfants, enchantés par la perspective d'un changement, couraient en rond et sautillaient comme de petits chiens. « Ça leur est égal de quitter Navron », songea Dona. « Dans un mois, ils s'ébattront dans les prairies du Hampshire et auront oublié leurs jeux d'ici. Les enfants n'ont guère le souvenir des lieux, encore moins des visages. »

A une heure, ils prirent un déjeuner froid et, grande exception, les enfants mangèrent avec eux. Henrietta voltigeait autour de la table, comme une petite fée, au comble de la joie à la pensée que son père chevaucherait à côté de la voiture. James, assis sur les genoux de Dona, essayait de poser ses pieds sur la table; lorsqu'elle l'aida à grimper dessus, il eut une telle expression de triomphe, qu'elle le serra contre elle et l'embrassa. Harry, gagné par l'excitation joyeuse des enfants, se mit à parler du Hampshire. « Si tout va bien, nous nous y installerons à la fin de l'été, dit-il. Je te donnerai un poney, Henrietta; à toi aussi James, un peu plus tard. » Puis il se mit à lancer des boulettes de viande aux chiens en leur criant de les attraper, ce qui mit le comble à l'allégresse des petits.

Puis, la voiture fut avancée; les enfants et Prue y montèrent, et, tandis que le cheval de Harry rongeait son mors, piaffant d'impatience, on y empila bagages, couvertures, oreillers, provisions et panier pour les deux chiens.

— Je compte sur vous pour m'obtenir le pardon de George Godolphin, Dona, dit Harry, se penchant vers elle et tapotant sa botte de sa cravache. Il ne comprendra pas que je me dérobe ainsi, je le crains.

— Je me charge de lui expliquer, dit-elle. Ne vous faites pas de souci.

— Quant à moi, je ne sais toujours pas pour quelle raison vous ne voulez pas partir avec nous, reprit-il en la fixant. Quoi qu'il en soit, nous vous attendrons demain soir à Okehampton. Tout à l'heure, en passant à Helston, je commanderai la chaise de poste pour demain matin.

— Merci, Harry.

De sa cravache, il continuait à tapoter sa botte. « Hé, tranquille, espèce de brute », dit-il au cheval puis, s'adressant à Dona, il ajouta : « Je crois que vous n'êtes pas encore guérie de votre maudite fièvre, mais que vous ne voulez pas en convenir.

— Non, non, répondit-elle. La fièvre m'a quittée.

— Vos yeux ont quelque chose d'étrange, dit-il. Je l'ai remarqué en arrivant. Leur expression a changé. Dieu me damne, mais je ne saurais dire comment!

— Je vous l'ai dit ce matin, je vieillis, répondit-elle. Dans trois semaines, j'aurai trente ans. C'est mon âge que vous voyez dans mes yeux.

— Sacré tonnerre, ce n'est pas ça! dit-il. Ma foi, je suppose que je suis un imbécile ou un fou, et que je passerai le reste de mes jours à me creuser la tête pour comprendre ce qui a bien pu vous arriver.

— Je le crains, Harry», répondit-elle.

Il agita sa cravache, fit tourner son cheval et partit au petit galop dans l'allée, tandis que la voiture s'ébranlait à sa suite et que les deux enfants, penchés à la portière, lançaient des baisers et souriaient à Dona. Puis tous disparurent au détour de l'avenue.

Dona traversa le grand vestibule désert et se rendit au jardin. La demeure semblait déjà avoir perdu son atmosphère familière et pris un air d'abandon, comme si, dans sa vieille carcasse, elle sentait que des housses allaient recouvrir ses meubles, que ses portes, ses volets, seraient bientôt fermés, verrouillés, que le soleil n'entrerait plus à flots dans ses chambres, qu'elle ne se ferait plus l'écho de voix joyeuses, de rires, que seuls, les tranquilles souvenirs des choses passées, flotteraient dans le mystérieux silence de son obscurité.

N'était-ce pas à l'ombre de cet arbre qu'elle était étendue, en train de regarder voler les papillons, quand, pour la première fois, Godolphin était venu la voir? Oui, c'est bien là qu'il l'avait surprise, les cheveux en désordre, une fleur derrière l'oreille. Les bois, alors, étaient tapissés de campanules bleues et de jeunes fougères. Les campanules étaient passées et les fougères, d'un vert sombre, montaient maintenant jusqu'à la taille. Tant de beauté, apparue et disparue. Au fond d'elle-même, Dona savait que c'était pour la dernière fois qu'elle contemplait tout ça, que jamais plus, elle ne reviendrait à Navron. Pourtant, un fragment d'elle-même y demeurerait pour toujours : l'écho de ses pas, courant furtivement à la crique, la caresse de sa main appuyée à un arbre, l'empreinte de son corps dans les hautes herbes. Peut-être qu'un jour, aussi, au cours des années à venir, quelque voyageur solitaire, écoutant le silence comme elle-même l'avait si souvent écouté, percevrait le chuchotement des rêves que, sous le soleil ardent et le ciel bleu de cette mi-été, elle avait vécus en ce lieu.

Elle fit demi-tour, quitta le jardin et se rendit dans la cour où elle appela le valet d'écurie. Lui montrant le roussin en train de brouter dans la prairie, elle lui dit de le seller, car elle allait le monter.

CHAPITRE XXII

En arrivant à Gweek, sans hésiter, Dona se dirigea vers une petite chaumière, à demi cachée par les arbres, à l'orée de la forêt, non loin de la route, que son instinct lui indiquait comme étant celle qu'elle cherchait. N'avait-elle pas, passant un jour par là en voiture, vu sur le pas de la porte une jeune et jolie femme, que William avait saluée de son fouet?

« A cause d'eux, des femmes sont dans la détresse! » avait dit Godolphin. Dona sourit, se rappelant la charmante façon dont la jeune fille avait rougi et l'expression de William — qui ne se savait pas observé, — au moment où il lui avait adressé son galant salut.

La chaumière avait un air abandonné quand, mettant pied à terre, Dona frappa à sa porte. Un instant, elle crut s'être trompée; puis, dans le petit jardin derrière la demeure, elle entendit un bruit de pas et aperçut un cotillon disparaissant à l'entrée des communs. De nouveau, elle frappa; comme elle n'obtenait pas de réponse, doucement, elle appela : « Hé, n'ayez pas peur. C'est lady St. Columb, de Navron. »

L'instant d'après, on tira les verrous, la porte s'ouvrit et William en personne parut. Derrière lui, guignant par-dessus son épaule, se tenait une jeune femme au visage rougissant.

— Milady! s'écria William, sa petite bouche toute

tordue par l'émotion. Un instant, Dona crut qu'il allait pleurer, mais il se ressaisit et, tenant la porte pour elle, l'invita à entrer.

— Grace, dit-il, s'adressant à la jeune fille, montez vite; lady St. Columb désire me parler sans témoin.

La jeune Grace s'éclipsa. Précédant William dans la petite cuisine, Dona s'assit près de l'âtre et le regarda. Il portait encore son bras droit en écharpe, un bandage enveloppait sa tête, mais c'était bien le même William. Debout devant elle, il semblait attendre ses instructions pour l'ordonnance du souper.

— Prue m'a fait votre message, William, dit-elle. Et, parce qu'il se tenait ainsi debout, si raide, le visage dépourvu d'expression, elle lui adressa un sourire, plein de compréhension.

— Milady, dit-il, les yeux humblement baissés. J'aurais volontiers donné ma vie pour vous, l'autre nuit, mais, au lieu de vous défendre, je vous ai trahie, je suis resté couché dans la nursery comme un enfant malade.

— Ce n'est pas votre faute, dit-elle. Vous aviez perdu beaucoup de sang, vous étiez évanoui; et votre prisonnier avait été trop rapide, trop astucieux pour vous. Mais, ce n'est pas pour parler de ça, William, que je suis venue.

Un instant, William posa sur elle un regard suppliant, interrogateur, mais elle secoua la tête. « Ne me posez pas de question », reprit-elle. « Tout ce que je puis vous dire c'est que je vais bien, que je suis forte et n'ai aucun mal. Ce qui s'est passé cette nuit-là ne vous concerne pas. C'est fini, oublié. Vous me comprenez, n'est-ce pas?

— Oui, Milady, puisque tel est votre désir.

— Sir Harry, Prue et les enfants sont partis tout à l'heure pour Londres. La seule chose qui importe donc, en ce moment, c'est que nous aidions votre maître à s'évader. Vous savez ce qui s'est passé?

— Je sais, Milady, que *La Mouette* et son équipage ont réussi à s'échapper, mais que mon maître est emprisonné dans le donjon de lord Godolphin.

— Le temps presse, William! Il est plus que probable que, sans attendre l'arrivée de l'escorte de Bristol, lord Godolphin et ces messieurs l'exécuteront demain. Si c'est le cas, il ne nous reste que quelques heures; c'est donc cette nuit-même que nous devons agir.

Elle fit asseoir William sur l'escabeau près de l'âtre, lui montra le pistolet et le poignard qu'elle tenait cachés dans son amazone.

— Le pistolet est chargé, dit-elle. En sortant d'ici, je me rendrai chez lord Godolphin et m'arrangerai à ce qu'il me permette de pénétrer dans le donjon. Il est si fat, que je ne crois pas que ce sera très difficile.

— Et alors, Milady? demanda William.

— Sans doute votre maître a-t-il déjà élaboré un plan d'évasion; nous tâcherons donc de l'aider à l'exécuter. Sachant la brièveté désespérée du temps, il souhaitera peut-être que nous ayons des chevaux prêts, à une heure déterminée.

— Ce n'est pas impossible, Milady. Il y aura toujours moyen de s'en procurer.

— Je le pense, William.

— La jeune femme qui m'offre l'hospitalité...

— Bien charmante, William.

— Votre Seigneurie est très aimable... Cette jeune femme, donc, pourra nous être utile à ce sujet. Vous n'avez qu'à me confier la chose, je m'en charge.

— Et que je vous confie aussi la jeune femme, comme Prue, lorsque je suis partie avec votre maître!

— Milady, de la façon la plus solennelle, je puis vous déclarer que jamais je n'ai touché ne fût-ce qu'un cheveu de Prue.

— Je veux le croire, William, mais nous ne discuterons pas la question. Pour en revenir à l'évasion de votre maître, les premiers jalons sont donc posés.

Après ma visite à lord Godolphin, je reviendrai ici, vous dire ce qui a été arrangé.

— Bien, Milady.

Elle se leva; il lui ouvrit la porte. Un instant, elle lui sourit, puis sortit dans le luxuriant petit jardin.

— Nous réussirons, William, dit-elle. Dans trois jours, ou même moins, vous reverrez les falaises de Bretagne. Vous éprouverez de la joie à respirer de nouveau le parfum de la France, n'est-ce pas?

Il s'apprêtait à lui poser une question, mais, d'un pas rapide, elle s'éloigna sur le sentier et rejoignit son cheval attaché à une branche d'arbre. Maintenant qu'elle devait agir, elle se sentait forte, résolue; l'étrange mélancolie qui l'avait étreinte lorsque, solitaire, elle contemplait le jardin de Navron, s'était évanouie en même temps que l'instant qui l'avait apportée. Tout cela appartenait au passé.

Sa vigoureuse monture avançait d'un pas allongé et sûr le long de l'allée boueuse; bientôt elle atteignit la grille d'entrée du parc de Godolphin. Au loin, elle aperçut la silhouette grise du château et la tour trapue, aux murs épais, du donjon. A mi-hauteur, entre le sol et les créneaux, celui-ci était percé d'une étroite meurtrière. Lorsqu'elle passa au-dessous, elle sentit battre son cœur d'une soudaine émotion. Sans doute était-il enfermé là; peut-être entendait-il le bruit des sabots de son cheval; s'il s'était hissé jusqu'à la fente dans la muraille, aurait-il pu la voir?

Un valet arriva en courant prendre son cheval et la regarda avec étonnement. « Il doit se demander », songea-t-elle, « ce que lady St. Columb de Navron peut bien venir faire ici, en pleine chaleur de l'après-midi, sur un grossier roussin de campagne, seule, sans son mari ou au moins un groom pour l'accompagner! »

Pénétrant dans le vaste vestibule, elle se fit annoncer. En attendant lord Godolphin, elle s'approcha d'une des hautes fenêtres donnant sur le parc. Isolé, au milieu de la pelouse, elle aperçut un arbre superbe, plus haut que tous les autres; sur l'une de ses grosses branches, un homme, en train de manier une scie, interpellait un groupe d'individus debout au-dessous de lui.

Frissonnante, légèrement écœurée, elle se détourna. A ce même moment, elle entendit le pas de Godolphin résonner sur les dalles du vestibule. Un peu moins compassé qu'à son ordinaire, il la rejoignit et la salua.

— Mes très humbles excuses, madame, dit-il, en lui baisant la main. Je crains de vous avoir fait attendre, mais je dois vous avouer que votre aimable visite est quelque peu inopportune. Vous nous trouvez fort émus. Les douleurs de ma femme ont commencé; d'un instant à l'autre, nous attendons le médecin.

— Mon cher lord Godolphin, vous me voyez confuse, dit Dona. J'ignorais que l'heureux événement fût aussi imminent, sinon, jamais je ne serais venue vous déranger. Je vous apportais simplement les excuses de Harry, rappelé d'urgence à Londres. Il est parti tout à l'heure, avec les enfants, et...

— Harry est parti pour Londres? s'exclama lord Godolphin au comble de la surprise. Mais il était entendu qu'il serait ici demain! La moitié du pays doit venir assister à l'exécution. Voyez, on est en train de préparer l'arbre. Harry est un de ceux qui ont le plus insisté pour que cela se passe ici.

— Harry était très désolé et m'a chargée de vous demander humblement pardon, dit-elle. Mais l'affaire qui le rappelle à Londres est d'une extrême importance, elle concerne, je crois, Sa Majesté elle-même.

— Ah, dans ce cas, madame, je m'incline. Mais c'est regrettable, très regrettable vraiment. L'événement est exceptionnel; il consacre notre triomphe. Et puis, il se peut qu'en même temps, nous puissions célébrer... autre chose. Vous me comprenez? Toussotant, il se rengorgea avec fierté et importance.

A ce moment, un bruit de voiture retentit dans la cour. Il lança un regard vers la porte. « Ça doit être le médecin, dit-il. Vous voudrez bien m'excuser un instant, n'est-ce pas?

— Cela va sans dire », répondit Dona, et, lui adressant un charmant sourire, elle se retira dans un petit salon voisin où elle se mit à réfléchir sur la façon de s'y prendre pour obtenir ce qu'elle voulait. Du vestibule lui parvint un bruit de pas pesants et l'écho confus d'une conversation. « Il est dans un tel état d'agitation que si, en ce moment, nous lui reprenions sa perruque, il ne s'en apercevrait pas! » songea-t-elle.

Cependant, les voix s'éloignèrent dans la direction du grand escalier et Dona, s'approchant de nouveau de la fenêtre, constata qu'aucune sentinelle ne semblait veiller à la porte du donjon ni à l'entrée de l'avenue. Sans doute, les gardiens se trouvaient-ils à l'intérieur de la sombre bâtisse.

Peu après, Godolphin reparut, l'air plus fier, plus congestionné encore, s'il se pouvait.

— Le médecin est auprès de ma femme, dit-il. Mais il a l'air de penser que rien ne se passera avant ce soir. J'en suis fort étonné. En vérité, je ne me doutais pas que... je croyais que, d'une minute à l'autre...

— Quand vous aurez plusieurs fois été père, dit Dona, vous vous rendrez compte que les bébés sont des créatures de loisir, que souvent il leur plaît de ne point se presser pour leur venue au monde... Comme je voudrais pouvoir vous distraire de votre angoisse, cher lord Godolphin. Je suis persuadée, notez bien, que votre femme ne court aucun danger... Est-ce dans ce donjon que se trouve enfermé votre pirate?

— Oui, madame. Imaginez qu'il passe son temps, au dire de ses geôliers, à dessiner des oiseaux sur des morceaux de papier! Il doit être fou, sans doute.

— En effet! dit Dona.

— Du pays entier, je reçois des félicitations. Elles pleuvent sur moi, littéralement. J'avoue que je me flatte de les mériter. Savez-vous que c'est moi qui ai désarmé le bandit?

— J'admire votre courage.

— Il est vrai qu'il m'a remis son épée, mais, quoi qu'il en soit, c'est à moi qu'il l'a donnée.

— Dès mon retour à Saint-James, je me hâterai d'aller conter vos hauts faits à la Cour, lord Godolphin. Sa Majesté sera sans doute émerveillée de la façon magistrale dont vous avez mené toute cette affaire. C'est bien vous qui en avez été le génie.

— Vous me flattez, madame.

— Du tout, du tout. Harry doit certainement être aussi de cet avis. Je voudrais beaucoup pouvoir apporter à Sa Majesté quelque objet ayant appartenu à ce Français, comme souvenir de votre brillante action. Croyez-vous qu'il me donnerait un de ses dessins?

— Rien de plus facile, son cachot en est plein.

— J'ai si bien oublié, Dieu merci, cette terrible nuit, que je ne me rappelle plus du tout quelle apparence a votre prisonnier. Il est très grand, n'est-ce pas, extrêmement laid, avec des cheveux noirs, un regard cruel?

— Je crains, madame, que vous ne fassiez erreur. Ce n'est pas tout à fait ainsi que je le décrirais. Ainsi, par exemple, il est moins grand que moi et, comme tous les Français, il a un visage rusé, plutôt que laid.

— Comme je regrette de ne pouvoir le voir! Sa Majesté eût été enchantée d'avoir de lui une description précise.

— Vous ne comptez donc pas venir demain, madame?

— Hélas, je dois aller rejoindre Harry et les enfants.

— Je vous proposerais bien de jeter un coup d'œil

sur lui dans son cachot, dit lord Godolphin, perplexe. Mais, après la tragédie de l'autre nuit, Harry nous a fait comprendre que l'entendre mentionner seulement, vous faisait déjà horreur; qu'il vous avait à tel point terrifiée, que...

— Aujourd'hui, interrompit Dona, la situation est toute différente. D'abord, vous êtes là pour me protéger, et puis, le Français est désarmé. Non, je serais heureuse de pouvoir décrire à Sa Majesté ce pirate fameux, capturé et exécuté par le plus loyal de ses sujets de Cornouailles.

— C'est entendu, madame, je vais vous le montrer. Quand je pense au sort que vous avez failli subir entre ses mains, je le pendrais volontiers trois fois de suite! C'est l'angoisse et l'excitation de tous ces événements qui ont hâté les douleurs de ma femme, je crois.

— Très probablement, acquiesça Dona d'un ton pénétré. Et, craignant qu'il ne s'étendît sur le sujet et ne lui livrât d'interminables détails domestiques qu'elle connaissait mieux que lui, elle ajouta : « Allons-y vite, maintenant, pendant que le médecin est auprès de votre femme. » Sans lui laisser le temps de protester, elle traversa d'un pas allègre le vestibule et descendit le perron. Bon gré mal gré, se retournant sans cesse pour jeter des regards aux fenêtres de la demeure, il la suivit.

— Ma pauvre Lucy, soupirait-il. Si seulement j'avais pu lui éviter cette épreuve!

— Vous auriez dû y songer, Milord, il y a quelque neuf mois, dit Dona.

Confus, choqué, il la dévisagea, puis marmotta d'inintelligibles paroles au sujet d'un héritier que, depuis des années, il souhaitait lui être donné.

— Vous le recevrez, j'en suis certaine, remarqua Dona, avec un délicieux sourire. Même si dix filles doivent vous être données avant.

Ils arrivèrent au donjon et pénétrèrent dans le

petit corps de garde. Deux hommes, armés de mousquets, s'y tenaient en faction, tandis qu'un troisième semblait se reposer, assis sur un banc près de la table.

— J'ai promis à lady St. Columb de lui montrer notre prisonnier, dit Godolphin, s'adressant à ce dernier.

Le geôlier leva les yeux et son visage s'épanouit en un large sourire : « Demain, à ces heures, il ne sera plus guère visible pour une dame, dit-il.

— C'est bien pourquoi lady St. Columb est venue aujourd'hui », répliqua Godolphin avec un gros rire.

Précédés du gardien, ils s'engagèrent dans l'étroit escalier de pierre. L'homme sortit une clef de son trousseau. « Il n'y a qu'un escalier, qu'une seule porte », songea Dona. « Et, là en bas, ils doivent monter la garde sans interruption. » Dans la serrure, la clef grinça, et le cœur de Dona se mit à battre follement, ridiculement, comme chaque fois qu'elle allait le voir. Le geôlier ouvrit la porte, et elle entra dans le cachot, suivie de Godolphin; puis l'homme referma le battant sur eux. De nouveau, elle entendit grincer la clef. Comme la première fois qu'elle l'avait vu, le Français était assis à sa table, en train de dessiner; son visage avait la même expression qu'alors, intense, concentrée sur son occupation, indifférente à tout le reste, si bien que Godolphin, déconcerté par son attitude, frappa du poing, et s'écria d'un ton tranchant : « Ne pouvez-vous donc pas vous lever, lorsqu'il me plaît de vous rendre visite! »

L'indifférence du Français n'était pas feinte, Dona le savait; mais, entièrement absorbé par son dessin, il n'avait point pris garde à la différence entre le pas de Godolphin et celui de son geôlier. Il repoussa son dessin — un courlis, prenant son vol à travers l'estuaire, vers la haute mer. Alors seulement, il aperçut Dona. Sans avoir l'air de la reconnaître, il se leva et s'inclina.

— Lady St. Columb, fort désappointée de ne pouvoir assister à votre pendaison, demain, désire emporter à Londres un de vos dessins, afin de le remettre à Sa Majesté comme souvenir du plus fieffé gredin qui jamais jeta le trouble parmi ses fidèles sujets, dit Godolphin avec raideur.

— Que lady St. Columb soit la bienvenue, répondit le prisonnier. N'ayant pas eu grand-chose d'autre à faire ces derniers jours, j'ai tout un choix de dessins. Quel est votre oiseau préféré, madame?

— Il m'est arrivé de penser que c'est l'engoulevent, répondit Dona.

— Je regrette de ne pouvoir vous en offrir un, dit-il, fouillant parmi les papiers étalés sur la table. La dernière fois que j'ai eu l'occasion de l'entendre, c'était à un moment où j'étais si totalement absorbé par autre chose, que je n'ai pu l'observer comme il aurait fallu.

— Dites plutôt que vous étiez trop occupé à dérober le bien d'un de mes amis pour vous déranger! remarqua d'un air sombre Godolphin.

— Milord, jamais encore, je n'ai entendu décrire d'une façon aussi délicate l'occupation qui m'absorbait à ce moment-là, répliqua le capitaine de *La Mouette*.

Dona examinait les dessins sur la table.

— N'est-ce pas la mouette harengère? dit-elle. Je trouve que vous n'avez pas rendu justice à son plumage.

— Ce dessin n'est pas achevé, madame, répondit-il. Cette mouette avait laissé tomber une de ses plumes en s'envolant. Si vous êtes renseignée sur les mœurs de ces curieux animaux, vous savez sans doute qu'ils s'aventurent rarement très loin des côtes. Celle-ci, en particulier, ne se trouve guère qu'à dix milles de la côte, en ce moment.

— Ah, oui? dit Dona. Peut-être, alors, reviendra-t-elle ce soir au rivage chercher la plume qu'elle a perdue?

— Vous ne me paraissez pas très au clair en matière d'ornithologie, madame, remarqua Godolphin. Quant à moi, jamais je n'ai entendu parler de mouettes, ni d'aucun autre oiseau, ramassant leurs plumes!

— Quand j'étais enfant, j'avais un matelas de plumes, dit Dona d'un ton enjoué, souriant à Godolphin. Je me souviens qu'il commença bientôt à les perdre; l'une d'elles, un jour, s'envola par la fenêtre de ma chambre et tomba dans le jardin. Il va sans dire que ce n'était pas une petite fente comme celle qui éclaire le cachot.

— Naturellement! dit lord Godolphin, lui lançant un regard perplexe, comme s'il se demandait si elle était reprise par un accès de fièvre, car, décidément, elle lui semblait un peu bizarre.

— Les plumes de votre matelas se sont-elles jamais envolées sous la porte? demanda le prisonnier.

— Je ne me rappelle pas, répondit Dona. Je crois, cependant que même une plume aurait de la peine à passer sous une porte à moins, bien entendu, qu'un fort courant d'air ne l'y aide, comme par exemple, celui que provoque un coup de pistolet... Mais je n'ai pas encore choisi mon dessin... Voici un sanderling qui, sans doute, plairait beaucoup à Sa Majesté... Milord, n'est-ce pas un bruit de roues que j'entends dans l'allée? Probablement est-ce le médecin qui part.

Lord Godolphin eut un claquement de langue agacé et regarda vers la porte. « Il ne s'en irait pourtant pas sans m'avoir vu! dit-il. Êtes-vous sûre, madame, que c'est bien un bruit de roues que vous entendez? J'ai l'oreille un peu dure.

— Certaine, assurément », répondit Dona.

Lord Godolphin s'approcha de la porte, y frappa avec son poing. « Holà! cria-t-il. Ouvrez immédia tement! »

D'en bas, le geôlier répondit, puis ses pas retentirent dans l'étroit escalier. Plus prompte que l'éclair,

Dona profita de l'instant où Godolphin avait le dos tourné, pour sortir pistolet et poignard de son amazone et les poser sur la table où instantanément le Français les fit disparaître sous les dessins éparpillés. Le geôlier tourna la clef, ouvrit la porte et Godolphin regarda Dona.

— Eh bien, madame, avez-vous fait votre choix?

L'air absorbé, les sourcils froncés, Dona examinait l'un après l'autre les dessins. « C'est horriblement difficile, dit-elle. J'hésite entre la mouette et le sanderling. Je ne sais vraiment pas lequel choisir. Mais, ne m'attendez pas, Milord. Vous devez savoir qu'une femme a toujours de la peine à se décider. Allez donc, je vous rejoindrai à l'instant.

— Oui, cela vaut mieux, dit Godolphin. Vous voudrez donc bien m'excuser, madame. Il est indispensable que je voie le médecin... Quant à vous, restez ici, auprès de Sa Seigneurie », ajouta-t-il, s'adressant au gardien. Puis il sortit du cachot.

L'homme referma la porte sur lui et, les bras croisés, s'y tint adossé. « Nous aurons double réjouissance, demain, dit-il, souriant à Dona d'un air entendu.

— Oui, répondit-elle. J'espère que ce sera un garçon. La bière coulera plus généreusement pour vous tous, dans ce cas.

— Ne suis-je donc pas la seule attraction au programme? » demanda le prisonnier.

Le gardien se mit à rire et hocha la tête vers l'étroite meurtrière... « A midi, on vous aura déjà oublié, dit-il. Pendant que vous vous balancerez à votre branche, nous serons en train de boire à la santé du futur lord Godolphin!

— Quel dommage de penser que ni moi ni le prisonnier, ne serons là pour boire à la santé de l'héri tier », dit Dona avec un sourire. Et, tirant sa bourse, elle la jeta au geôlier. « Je parie qu'après toutes ces heures de garde, là en bas, un petit acompte sur les libations de demain ne vous déplairait pas. Si nous buvions tous trois, maintenant, pendant que lord Godolphin est avec le médecin. »

Épanoui, le geôlier adressa un clignement d'œil au prisonnier. « Ce ne sera pas la première fois que je trinquerai avant une exécution, dit-il. Mais j'avoue que je n'ai encore jamais vu pendre un Français. On m'a dit qu'ils meurent plus vite que nous. Les os de leur nuque, paraît-il, sont plus friables que les nôtres. » Après un nouveau clignement d'œil, jovial, il ouvrit la porte et cria à son aide : « Apporte trois verres et une cruche de bière. »

Dona profita de cet instant pour interroger du regard le prisonnier. « Ce soir, onze heures », répondit-il par un muet mouvement des lèvres.

Elle acquiesça de la tête et murmura : « William et moi. »

— Si Sa Seigneurie nous attrape, elle me le fera payer cher! dit à ce moment le geôlier en se retournant.

— A sa place, je ne vous en voudrais pas, dit Dona. Ce geste enchantera Sa Majesté lorsque je le lui raconterai. Comment vous appelez-vous?

— Zacharia Smith, Milady.

— Très bien, Zacharia! Si à cause de cela, vous devez avoir des ennuis, je plaiderai moi-même votre cause auprès du Roi.

Le geôlier se mit à rire. Puis son aide apporta la bière. Il lui prit le plateau et, ayant refermé la porte, alla le poser sur la table.

— A la santé de Votre Seigneurie! dit-il. Pour moi, bourse garnie et bon appétit! Et pour vous, monsieur, mort prompte et aisée!

Il remplit les trois verres.

— Longue vie au futur lord Godolphin! dit Dona en trinquant avec lui.

Le geôlier fit claquer sa langue et secoua la tête.

Le prisonnier leva son verre et sourit à Dona.

— Ne boirons-nous pas aussi à la santé de lady Godolphin, qui, j'imagine, se trouve fort mal à son aise en ce moment? dit-il.

— Et à celle de son médecin! ajouta Dona. Il doit avoir bien chaud. Et, tandis qu'elle buvait, une idée traversa son esprit. Elle regarda le Français dans les yeux, elle devina qu'il avait eu la même pensée.

— Zacharia Smith, êtes-vous marié? demanda-t-elle.

Le gardien se mit à rire. « Pas une fois, mais deux! répondit-il. Et père de quatorze enfants! »

Dona sourit : « Vous savez donc par quoi est en train de passer le pauvre lord Godolphin? dit-elle. Avec un aussi excellent médecin que le docteur William, il ne devrait cependant pas s'inquiéter. Vous connaissez bien le docteur William, je suppose?

— Non, Milady. Je ne suis pas d'Helston. Je viens de la côte nord.

— C'est un curieux petit homme, dit Dona, l'air songeur. Il a un visage rond, solennel, une bouche minuscule qui ressemble à une boutonnière. J'ai entendu dire qu'il n'y a pas plus grand amateur de bière que lui.

— Quel dommage, dit le prisonnier en reposant son verre, qu'il ne soit pas en train de boire avec nous, maintenant. Mais peut-être pourra-t-il se rattraper plus tard, quand son travail de la journée sera terminé, qu'il aura rendu lord Godolphin père...

— A mon idée, ce ne sera guère avant minuit, dit Dona. Qu'en pensez-vous, Zacharia Smith, vous qui êtes père de quatorze enfants?

— En général, c'est bien à ce moment-là, Milady, répondit en riant le geôlier. Mes neuf garçons sont tous arrivés sur le coup de minuit.

— Très bien, dit Dona. Alors, quand tout à l'heure, je verrai le docteur William, je lui dirai qu'en l'honneur de l'heureux événement, Zacharia Smith, qui peut se vanter d'avoir damé le pion à la douzaine du boulanger, sera content de trinquer avec lui, avant de reprendre son tour de garde.

— Zacharia, vous vous souviendrez de cette nuit jusqu'à la fin de vos jours! » remarqua le prisonnier.

Le geôlier remit les verres sur le plateau : « Si lord Godolphin a un fils, dit-il avec un clignement d'œil entendu, il y aura de telles réjouissances dans le pays, qu'on oubliera sûrement de vous pendre demain matin. »

Dona prit sur la table le dessin de la mouette. « Voilà, j'ai choisi, dit-elle. Zacharia, pour éviter que lord Godolphin ne vous voie portant ce plateau, je vais descendre avec vous; nous laisserons votre prisonnier à sa plume et à son papier. Adieu, Français. Puissiez-vous vous envoler demain avec autant d'aisance que la plume de mon matelas. »

Le prisonnier s'inclina : « Cela dépendra de la quantité de bière que mon geôlier boira ce soir avec le docteur William, dit-il.

— Il faudra qu'il ait la tête solide, s'il peut me battre! dit le gardien, ouvrant la porte et la retenant pour laisser passer Dona.

— Au revoir, lady St. Columb », dit le prisonnier.

Elle s'arrêta un instant, le regarda, se rendit compte que le plan qu'ils venaient d'échafauder était plus téméraire, plus hasardeux que tous ceux qu'il avait jusqu'alors tentés, mais que s'il échouait, il ne lui restait aucune chance de s'en tirer, que dans quelques heures, il serait pendu à l'arbre, là tout près, sur la pelouse. A ce moment, il sourit, comme en secret, et elle sentit que ce sourire, en quelque sorte, le personnifiait. N'était-ce pas son sourire qu'avant tout elle avait aimé en lui, que toujours elle chérirait? Il éveillait en son esprit l'image de *La Mouette,* le soleil, le vent sur la mer, les ombres profondes sur la crique, le feu de bois, le silence.

Elle sortit de la cellule sans se retourner, son dessin à la main.

« Jamais il ne saura le moment où je l'ai le plus aimé », songea-t-elle.

Elle suivit le geôlier dans l'étroit escalier, le cœur lourd, les membres soudain très las. L'homme posa le plateau sous l'escalier et lui sourit. « Il a du sang-froid, pour quelqu'un qui va mourir, dit-il. On prétend que ces Français sont dépourvus de sentiment. »

S'efforçant de lui rendre son sourire, elle lui tendit la main : « Vous êtes un brave, Zacharia, dit-elle. Je vous souhaite de boire encore de nombreux verres de bière, et de commencer dès ce soir. Je ne manquerai pas de dire au docteur William d'aller vous trouver. C'est un petit homme, rappelez-vous, avec une bouche en forme de bouton.

— Et un gosier comme un tonneau percé! dit le gardien en riant. Très bien, Milady, je le guetterai et ferai le nécessaire pour étancher sa soif. Mais, pas un mot à lord Godolphin, n'est-ce pas?

— Entendu, Zacharia, pas un mot », dit Dona d'un ton solennel.

Comme elle quittait le sombre donjon et s'engageait dans l'allée ensoleillée, elle vit Godolphin arrivant à sa rencontre.

— Vous avez fait erreur, madame, dit-il en s'épongeant le front. La voiture du médecin n'a pas bougé; lui-même est encore auprès de ma femme. Il s'est décidé à rester pour le moment, car ma pauvre Lucy se sent très éprouvée. Sans doute, vos oreilles vous ont-elles joué un tour.

— Mon cher lord Godolphin, vous êtes donc retourné jusqu'au château pour rien! J'en suis désolée, dit Dona. Quelle sotte je suis, vraiment! Les femmes sont souvent de bien sottes créatures, vous savez... Finalement, c'est la mouette que j'ai choisie. Regardez-la. Croyez-vous qu'elle plaira à Sa Majesté?

— Vous êtes meilleur juge que moi du goût de

Sa Majesté, madame, répondit Godolphin. Du moins, je le présume. A propos, avez-vous trouvé le pirate aussi terrible que vous le pensiez?

— La prison paraît l'avoir adouci, Milord. A moins que ce ne soit la notion qu'étant confié à votre garde, toute évasion lui est devenue impossible. Il semblait se dire, quand il vous regardait, qu'il avait trouvé en vous un esprit plus fort, plus rusé que le sien.

— Ah, vraiment? Vous avez remarqué ça? C'est curieux; j'avais presque l'impression du contraire. Mais ces étrangers sont si efféminés. On ne sait jamais ce qu'ils pensent.

— Très juste, Milord!

Ils arrivèrent devant le perron. La voiture du médecin était rangée non loin; un valet promenait par la bride le cheval de Dona.

— Vous allez bien prendre quelques rafraîchissements avant de partir, madame, dit Godolphin.

— Non, merci, répondit Dona. Je ne me suis déjà que trop attardée. Il me reste encore une quantité de choses à faire, avant mon départ de demain matin. Mes bons souvenirs à votre femme, lorsqu'elle sera en état de les recevoir, et j'espère, cher lord Godolphin, qu'avant la fin du jour, elle vous aura fait le cadeau d'une véritable réplique de vous-même.

— Ceci demeure entre les mains du Tout-Puissant, répondit-il gravement.

— Mais sera, sous peu, entre celles également capables du médecin, dit-elle, en montant sur son cheval. « Adieu. » De la main, elle lui fit un petit signe et, d'un coup de cravache, enleva le roussin au galop.

En passant devant le donjon, elle mit l'animal au pas, leva la tête vers la meurtrière, siffla les premières notes de la chanson de Pierre Blanc. Alors, voltigeant dans l'air comme un flocon, une plume — petit bout arraché à une plume d'oie — descendit lentement vers elle. Sans se soucier de Godolphin, encore debout sur le perron, elle l'attrapa puis, ayant de nouveau agité la main, elle repartit au galop et gagna la grand-route, la plume piquée à son chapeau.

CHAPITRE XXIII

Dona se pencha à la croisée de sa chambre à Navron et pour la première fois aperçut le fin croissant d'or de la nouvelle lune, très haut, au-dessus des sombres frondaisons.

« C'est un signe de chance », songea-t-elle. Un long moment, elle resta appuyée à sa fenêtre, contemplant les ombres mouvantes du jardin silencieux, respirant le doux et lourd parfum qui montait du magnolia, épanoui dans les ténèbres, contre le mur du manoir. Toutes ces choses, elle voulait s'en pénétrer, afin de les garder vivantes dans sa mémoire, en même temps que tant d'autres beaux instants qui ne reviendraient plus.

Comme le reste de la demeure, sa chambre avait déjà une apparence d'abandon. Sur le sol, ses malles étaient bouclées, remplies de vêtements, pliés, emballés par la servante, selon ses instructions. En rentrant de sa chevauchée, ayant chaud, couverte de poussière, à la fin de l'après-midi, le valet qui l'attendait dans la cour pour lui prendre son cheval l'informa que le garçon d'écurie de l'auberge d'Helston souhaitait lui parler.

— Sir Harry nous a fait dire que Votre Seigneurie désirait une chaise de poste, demain, pour le rejoindre à Okehampton, lui dit-il.

— Oui, répondit-elle.

— L'aubergiste m'envoie informer Votre Seigneurie que la voiture se trouvera ici, avant midi.

— Merci, dit-elle. Et, se détournant, elle reporta son regard sur les arbres de l'avenue, sur les bois environnant la crique. Ce que lui disait cet homme n'avait pour elle aucune réalité, l'avenir restait une inconnue, qui ne la concernait pas... Et, comme elle le quittait pour entrer dans la maison, il la suivit des yeux, déconcerté, se grattant la tête, car elle ressemblait à une somnambule. Il doutait qu'elle eût compris ce qu'il venait de lui dire.

Elle se rendit dans la nursery, contempla les lits défaits, le plancher sans tapis, les rideaux tirés. Déjà l'air dans la pièce était pesant, chaud. Sous un des lits, gisait, toute sucée, rongée, une des pattes du lapin de James. Elle la ramassa et, un instant, la tourna entre ses doigts. Cette patte avait l'aspect abandonné des reliques du temps passé. Elle ne pouvait la laisser ainsi sur le sol. Aussi, ouvrant la grande armoire, la jeta-t-elle au fond. Puis elle quitta la chambre et n'y retourna plus.

A sept heures, on lui apporta son souper; elle n'avait pas faim et mangea peu. Elle avait donné l'ordre aux domestiques de ne plus la déranger et de ne pas la réveiller le lendemain matin. Elle désirait dormir tard, pour se préparer aux fatigues du voyage.

Quand elle se retrouva seule, elle défit le paquet que William lui avait remis à son retour de chez lord Godolphin. Elle en sortit une paire de bas épais, un haut-de-chausses usé, une chemise déteinte, mais de couleur gaie, et sourit en se rappelant l'air embarrassé qu'il avait pris en les lui donnant. « C'est tout ce que Grace a pu trouver, Milady, dit-il. Ces vêtements appartiennent à son frère.

— C'est parfait, William. Pierre Blanc n'aurait pas fait mieux », avait-elle répondu.

Une fois de plus, la dernière, elle allait reprendre

son rôle de garçon, s'affranchir, pour cette nuit du moins, de ses vêtements de femme. « Sans mes jupes, je pourrai mieux courir, avait-elle dit à William. Je monterai à cheval à califourchon, comme quand j'étais enfant. »

William, fidèle à sa promesse, s'était procuré des chevaux et devait venir l'attendre sur la route, entre Gweek et Navron, peu après neuf heures.

— N'oubliez pas, William, que ce soir vous serez un médecin, dit-elle. Je serai donc votre valet et il vaudra mieux qu'au lieu de me dire « Milady », vous m'appeliez simplement « Tom ».

Confus, il avait baissé les yeux. « Milady, avait-il répondu, mes lèvres ne sauraient vous nommer de la sorte, ça leur serait trop pénible! »

Riant, elle lui avait répondu que les médecins ne devaient s'embarrasser de rien, surtout lorsqu'ils venaient de présider à la venue au monde de fils et d'héritiers.

Elle revêtit les habits du frère de Grace. Ils convenaient à sa taille; les souliers lui allaient mieux que les lourdes chaussures de Pierre Blanc. Dans le paquet elle trouva également une ceinture de cuir et un grand mouchoir dont elle se fit une sorte de turban. Puis elle se regarda dans le miroir. Avec son teint hâlé de bohémienne, ses boucles sombres cachées sous le foulard, elle était méconnaissable. « Me voilà de nouveau mousse », songea-t-elle. « Dona St. Columb dort, elle est en train de rêver. »

Entrouvrant la porte, elle prêta un instant l'oreille. La demeure était silencieuse, les domestiques s'étaient retirés. Il lui fallut rassembler son courage pour affronter la descente de l'escalier. C'était l'épreuve qu'elle redoutait le plus, car le souvenir de Rockingham la poursuivant à quatre pattes, dans l'obscurité, un poignard à la main, l'obsédait avec une terrifiante acuité. Mieux valait, songea-t-elle, fermer les yeux et descendre à tâtons, car ainsi elle n'apercevrait ni le grand bouclier accroché au mur ni le profil de la rampe. Les mains tendues, les paupières serrées, le cœur battant, elle se mit à descendre, et, tandis qu'elle avançait, il lui semblait que Rockingham, tapi dans le recoin le plus sombre, l'attendait, prêt à bondir. Puis, prise d'une subite panique, elle franchit d'un bond les derniers degrés, se jeta sur la porte, tira les verrous et s'élança dans le crépuscule, vers la tranquille sécurité de l'avenue. Dès qu'elle se fut un peu éloignée de la maison, sa frayeur l'abandonna. L'air était doux, chaud, le gravier crissait sous ses pieds et, très haut dans le ciel, pareille à une faucille d'or, luisait la lune.

Libre de ses mouvements dans ses habits de garçon, elle allait d'un pas rapide. Elle se sentait légère. De nouveau, elle se mit à siffler la chanson de Pierre Blanc, et, pensant à lui, elle l'évoqua avec son joyeux petit visage de singe, ses dents blanches, en train d'attendre sur le pont de *La Mouette*, quelque part au large, son maître, qu'il avait dû, malgré lui, abandonner.

Au tournant de la route, elle vit des ombres venant à sa rencontre. C'était William avec les chevaux. Un jeune garçon — sans doute le propriétaire des vêtements qu'elle portait — l'accompagnait. Lui laissant les chevaux, William s'avança vers elle et elle fut prise d'un fou rire en le voyant affublé d'un habit noir, de bas blancs et d'une perruque bouclée.

— Est-ce un garçon ou une fille, docteur William? demanda-t-elle, sans parvenir à reprendre son sérieux.

Gêné par son rôle, il la regarda avec une humble confusion, car jouer au maître, tandis qu'elle jouait au valet, lui paraissait infiniment choquant, lui, que pourtant rien ne choquait.

— Est-il au courant? chuchota-t-elle, désignant le garçon.

— Non, Milady, murmura-t-il. Il sait seulement

que je suis un ami de Grace, que je me cache, et que vous êtes un compagnon qui veut m'aider à m'échapper.

— Alors, je serai Tom, insista-t-elle. Et Tom, je resterai. Puis, pour taquiner William, elle se remit à siffler la chanson de Pierre Blanc. S'approchant d'un des chevaux, elle sauta en selle, sourit au jeune garçon, enfonça ses talons dans les flancs de l'animal et partit allégrement en avant, se retournant vers eux en riant. Quand ils atteignirent le mur d'enceinte de la propriété de Godolphin, ils mirent pied à terre et confièrent les chevaux au frère de Grace qui devait les attendre sous le couvert des arbres. Puis, William et elle marchèrent jusqu'à la grille du parc.

La nuit était complètement tombée; les premières étoiles apparaissaient au ciel. Tout ayant été convenu d'avance, ils se taisaient, se sentant un peu comme des acteurs qui, pour la première fois, vont paraître sur la scène devant un public peut-être hostile. Ils trouvèrent la grille fermée. La dépassant, ils escaladèrent le mur et, se faufilant sous les arbres, gagnèrent, à pas de loup, l'allée. Au loin, ils apercevaient la silhouette du château. Une lumière brillait encore à l'une des fenêtres du premier étage, au-dessus de l'entrée.

— L'héritier tarde à venir, chuchota Dona.

Quittant William, elle s'avança vers la demeure. A l'entrée des écuries, rangée sur les pavés, elle vit la voiture du médecin. A côté, assis sous la lanterne, sur un siège renversé, le cocher était en train de jouer aux cartes avec un des valets de Godolphin. Le chuchotement de leurs voix et de leurs rires lui parvint. Faisant demi-tour, elle rejoignit William qui, son petit visage encore amenuisé par la perruque et le chapeau, la crosse d'un pistolet apparente sous son manteau, l'expression énergique, décidée, l'attendait au bord de l'allée.

— Êtes-vous prêt? murmura-t-elle.

De la tête, il lui fit signe que oui et la suivit le long de l'avenue, dans la direction du donjon. Un instant, elle se demanda si, tel un acteur, il manquait peut-être de confiance dans son rôle et se mettrait à bafouiller. A cette pensée, l'angoisse l'envahit, car tout dépendait de lui; s'il n'avait pas l'aplomb nécessaire, la partie était perdue... Comme ils arrivaient devant le lourd battant, elle posa la main sur son épaule. Levant vers elle son regard, pour la première fois de la soirée il sourit, ses petits yeux pétillant dans son visage rond. Alors, elle retrouva sa foi en lui et sut qu'il ne faillirait point à sa tâche.

D'un pas ferme, prenant subitement l'allure d'un vrai médecin, il alla frapper à la porte du donjon et, d'une voix sonore, qui ressemblait fort peu à celle qu'il avait à Navron, il cria : « Zacharia Smith est-il là? Le docteur William peut-il lui dire un mot? »

Dona entendit qu'on répondait de l'intérieur du donjon, puis la porte s'ouvrit, et son ami le gardien parut sur le seuil, les manches de sa chemise roulées au-dessus des coudes à cause de la chaleur, le visage épanoui en un large sourire.

— Sa Seigneurie n'a donc pas oublié sa promesse, dit-il. Entrez, monsieur, vous êtes le bienvenu. Nous avons assez de bière ici pour baptiser le bébé, et vous-même, par-dessus le marché. Est-ce un garçon?

— Oui, un beau garçon, mon ami, répondit William. Le portrait tout craché de son père. Il se frotta les mains d'un air satisfait et suivit le geôlier dans le donjon.

La porte resta entrouverte, de sorte que Dona, s'étant faufilée près du mur, pouvait les entendre parler et entrechoquer leurs verres. « Ma foi, monsieur, disait le gardien en riant, j'en ai engendré quatorze et j'ose dire que je connais la question presque aussi bien que vous... Combien pèse le bébé?

— Ah! dit William, combien il pèse... voyons, que

je me rappelle. » Et Dona, étouffant son rire, imaginait la scène : William debout, perplexe, les sourcils froncés, aussi ignorant en la matière qu'un enfant. « Hm... je ne me souviens pas exactement, commença-t-il. Environ, quatre livres, je crois... »

Un sifflement étonné du geôlier l'interrompit, tandis qu'un des autres gardiens éclatait de rire.

— Et vous appelez ça un beau garçon! s'exclama-t-il. Dieu me pardonne, monsieur, mais cet enfant ne vivra pas! Mon cadet pesait presque onze livres à sa naissance; pourtant, il n'avait pas l'air plus gros qu'une crevette.

— Ai-je dit quatre livres? reprit vivement William. La langue m'a sans doute fourché. C'est quatorze, que je voulais dire. Oui, oui, je me rappelle très bien maintenant, c'est entre quinze et seize livres qu'il pèse.

De nouveau, le geôlier fit entendre un sifflement.

— Que Dieu vous garde, monsieur! Voilà quelque chose qui dépasse l'ordinaire! C'est Milady qui va avoir besoin de vos soins, et pas l'enfant. Comment a-t-elle supporté cela?

— Fort bien, répondit William. Je l'ai quittée dans d'excellentes dispositions, en train de discuter avec Milord quel nom ils donneraient à leur fils.

— Ma foi, elle a plus de cran que je ne croyais, remarqua le geôlier. Après ça, monsieur, il me semble que vous méritez bien un troisième verre. Faire accoucher d'un enfant de seize livres ne doit pas être besogne facile! A votre bonne santé, à celle de l'héritier, et aussi à celle de la dame qui a bu cet après-midi avec nous! Elle doit bien valoir vingt fois lady Godolphin, si je suis bon juge.

Pendant un moment, Dona n'entendit plus que le tintement des verres. Puis le geôlier poussa un soupir de satisfaction et fit claquer sa langue.

— Je parie qu'en France, ils ne fabriquent pas une aussi bonne bière, dit-il. Ils n'ont que du jus de raisin, des grenouilles, des serpents et autres choses semblables, là-bas, je crois. Je viens de monter un verre à mon prisonnier et, que vous me croyez ou non, monsieur, pour un homme sur le point de mourir, il a le sang aussi froid qu'un poisson. Il a avalé sa bière d'un trait, puis il m'a tapé sur l'épaule en riant.

— C'est le sang étranger, remarqua à ce moment l'aide du geôlier. Ils sont tous comme ça, les uns autant que les autres, qu'ils soient Français, Hollandais, Espagnols. Ils ne pensent qu'aux femmes, à la boisson, et dès que vous n'êtes plus sur vos gardes, ils vous flanquent un coup de poignard dans le dos.

— Devinez ce qu'il a fait aujourd'hui, reprit Zacharia. Il a passé son temps à dessiner des oiseaux, à fumer et à sourire calmement. Vous pensez peut-être qu'il aurait fait appeler un prêtre, puisqu'ils sont tous papistes, qu'ils passent sans transition du pillage et du viol, au crucifix et à la confession! Pas du tout! Notre Français semble n'avoir d'autre loi que la sienne... Encore un verre, docteur?

— Merci, mon ami, dit William.

Dona entendit le glouglou de la bière versée dans les verres et, pour la première fois, se demanda si William avait la tête solide, s'il avait raison d'accepter avec tant de bonne grâce, les rasades du geôlier.

Mais, à ce moment, William toussa, un petit bruit sec, dur, qui était le signal convenu.

— Cela m'intéresserait de voir cet homme, dit-il, après en avoir tant entendu parler. Un vrai forcené, n'est-ce pas? En tout cas, sa mort sera un bon débarras pour le pays. Je suppose qu'il dort, en ce moment, si pendant sa dernière nuit, un homme peut vraiment dormir.

— Lui, dormir? Dieu me pardonne, monsieur, j'en doute fort. Tout à l'heure, il a bu deux verres de bière, et m'a dit que vous me les payeriez. Il a ajouté que si vous veniez ici avant minuit, il serait enchanté d'en prendre un troisième avec vous, pour boire à la santé de l'héritier. Le geôlier rit, puis, baissant la voix, il poursuivit : « Il va de soi, monsieur, que ce n'est pas régulier, mais lorsqu'un homme — fût-ce un pirate et un Français — doit être pendu dans les douze heures, on n'a pas le cœur de se montrer trop sévère, n'est-il pas vrai? »

La réponse de William ne parvint pas à Dona, mais elle entendit tinter des pièces et grincer des semelles sur le sol. De nouveau, le geôlier se mit à rire : « Merci, monsieur, dit-il. Vous êtes vraiment grand seigneur. Quand ma femme attendra son prochain bébé, je ne manquerai pas de faire appel à vous. »

Puis le bruit de leurs pas s'éloigna dans l'escalier. Le pire moment, celui qu'elle redoutait entre tous, était donc arrivé. La moindre inadvertance de sa part provoquerait le désastre, ferait tout échouer. Avalant sa salive, les ongles incrustés dans ses paumes, elle attendit. Quand elle les supposa arrivés devant l'huis du cachot, à pas feutrés, elle s'avança et prêta l'oreille. D'en haut, un bruit de voix et un grincement de clef, lui parvinrent. Puis, ayant entendu se refermer le lourd battant, elle poussa la porte du donjon et pénétra dans la petite salle de garde. Les aides du geôlier avaient tous deux le dos tourné. L'un d'eux était assis sur un banc, près de la table, en train de bâiller et de s'étirer. L'autre, la tête levée, regardait dans l'escalier.

Une lanterne, suspendue à une solive, éclairait seule la pièce. Restant dans l'ombre de la porte, elle frappa.

— Le docteur William est-il ici? dit-elle. Au son de sa voix, les hommes se retournèrent; celui assis sur le banc, clignota pour essayer de l'apercevoir. « Que lui voulez-vous? demanda-t-il.

— On fait dire du château que Sa Seigneurie va moins bien, répondit-elle.

— Quoi d'étonnant! dit l'homme près de l'escalier. Quand on a mis au monde un enfant de seize livres!

C'est bien, mon garçon, je vais prévenir le docteur. » Tout en gravissant les degrés, il cria : « Zacharia, on demande le docteur William au château. »

Dona le regarda disparaître au tournant de l'escalier, puis l'entendit frapper à l'huis du cachot. A cet instant, d'un coup de pied, elle ferma la porte du donjon, qui claqua avec violence. Puis, avant que l'aide du geôlier n'eût le temps de se lever de son banc, elle tira les verrous et la grille. « Hé, là, que diable faites-vous? » s'écria-t-il.

La table se trouvait entre eux et, comme il s'apprêtait à en faire le tour, de toute sa force, elle en saisit le bord, la souleva, la renversa sur lui. Comme il s'écroulait, elle entendit, venant d'en haut, un cri étouffé et un bruit de coups. Saisissant la cruche de bière, elle la lança à toute volée contre la lanterne; la lumière s'éteignit. Cependant, l'homme à terre, se dégageant de sous la table, s'était relevé et, jurant, trébuchant dans l'obscurité, il appela à tue-tête Zacharia. A ce moment, Dona entendit la voix du Français : « Êtes-vous là, Dona? cria-t-il. — Oui », haleta-t-elle, déchirée entre le rire, l'excitation et la peur. Franchissant d'un bond la rampe de pierre, il sauta dans le corps de garde et chercha dans les ténèbres, l'aide du geôlier. Un instant, ils luttèrent au pied de l'escalier, puis il dut le frapper de la crosse de son pistolet, car un son mat résonna et l'homme s'affala en gémissant.

— Passez-moi votre mouchoir, Dona, pour lui faire un bâillon, dit le Français. Arrachant le foulard qui dissimulait ses boucles, Dona le lui tendit. En un tour de main, le gardien fut réduit à l'impuissance. « Là, il ne peut plus bouger, dit-il. Surveillez-le, Dona. » Dans l'obscurité, elle l'entendit s'éloigner, regrimper quatre à quatre l'escalier.

— Le tenez-vous, William! cria-t-il. Une sorte de sanglot étouffé lui répondit, venant du cachot. Puis le bruit d'un corps lourd, traîné sur le sol retentit.

A ses pieds, tout près d'elle, l'homme bâillonné faisait des efforts pour respirer, cependant que, là-haut, le son pesant continuait. Alors, une brusque envie de rire la saisit, terrible, irrépressible; elle savait que si elle y cédait, elle ne pourrait plus s'arrêter et finirait par hurler.

D'en haut, le Français cria : « Ouvrez la porte, Dona, et voyez si la route est libre. » Tâtonnant dans l'obscurité, elle tira les verrous, entrouvrit le battant, regarda dehors. Un bruit de roues, venant du château, lui parvint. Puis la silhouette de la voiture du docteur se dessina dans l'allée se rapprochant du donjon et elle entendit le cocher claquer son fouet, parler aux chevaux.

Vivement, elle se retourna pour avertir ses compagnons, mais déjà le Français l'avait rejointe. Levant les yeux vers lui, elle vit dans son regard la même expression rieuse et téméraire qu'il avait lorsque, de la pointe de son épée, il avait cueilli la perruque bouclée de Godolphin.

— Par le ciel! murmura-t-il. C'est le médecin qui rentre enfin chez lui!

Tête nue, il sortit dans l'allée et agita les bras.

— Que faites-vous? chuchota-t-elle. Vous êtes complètement fou!

Pour toute réponse, il se mit à rire. A ce moment, le cocher arrêta son cheval; le long et maigre visage du médecin apparut à la portière.

— Qui êtes-vous? Que voulez-vous? demanda-t-il, sans aménité.

Posant les mains sur le bord de la portière, le Français lui sourit : « Avez-vous donné un héritier à Sa Seigneurie? Est-elle satisfaite de l'enfant? dit-il.

— Satisfaite? Bon Dieu! grommela le médecin. Ce sont deux filles, des jumelles, qui sont nées au château. Je vous saurais gré d'ôter vos mains de là, et de me laisser poursuivre ma route. Je n'ai qu'un désir, souper et me coucher.

— Parbleu! Vous nous prendrez bien un bout de chemin avec vous? dit le Français. — D'un coup brusque, il fit dégringoler le cocher, qui roula dans l'allée. — Grimpez à côté de moi, Dona, poursuivit-il. Nous allons faire un beau départ, si vraiment nous partons! »

Elle s'assit sur le siège, secouée par un inextinguible fou rire. A ce moment, claquant la porte du donjon derrière lui, William parut, sans perruque ni chapeau, dans son curieux habit noir, brandissant un pistolet qu'il braqua sur le médecin pétrifié.

— Entrez dans la voiture, William, dit le Français. Et, s'il reste de la bière, donnez-en au docteur, car, par le ciel! il vient de passer une soirée plus dure que nous.

Le cheval partit au galop — ce qui ne lui était jamais arrivé de sa vie — et la voiture descendit l'allée à toute allure. Ils durent s'arrêter devant la grille du parc, solidement fermée. « Ouvrez tout grand! cria le Français à l'homme dont la figure ensommeillée se montra à la fenêtre de la loge. Votre maître vient d'avoir deux filles, et M. le Docteur désire souper! Quant à mon mousse et à moi-même, nous avons bu tant de bière ce soir, que jamais nous ne pourrons l'oublier! »

Ahuri, les yeux écarquillés, le garde ouvrit le portail à deux battants, tandis qu'à l'intérieur de la voiture retentissaient les protestations étouffées du médecin.

— Quelle est notre destination, William? cria le Français.

Passant son visage rond par la portière, William répondit : « Des chevaux nous attendent à un mille d'ici, au bord de la route, monsieur, mais c'est à Porthaven, sur la côte, que nous devons aller.

— C'est à la perdition, plutôt, que nous courons, et je m'en moque! dit le Français. — Enlaçant alors Dona, il l'embrassa : — Ne savez-vous donc pas que c'est ma dernière nuit dans ce monde, que demain matin, je serai pendu?

Puis, remettant le cheval au galop, il lança la voiture à fond de train sur la route dure, d'où un nuage de poussière blanche s'éleva et les enveloppa.

CHAPITRE XXIV

La folle et joyeuse randonnée était terminée. Quelque part, dans un fossé au bord de la chaussée, une voiture gisait renversée; le long de la haie, un cheval sans harnais pâturait. Sur la grand-route, un médecin s'en allait, en quête de son souper; et, dans le corps de garde du donjon, bâillonnés, ligotés, un geôlier et ses deux aides s'efforçaient en vain de se libérer de leurs liens.

Ces choses appartenaient à la soirée; elles n'avaient point leur place dans la nuit. Minuit, depuis longtemps, était passé; c'était maintenant l'heure la plus obscure. Par myriades, des grappes d'étoiles constellaient le ciel noir; le croissant de lune avait disparu.

Dona, debout près de son cheval, contemplait le lac à ses pieds. Une levée de gros galets le séparait de la mer et, tandis qu'au-delà, elle entendait se briser les vagues, l'étendue liquide devant elle demeurait tranquille, unie. Aucun vent ne soufflait. Bien que sombre, le ciel rayonnait de l'étrange et transparente clarté de la mi-été. Parfois, une lame plus forte que les autres venait s'éparpiller sur le rivage caillouteux, avec un murmure, un soupir, et le lac, gagné par le frémissement de la mer, à son tour frissonnait; de petites rides, troublant son luisant miroir, le parcouraient pour aller mourir parmi les roseaux inclinés. De temps à autre, le bruit d'un oiseau montait de l'étang, ou le cri effrayé d'une poule d'eau, barbotant et se dissimulant entre les roseaux dont elle faisait bruire les longues tiges. La nuit était peuplée des mille chuchotements, des furtifs frôlements de toutes ces choses inconnues et sans nom qui surgissent dans son monde silencieux, vivent un instant, respirent, connaissent leur éphémère moment.

Au-delà de la colline et des bois, se trouvait le village de Porthaven. A son quai, devaient être amarrés des bateaux de pêche.

Des yeux, William interrogea son maître, puis reporta son regard dans la direction du hameau : « Il vaut mieux que j'aille maintenant, monsieur, dit-il, avant qu'il ne fasse jour; que je trouve un bateau. Je ferai le tour de la pointe et l'amènerai, là-bas, sur la grève. Au lever du soleil, nous pourrons partir.

— Croyez-vous que vous en trouverez un? demanda le Français.

— Oui, monsieur, je me suis informé avant de quitter Gweek, répondit-il. Il y en aura un à l'entrée du port.

— William pense à tout! dit Dona. Grâce à lui, personne ne sera pendu ce matin. Il n'y aura qu'un petit bateau s'en allant vers le large. »

Le Français regarda son serviteur; celui-ci considéra Dona, debout au bord de l'eau. Puis, brusquement, il les quitta et, franchissant la levée de cailloux, partit dans la direction de la colline : curieuse petite silhouette, en longue jaquette noire et tricorne, qui s'éloignait dans les ténèbres. Bientôt, il disparut. Ils restèrent seuls. Les chevaux broutaient dans l'ombre, avec un bruit tranquille, régulier; les grands arbres de la forêt voisine bruissaient, chuchotaient, se taisaient.

Au bord du lac, se trouvait un renfoncement rempli de sable lisse, blanc. C'est là qu'ils construisirent leur feu. Bientôt des langues de flammes jaillirent, très haut, dans l'air, tandis que les branches sèches pétillaient et craquaient.

Il s'agenouilla près du brasier; son visage, son cou, ses mains, furent éclairés d'une chaude et dansante lumière.

— Vous m'avez dit une fois que vous feriez rôtir pour moi un poulet à la broche, dit Dona. Vous en souvenez-vous?

— Oui, répondit-il. Mais, cette nuit, je n'ai ni poulet ni broche; mon mousse devra se contenter de pain grillé.

Les sourcils froncés, concentré sur sa besogne, il secouait de temps à autre la tête et de sa manche, essuyait son front où la chaleur du feu faisait perler des gouttes de sueur. Et Dona se rendit compte que, jamais, elle n'oublierait cette image de lui, avec le feu, le lac, le ciel sombre pailleté d'étoiles, le bruit des vagues venant se briser sur la grève de galets derrière eux.

— Vous vous êtes donc battue contre un homme, ma Dona? On l'a trouvé mort sur les dalles du manoir de Navron? dit-il plus tard, pendant qu'ils mangeaient leur souper devant le feu presque éteint et qu'une âcre odeur de fumée de bois flottait dans l'air.

Surprise, elle le dévisagea; mais il ne la regardait pas, il mâchait tranquillement son pain. « Comment savez-vous? demanda-t-elle.

— On m'a accusé de l'avoir tué, répondit-il. Alors, j'ai repensé à votre compagnon d'équipée à Hampton Court, à l'expression haineuse avec laquelle m'a regardé un des hommes quand je l'ai dépouillé de ses bagues, à Navron, et j'ai deviné ce qui avait dû se passer, après que je vous ai quittée, Dona. »

Elle joignit les mains autour de ses genoux et contempla le lac.

— Quand nous sommes allés pêcher ensemble, vous et moi, dit-elle, vous rappelez-vous, je n'ai même pas osé arracher l'hameçon du poisson? Mais, ce que j'ai fait cette nuit-là était très différent. J'ai d'abord eu peur, puis la colère m'a saisie; c'est alors que j'ai décroché le bouclier suspendu au mur, et... il est mort.

— Qu'est-ce qui a provoqué votre colère? demanda-t-il.

Un instant, elle réfléchit, cherchant à se souvenir. « C'est James, dit-elle, oui, James, qui s'est réveillé et s'est mis à crier. »

Il ne dit rien. Levant les yeux, elle vit qu'il avait fini de manger et se tenait assis comme elle, les mains autour des genoux, le regard tourné vers le lac.

— Oui, dit-il. C'est donc James qui s'est réveillé et s'est mis à crier? Dona, au lieu de nous retrouver à Coverack, nous sommes ici, ensemble, au bord de l'étang de Loo, et votre réponse est pareille à la mienne.

Il lança un caillou devant lui; une ride frissonna à la surface de l'eau, s'élargit, puis disparut, comme si jamais elle n'avait existé. S'allongeant sur le sable, il avança la main vers Dona, et elle vint s'étendre à côté de lui.

— Je crois que lady St. Columb n'ira plus jamais faire du tapage, la nuit, dans les rues de Londres, dit-il. N'a-t-elle pas eu sa pleine mesure d'aventure?

— Lady St. Columb, répondit-elle, deviendra une gracieuse matrone, souriant à ses serviteurs, à ses fermiers, à tous les gens du village. Un jour, quand ses petits-enfants grimperont sur ses genoux, elle leur racontera la merveilleuse histoire d'un pirate français et comment, un soir, il s'évada.

— Et le mousse, que deviendra-t-il? demanda-t-il.

— Pendant la nuit, parfois, il se réveillera; il s'arrachera les ongles, mordra son oreiller. Puis, peut-être, se rendormira-t-il, pour retrouver son rêve.

Devant eux, l'étang s'étalait sombre, tranquille, et dans leur dos, résonnait le bruit des vagues se brisant sur des galets.

— En Bretagne, il existe une maison, dit-il, où une fois, vivait un homme, nommé Jean-Benoît Aubéry. Il se peut qu'il y retourne, et couvre les murs nus de sa demeure de dessins d'oiseaux, de portraits de son mousse. Mais, à mesure que passeront les années, ceux-ci pâliront et s'effaceront.

— Dans quelle partie de la Bretagne se trouve la maison de Jean-Benoît Aubéry? demanda-t-elle.

— Dans le Finistère, ma Dona, répondit-il. Ce qui signifie, la fin de la terre.

Et Dona évoqua les falaises rousses, l'arête déchiquetée du promontoire, le grondement des vagues déferlant contre les rochers, le cri des mouettes, le soleil ardent frappant les falaises, desséchant, brûlant l'herbe rase, ou le doux vent d'ouest, tout enveloppé de brouillard et de pluie.

— Comme un éperon de roches dentelées, elle s'avance dans l'Atlantique, dit-il. Nous l'appelons la pointe du Raz. Aucun arbre, aucun brin d'herbe n'y poussent. Jour et nuit, elle est battue par tous les vents. Au large, non loin, deux marées se rencontrent; sans cesse, perpétuellement, le ressac y bouillonne, dans un formidable rejaillissement d'embruns et d'écume.

Du milieu du lac, un petit vent frais se leva et souffla sur eux. Subitement, les étoiles s'embrumèrent, pâlirent. C'était ce moment de la nuit où tout se tait, immobile : aucun mouvement de bête ni d'oiseau, aucun murmure dans les roseaux, aucun autre son, que le bruit des vagues sur les galets.

— Croyez-vous que *La Mouette* attende, là-bas, au large, et que, tout à l'heure, elle surgira à l'horizon? dit-elle.

— Oui, répondit-il.

— Vous grimperez à bord; de nouveau, vous serez

son maître, vous tiendrez entre vos mains la roue du gouvernail, sous vos pieds, vous sentirez son pont!

— Oui, dit-il.

— Et William, William qui n'aime pas la mer, sera malade; il souhaitera se retrouver à Navron, dit-elle encore.

— Non, dit-il. Sur ses lèvres, William sentira un goût de sel, le vent passera dans ses cheveux et, avant le crépuscule, si le vent reste régulier, il apercevra la côte, respirera le parfum de l'herbe chaude sur le promontoire : ce sera alors la Bretagne, la maison.

Comme lui, elle était allongée sur le dos, les mains derrière la tête. Au-dessus d'eux, le ciel changeait, envahi par une sorte de pâleur d'aube incertaine; le petit vent commençait à souffler avec plus de violence.

— Je me demande, dit-il, à quel moment, le monde s'est mis à aller de travers, à quel moment, les hommes ont oublié comment vivre, aimer, être heureux? Car il fut un temps, ma Dona où, dans la vie de chaque homme, il y avait un lac pareil à celui-ci.

— Peut-être, qu'un jour, dit-elle, une femme a demandé à l'homme qui partageait sa vie, de lui construire une hutte de roseaux, puis une cabane de bois, puis une maison de pierre. D'autres hommes, d'autres femmes virent cette demeure, et tous voulurent l'imiter; bientôt, il n'y eut plus ni collines ni lacs, mais rien que de petites habitations de pierre, toutes semblables.

— Et nous n'avons, tous deux, notre lac, nos collines, que pour cette nuit seulement, dit-il. Il ne nous reste que trois heures jusqu'au lever du soleil.

Lorsque le jour parut, il leur sembla d'une blancheur, d'une transparente fraîcheur encore inégalées. Le ciel était dur, brillant; le lac devant eux s'étalait comme un feuillet d'argent. Quittant le creux de sable, il alla se baigner dans l'onde frissonnante, aussi froide que les eaux glacées du Nord. Alentour, dans les bois, les oiseaux se mirent à pépier, à gazouiller. Sortant du lac, il se rhabilla et rejoignit Dona sur la grève de galets où la marée haute, frangée d'écume, venait battre les pierres. A quelque distance, une petite barque de pêche se balançait à l'ancre. William y veillait. Lorsqu'il vit leurs silhouettes se détacher sur le ciel matinal, il sortit les longs avirons et se mit à ramer vers eux.

Et, tandis que debout sur la grève, ils l'attendaient, Dona aperçut, à l'horizon, les blancs huniers d'un voilier qui, le cap sur la côte, se rapprochait. Peu à peu, le navire prit forme et couleur. Ses mâts étaient élancés, cramoisis, ses voiles allégrement gonflées.

La Mouette venait chercher son maître. Et, comme le Français sautait dans la barque de pêche, hissait son petit foc, il sembla à Dona que ce moment en rejoignait un autre, depuis longtemps passé, quand, sur le promontoire de l'Helford, elle regardait la mer. Tel un symbole d'évasion, le navire flottait à l'horizon; dans la clarté de l'aube, il paraissait étranger, comme si le lever du jour ne le concernait pas, comme s'il appartenait à un autre temps, à un autre monde.

Sur la mer tranquille et blanche, on eût dit un voilier peint.

Alors, soudain, Dona frissonna. Sous ses pieds nus, les galets lui semblèrent durs, glacés, cependant que de petites vagues les éclaboussaient, soupiraient, disparaissaient.

Puis, solide, rouge, pareil à un ballon de feu, le soleil surgit des flots.

FIN

La composition de cet ouvrage
*a été réalisée par l'**Imprimerie Bussière**,*
l'impression a été effectuée
sur presse Cameron
*par **Bussière Camedan Imprimeries***
à Saint-Amand-Montrond (Cher).

Edition exclusivement réservée
aux adhérents du Club
Le Grand Livre du Mois
15 rue des Sablons
75116 Paris

Achevé d'imprimer en septembre 1998.
N° d'impression : 984147/4.
Dépôt légal : septembre 1998.